JEAN ANGLADE

Jean Anglade est né à Thiers, en Auvergne, d'une mère domestique et d'un père ouvrier maçon. Formé à l'École normale d'instituteurs de Clermont-Ferrand, il enseigne et devient professeur de lettres, puis agrégé d'italien.

Il a trente-sept ans lorsqu'il publie son premier roman, *Le chien du Seigneur*. À partir de son dixième roman, *La pomme oubliée* (1969), il consacre la plus grande part de son œuvre à son pays natal, ce qui lui vaudra d'être surnommé le « Pagnol auvergnat ». Romancier – il a plus de trente-cinq romans à son actif –, mais aussi essayiste, traducteur (de Boccace et de Machiavel), il est l'auteur de plus de quatre-vingts ouvrages, et explore tous les genres : biographies (Blaise Pascal, Hervé Bazin), albums, poésie, théâtre, scénarios de films.

Jean Anglade a beaucoup voyagé et habite aujourd'hui près de Clermont-Ferrand.

Retrouvez l'actualité de Jean Anglade sur www.jeananglade.net

LE TEMPS ET LA PAILLE

DU MÊME AUTEUR
CHEZ POCKET

UNE POMME OUBLIÉE
LE VOLEUR DE COLOQUINTES
LE TILLEUL DU SOIR
LA BONNE ROSÉE
LES PERMISSIONS DE MAI
LE PARRAIN DE CENDRE
Y'A PAS DE BON DIEU
LA SOUPE À LA FOURCHETTE
UN LIT D'AUBÉPINE
LA MAÎTRESSE AU PIQUET
LE GRILLON VERT
LA FILLE AUX ORAGES
UN SOUPER DE NEIGE
LES PUYSATIERS
DANS LE SECRET DES ROSEAUX
LA ROSE ET LE LILAS
AVEC LE TEMPS…
L'ÉCUREUIL DES VIGNES
UNE ÉTRANGE ENTREPRISE
LE TEMPS ET LA PAILLE
LE SEMEUR D'ALPHABET (À PARAÎTRE)

JEAN ANGLADE

LE TEMPS
ET LA PAILLE

presses de la cité

Le Code de la propriété intellectuelle n'autorisant, aux termes de l'article L. 122-5, 2ᵉ et 3ᵉ a), d'une part, que les « copies ou reproductions strictement réservées à l'usage privé du copiste et non destinées à une utilisation collective » et, d'autre part, que les analyses et les courtes citations dans un but d'exemple et d'illustration, « toute représentation ou reproduction intégrale ou partielle faite sans le consentement de l'auteur ou de ses ayants droit ou ayants cause est illicite » (art. L. 122-4).
Cette représentation ou reproduction, par quelque procédé que ce soit, constituerait donc une contrefaçon, sanctionnée par les articles L. 335-2 et suivants du Code de la propriété intellectuelle.

© Presses de la Cité, un département de place des éditeurs, 2006
ISBN : 978-2-266-17483-1

*Avec du temps et de la paille
les nèfles mûrissent.*

Proverbe

A tous ceux, à toutes celles que j'ai aimés, pour qu'ils me fassent une petite place dans la terre douillette de l'Auvergne.

A mon ami Edouard Prulhière, disparu avec le *Siroco*.

PREMIERE PARTIE

1

Voici une histoire que je me raconte à moi-même afin de ne pas la perdre ; que je couche noir sur blanc de ma seule main gauche ; dont je serai au point final le premier lecteur. Car je sens que ma mémoire faiblit. Elle porte la charge de mes souvenirs comme la lavandière porte une corbeille remplie de linges sales ; bientôt elle ne distinguera plus dans ce fatras ceux qui sont miens, authentiques, vérifiés, de ceux que j'ai recueillis, que j'ai peut-être inventés. Sans parler de ceux, infinis, que j'ai semés en route. Il est grand temps que j'en fasse le tri. Je les voue, comme disait Montaigne, « à la connaissance particulière de mes parents et amis ; à ce que, m'ayant perdu (ce qu'ils ont à faire bientôt), ils y puissent retrouver quelques traits de mes conditions et humeurs et que, par ce moyen, ils nourrissent plus entière et plus vive la connaissance qu'ils ont de moi ».

J'ai mis longtemps, par exemple, à discerner si j'étais auvergnat ou bien bourbonnais. Fils d'un père natif de Ferrières (qu'on dit à présent Ferrières-sur-Sichon), département de l'Allier, et d'une mère originaire de Châteldon, Puy-de-Dôme. Elle parlait un patois qui n'était pas tout à fait celui de Ferrières ; mais ils se comprenaient assez pour se disputer à peu près tous les jours, comme font les vieux ménages, chacun dans son propre dialecte. Il la traitait de *bourniaraude*, « mal tournée » ; elle le traitait de *na de chi*, « nez de chien ». Pris entre ces deux parlers, j'employais toujours le français comme le recommandait mon institutrice, mademoiselle Piguette, que nous appelions Pirouette. Leurs dialogues étaient bilingues, bipatride notre région. Cette corne sud-orientale de l'Allier s'enfonce entre la Loire et le Puy-de-Dôme, de sorte que trois départements se partagent le sommet du Montoncel, que certains traduisent « Monte-au-Ciel », d'autres « Mon Tondu », bien qu'il soit de nos jours couvert d'une épaisse forêt. Bref, nous sommes ici dans la montagne bourbonnaise pourvue de certains traits auvergnats : le sol granitique, que couvre un manteau de nuit ; l'architecture des maisons et des églises : celle de Châtel-Montagne est classée parmi les plus caractéristiques du roman d'Auvergne. Pays de gorges profondes, de hauteurs revêches, de routes étroites et serpentines, parsemé d'énormes blocs erratiques que l'on nomme des *rez*, et qu'on dit apportés jadis par des géants pour jouer aux boules. Vraie terre à loups et à brigands. En quelques lieux, le sol rougeâtre passe pour imprégné du sang d'anciennes batailles, qui n'ont été livrées que dans l'imaginaire des conteurs. Ce sont tout bonnement des filons ferrugineux autrefois exploités comme l'atteste le nom de Ferrières. Le Sichon lui lave les pieds, avant d'aller lui-même faire sa cure à Vichy.

A peu de distance, le village des Pions souffre encore d'une sinistre renommée. On dit que ses habitants, sous Louis XV, n'acceptaient aucun étranger sur leur territoire. Ils s'en prenaient par exemple aux vielleux venus d'ailleurs faire danser, et mettaient en morceaux leurs instruments ; ils pourchassaient les promeneurs du Montoncel, les accusant de déchaîner les orages. Ils ne souriaient jamais, gardant sur leur figure le souvenir d'anciennes calamités qui avaient frappé leur tribu et dont ils s'entretenaient aux veillées, autour du feu qui crépitait comme les mousquets du Roi. Ils se soutenaient tels les doigts de la main : qui offensait un Pion les offensait tous. A leurs ennemis, ils lançaient une étrange malédiction : « Que la charpente du ciel vous tombe sur la tête ! » Ils refusèrent d'abord de payer la taille. Puis ils refusèrent de servir sous la bannière royale, la guerre ne les intéressait point, leur patrie n'allait pas plus loin que le Montoncel, leurs ambitions ne dépassaient pas leurs champs de raves. Ce sont des choses qu'un prince soucieux de sa gloire ne peut admettre. Il ordonna une expédition contre ces sauvages. Les insoumis furent soumis, envoyés aux galères ou pendus à Moulins. Les complaintes rappelaient leur supplice :

> *Sur la place d'Allier*
> *Ces trois particuliers*
> *Montèrent sur l'échafaud,*
> *Car le roi et ses cavaliers*
> *Ne leur faisaient ni froid ni chaud...*

Chacun avait sur la poitrine un écriteau : *Rebelle avec port d'arme et aux commandements de justice*. Le plus enragé s'appelait Gaspard Fradin, surnommé le *Nioque*, « l'Imbécile ».

Voilà donc le pays où je suis né. Ne sachant guère qui j'étais. D'où je venais. A quoi j'étais promis. Auvergnats et Bourbonnais s'envoyaient des dictons à la figure : « Bourbonnichons, gilets de velours, ventres de son... » « Qui d'Auvergne vient, que du vent n'apporte rien. » Pures médisances. Je n'ai jamais vu de Bourbonnais en gilet de velours ; et chaque fois que ma grand-mère, ma *Grande* Annette, venait nous voir de Châteldon (elle faisait une halte à Lachaux, chez son fils Augustin le sabotier, y mangeait la soupe, repartait à l'aube suivante), elle ne manquait jamais de nous apporter quelque chose, ne fût-ce qu'un fromage de ses chèvres ou un panier de pommes. De ces luisantes, savoureuses, qui traversent l'hiver et le printemps d'après sans rien perdre de leur suc. Leur nom est « pommes de Comte » ; ma *Grande*, un peu dure d'oreille, les appelait innocemment « pommes de Cons ». Tout le monde lui en faisait compliment :

— Les pommes de Cons, *Grande*, sont les meilleures du monde.

— Exactement celles qui nous conviennent.

Annette ne comprenait pas les rires étouffés. Il faut dire qu'en Auvergne la pomme est une valeur sûre. Elle se vendait naguère à la douzaine, comme les œufs, ou bien au quarteron qui est le quart de cent. Un jour qu'elle en avait apporté une panerée au marché de Châteldon, un « leveur », c'est-à-dire un grossiste venu de Vichy, lui acheta le tout après avoir posé le panier sur sa bascule. Précisant :

— Moi, je les prends au poids, pas au quarteron.

Quand il eut payé, il ajouta par jeu :

— Voulez-vous que je vous pèse aussi ?
— Mais moi, je ne suis pas à vendre.
— A vous regarder, chétive que vous êtes, je vous donne moins d'un quintal.
— Oh ! oh ! Vous allez fort !
— Vérifions.

Elle accepta de prendre place sur le plateau. Il poussa le curseur, secoua la tête. Malgré ses multiples cotillons, ses sabots, son chapeau de paille, elle n'atteignit pas tout à fait les cinquante kilos. Alors il prit une pomme dans le panier, la lui glissa dans la poche de son tablier.

— Ça y est ! s'écria-t-il. Avec une pomme, vous pesez juste le quintal !

Cent livres, selon les anciennes mesures. Jusqu'au terme de sa vie, ma *Grande* garda ce chiffre dans la tête, comme s'il ne pouvait plus changer :

— Je pèse un quintal tout rond, mais il me faut dans la poche une pomme de Cons.

Un autre exemple de l'estime que les Auvergnats portaient à ce fruit. Pour qu'un mariage fût bien accordé, la dot de la future devait comporter *oun milhon é oun sa de pom* : un million et un sac de pommes. Lorsqu'il se trouvait en chicane avec sa femme, mon père ne manquait pas de rappeler qu'elle avait bien apporté les pommes, mais que le million n'y était pas.

Pomme moi-même, pomme de Con, je me vois donc pour moitié Auvergnat et pour moitié Bourbonnais. Avec en dedans des pépins nivernais car j'avais eu, me disait-on, un ancêtre très lointain, batelier sur la Loire entre La Charité et Nantes. Voici que, de nos jours, tous mes atomes sont réunis depuis que Charles de Gaulle a inventé les régions. La région Auvergne englobe quatre départements, Allier, Puy-de-Dôme, Cantal, Haute-Loire, au grand dépit des gilets de velours et des semeurs de lentilles vertes.

A Ferrières, mon père Benoît Saint-André, *faoure*, forgeron-maréchal, ferrait les chevaux, les mulets, les ânes, les vaches. Il était aussi ferronnier, taillandier, charron, et embauchait de loin en loin un manœuvre temporaire. Quand son marteau tombait sur l'enclume, on en percevait le tintin jusqu'à l'entrée du village. En toutes saisons, il laissait ouverte la porte de sa forge. Les gamins aimaient à s'arrêter devant, à regarder cet ouvrier du fer et du feu, toujours environné d'étincelles. Son antre sentait la suie, la fumée, la vieille rouille, l'huile brûlée. Jusqu'à l'âge où il me fallut quitter mademoiselle Pirouette pour aller au collège de Cusset, c'est moi qui, le jeudi, tirais la chaîne du soufflet. J'espérais succéder à mon père. Fabriquer comme lui des faux, des faucilles, des socs, des coutres, des serpettes, des haches, des cognées. Sous ses doigts, le fer brut prenait forme, devenait lame, rinceau, guirlande. Pour le rendre malléable, il fallait le porter dans le feu à la couleur appropriée, du rouge sombre au rouge cerise, voire au blanc éblouissant. Une fois le métal battu sur la bigorne, s'il s'agissait d'acier, venait la trempe à l'huile pour les aciers doux, à l'eau du Sichon pour les durs, à l'urine de vache pour les durissimes.

La tâche la plus prenante consistait à cercler les roues neuves. Le *faoure* devenait alors *rodier*. Il fallait d'abord prendre la mesure avec une ficelle menée autour de la roue. Ensuite, préparer la jante au moyen d'une barre de fer venue de Firminy, large de trois doigts. La couper à sa juste longueur. La cintrer avec l'aide d'un treuil formé de deux cylindres cannelés entraînés par des engrenages l'un dans l'autre.

— A mon aide, Jacot ! criait mon père.

Et moi, hardi que je te tourne la manivelle !

Une soudure sur l'enclume joignait les deux extrémités. Si les mesures étaient exactes, la jante de bois ne devait pas tout à fait entrer dans la jante de fer.

Le *rodier* et son ouvrier allumaient sur la terre même un cercle de feu. Ils déposaient la jante de fer au milieu des braises. Le métal se dilatait, tournait au rouge cerise, augmentait de diamètre. Au moyen de longues pinces, les deux hommes la transportaient sur la jante de bois qui fumait et grésillait. La roue craquait de tous ses rayons. Quelques coups de marteau les mariaient l'une à l'autre. Deux seillées d'eau les refroidissaient. La roue était prête à rouler.

J'admirais mon père du matin au soir et du soir au matin. Alors que trois de mes oncles y avaient laissé leur peau, il était revenu de 14-18 sans une égratignure, avec seulement un peu de surdité. D'abord sur le front français, ensuite dans l'armée d'Orient. Riche d'une décoration serbe et d'un diplôme en alphabet cyrillique auquel je n'ai jamais rien compris. Quelques photos le montraient, l'une en uniforme d'artilleur, un plumet rouge à son képi ; d'autres en kaki, coiffé d'un casque colonial, chevauchant un mulet. Je lui demandai comment il avait fait pour rester intact après avoir traversé tant de dangers, combattu tant d'ennemis, « corps à corps ». Cette expression le fit sourire :

— Corps à corps ? Pas eu l'occasion. J'étais dans l'artillerie. Je me contentais de tirer le cordon tire-feu de mon 75. Le coup partait, il devait tuer du monde, mais je ne sais pas qui ni combien. C'est lui qui m'a rendu sourd.

Il prenait avantage de sa surdité, disant :

— Je n'entends que ce que je veux.

Naturellement, je l'admirais aussi dans ses gestes quotidiens, dans sa force stupéfiante. Le moment le plus impressionnant de la journée était celui où il s'enroulait dans sa ceinture, avec l'aide de sa femme. Ceinture de coton brun, large d'une main et demie, longue d'environ deux mètres, elle lui soutenait les reins, lui renforçait les muscles abdominaux, le protégeait des braises et des étincelles. Chaque matin, il en retenait une extrémité à hauteur du nombril, ma mère loin de lui retenait l'autre extrémité. Alors, il se mettait à tourner sur lui-même comme un toton, la ceinture l'enveloppait, l'épaississait. Il en calait le bout final sous ses cercles. Pourvu de cette armure, je l'ai vu saisir à bras le ventre une enclume de deux cents kilos avec sa souche, la serrer contre lui, la soulever, la déplacer dans sa forge. Pour peu qu'on lui eût fait musique, il aurait été capable de faire des tours de valse avec elle.

Pour bien le connaître, faisons un peu de marche arrière. En 1910, parti vendanger à Châteldon, il y avait fait la connaissance d'une jolie vendangeuse, Angèle Maudiment. Ils avaient si bien sympathisé ce jour-là, ils s'étaient si bien barbouillés l'un l'autre de grappes écrasées que la rencontre avait abouti, quelques mois plus tard, à un mariage en bonne et due forme. Des noces de pauvres, mais joyeusement célébrées par le vin et par l'andouille. Sans million, mais avec un sac de pommes, une clarinette, un accordéon diatonique et tout ce qu'il faut. A Ferrières, ils se partagèrent les besognes : Angèle gardait les vaches et les chèvres, Benoît tapait sur son enclume. Au début de 1912, leur tomba du plafond une petite fille, Jeannette ; elle ne vécut que quelques mois et mourut de méningite. Ou de je ne sais quel autre mal inexorable. Quarante ans plus tard, ma mère se reprochait encore de n'avoir pas fait tout le nécessaire pour la sauver :

— J'aurais dû lui mettre de la glace sur le front... J'aurais dû... J'aurais dû...

La mort d'une enfant est toujours une monstruosité. Un déni de justice. Si l'on croit en Dieu, on se demande : « Pourquoi l'a-t-il laissée naître ? Seulement pour qu'elle souffre ? Où est Sa divine bonté ?... C'est Lui qui chaque fois commet le péché originel... »

Parmi mes reliques, j'ai de Jeannette la plus triste des images : une photo prise sur son lit de mort. On l'y voit adossée à l'oreiller, son visage rond entouré de cheveux noirs, les yeux clos, la bouche entrebâillée, chaudement vêtue d'une camisole, ses menottes potelées ouvertes sur le drap. Elle semble dormir. Sœurette de carte postale que je n'ai jamais vue, qui ne m'a jamais vu. Si nous nous retrouvons un jour, comme nous le laisse espérer le catéchisme, saurons-nous nous reconnaître ? Est-ce que mon âme chenue, ridée, boitillante, la prendra toute menue dans ses bras en prononçant cette phrase ridicule :

— Je suis Jacot, ton petit frère !

Nos parents éprouvèrent de son départ une immense douleur. Puis la mobilisation générale vint à point pour les en distraire. Par une sorte de précaution, profitant de la fête nationale, devinant qu'il allait bientôt quitter Ferrières, mon père m'avait commandé. En août, il rejoignit son corps à Clermont. On l'envoya dans les Vosges. Pendant des mois et des mois, il manœuvra le tire-feu de son 75. Durant ce temps, Angèle me préparait. Elle savait que son mari préférerait un garçon plutôt qu'une fille afin qu'il prît un jour sa succession à l'enclume. Pour obtenir ce résultat, elle employa les recettes apprises de sa mère à elle, même si elles avaient échoué en 1912. D'abord, s'adresser à saint Joseph chaque soir, le genou droit sur la paille d'une chaise, en répétant dix fois cette prière : « Bon saint Joseph, chaste époux de Marie, père de Notre-Seigneur Jésus, faites que le fruit de mes entrailles soit un fils. » Ensuite, ne consommer que des aliments du sexe masculin : du pain, du fromage, du lard, du lait. Eviter donc la soupe, la salade, la viande, la rave, la carotte. Elle élimina même le fruit du pommier qui est féminin en français et masculin en patois. Pendant neuf mois, ces précautions compliquèrent terriblement la cuisine. A l'échéance, elle fit venir grand-mère Annette qui, le 15 février 1915, lui servit de sage-femme, de *coucheuse* comme on disait à Châteldon. Ce jour-là, vers les deux heures de relevée, agnelet de peu de laine, je poussai mon premier bêlement. Aussitôt, la nouvelle courut dans tout Ferrières :

— Chez Saint-André, le forgeron, y a un gars !... C'est un gars !... C'est un gars !...

Cette fois, saint Joseph avait bien entendu et exaucé les prières de chaque soir. Un photographe ambulant profita de la situation pour nous tirer le portrait. Nous voici trois sur la même carte : ma mère dans une stricte robe noire, à cause du deuil de Jeannette pas encore digéré, avec son beau visage grave et sa tête penchée. Ma *Grande*, un tablier à rayures noué sur le ventre, une poche enflée sans doute par une pomme de Cons, son châle auvergnat sur les épaules, ses cheveux dans une coiffe tuyautée. Enfin moi, sur les genoux d'Angèle, retenu par cette main que j'ai tant aimée, dont la mienne sera plus tard une copie fidèle, avec des veines saillantes comme les nervures d'une feuille.

En avril, une permission permit au caporal Saint-André de venir faire ma connaissance. Nous éprouvâmes une franche sympathie l'un pour l'autre, m'a-t-on raconté. Il jouait avec moi comme avec un ballon, me jetait en l'air au bout de sa main en s'écriant :

— Quinze-Février ! Quinze-Février !

Il dut repartir. On l'envoya fort loin, dans des pays dont personne à Ferrières ne connaissait le nom, mais qu'on désignait sous le nom vague de l'Orient. Il revint définitivement en 1919, vêtu d'un uniforme caca d'oie. Incapable de dire les chemins qu'il avait suivis, car le monde était pour lui trop compliqué. Quelques signes parfois tombaient seulement de sa bouche : la Syrie, les Dardanelles, Salonique, le général Franchet d'Espèrey.

Pendant mes premières années, il ne m'appela jamais autrement que Quinze-Février. Ma mère le reprenait :

— On l'a baptisé Jacques. Jacot si tu préfères.

Dès que je sus marcher, je fréquentai sa forge. Mon avenir semblait tout tracé : je serais forgeron moi-même. Ma *Grande*, dans ses visites, me tirait plutôt vers le bétail. Elle avait pour chaque animal un cri particulier. C'était *Goulu-goulu-goulu !* pour les canards. *Piou-piou-piou !* pour les poules. *Tché-tché-tché !* pour le cochon. *Belou-belou !* pour les brebis. *To-to-to !* pour les vaches. Tous comprenaient à merveille cet espéranto.

A six ans, j'entrai dans la classe de mademoiselle Pirouette. Son enseignement devait m'orienter vers un tout autre destin. Loin de la forge et de l'étable. Pour commencer, si je n'entrai point dans la guerre des boutons, je participai du moins à la guerre des briques.

2

Les guerres ont souvent des prétextes minuscules : le coup d'éventail du sultan d'Alger au représentant de la France, le raccourcissement de la dépêche d'Ems, le chiffon de papier en 1914 du chancelier Bethmann-Hollweg. Celle des briques de Glozel – village à une lieue de Ferrières – fut la conséquence du labour entrepris en 1924 par un paysan, Claude Fradin, dit le Sergent (était-il apparenté à Gaspard Fradin, dit le Nioque, cet enragé du hameau des Pions ?), pour défricher le fond d'une pente depuis longtemps inculte, appelée champ Duranton. Avec son gendre Antoine et son fils Emile, celui-ci âgé de dix-huit ans, ils l'avaient d'abord débroussaillée à la faucille. Maintenant, ils y poussaient la charrue et les bœufs. Brusquement, une des bêtes s'enfonça dans la terre jusqu'aux genoux. En la dégageant, les hommes mirent au jour une fosse ovale aux parois garnies de briques bien ajustées. Les jours suivants, ils déterrèrent de nombreux fragments de poteries et plusieurs tablettes gravées de signes mystérieux. Ainsi débuta l'affaire Glozel, qui devait donner lieu, comme trente-cinq ans plus tôt l'affaire Dreyfus, à un débordement de mauvaise foi, de tricheries, d'accusations suspectes, de jugements mal rendus, de causes mal instruites.

Ce même mois, les Fradin montrèrent leurs découvertes à mademoiselle Piguette, mon institutrice. Elle vint sur les lieux, participa aux fouilles, exhuma des parcelles d'ossements et conclut :

— Nous sommes en présence d'une tombe néolithique. Les poteries sont les restes d'urnes funéraires.

Opinion confirmée par monsieur Clément, instituteur à La Guillermie. Quelques jours plus tard, Emile lui apporta une brique gravée. Il se pencha sur ces signes divers parmi lesquels il reconnaissait des majuscules de notre alphabet, tracées dans toutes les positions, comme ces pâtes alimentaires qu'on trouve dans le potage et que ma *Grande* appelait des *alphabés* : X, O, P, I, T, H, W. En compagnie de signes géométriques, de points d'orgue, de caractères grecs stylisés, de swastikas. Tout cela ressemblait à une écriture inconnue.

S'étant rendu sur place, monsieur Clément publia dans le bulletin de la Société d'émulation du Bourbonnais un article où, corrigeant sa première opinion, il parlait d'un four de verrier. Ce texte tomba sous les yeux d'un médecin vichyssois, le docteur Morlet, archéologue à ses heures, qui avait eu la fortune de découvrir une tombe gallo-romaine dans son jardin de l'avenue Thermale. Il vint à Glozel, s'exclama avec enthousiasme :

— Vous possédez là une fortune ! Il faut clore votre champ. Les savants du monde entier défileront ici comme ils l'ont fait à Java devant le *Pithecanthropus erectus*.

Tout de suite, il entrevit les immenses conséquences culturelles, touristiques, économiques que pouvait avoir l'événement. Si les spécialistes confirmaient qu'il s'agissait bien là d'un gisement néolithique, on reculait prodigieusement la date de naissance de l'écriture, que l'on croyait jusqu'alors avoir été inventée par les Phéniciens, puis transportée par eux en Occident dix siècles avant Jésus-Christ. Elle aurait donc huit à neuf millénaires de plus ! Et elle serait le fait d'une race humaine établie aux confins de l'Auvergne et du Bourbonnais. Quelle gloire pour la région ! Quelle aubaine pour la capitale de la pastille !

Avec l'aide des Fradin, de sa femme et de son chauffeur, le docteur poursuivit les fouilles. Plus de trois mille cinq cents objets furent défouis, qu'Emile rangea dans sa grange, formant un petit musée : vases pansus, briques imprimées, emblèmes phalliques ou bisexués, os ou cornes ciselés, galets de silex avec ou sans dessins. Les formes les plus troublantes sont des cylindres de terre cuite d'où émergent des ébauches de visages : un front, des yeux, la racine d'un nez. Oh ! la fixité de ces regards de glaise ! Qui dira jamais leur signification ? Quant à l'alphabet des briques, Morlet y releva cent trente-cinq signes différents. Au milieu de tous ces éléments, apparut enfin l'homme lui-même, invisible à Lascaux, l'*Homo glozeliensis*, finement représenté sur un galet, vêtu de peaux de bêtes, avec une barbe de Robinson Crusoé, auprès de sa compagne. Tous deux si émouvants de ressemblance avec nous-mêmes, gens du XXe siècle, qu'on ne pouvait se défendre de tendresse envers ces ancêtres lointains qui avaient lutté corps et âme pour sortir de leur dénuement.

Des curieux, des journalistes accoururent vers Glozel. Vinrent ensuite les savants. En cure à Vichy, Joseph Capitan, membre de l'Académie de médecine, professeur au Collège de France, auteur de cent traités sur des stations préhistoriques, visita le site, rencontra le docteur Morlet.

— Nous sommes, confirma-t-il, en présence d'un gisement prodigieux. Je vous propose une collaboration. Publions ensemble un ouvrage pour le révéler au monde. Si vous le faites seul, votre plaquette ne se vendra pas, personne ne vous connaît. A nous deux, les choses iront autrement. Nous mettons mon nom en tête, le vôtre en dessous. Nous nous partagerons les droits d'auteur.

— Et Fradin ?

— Fradin ne compte pas, il ne peut rien ajouter.

Morlet refusa cet arrangement, se faisant du même coup un ennemi mortel.

Un bruit se répandit : Emile Fradin avait bidouillé de ses mains les galets gravés, les tablettes, les vases ; il les enterrait la nuit pour les faire découvrir le jour.

Alors que je fréquentais la classe de mademoiselle Pirouette, mon institutrice s'était constitué aussi un petit musée, sur une étagère, où se trouvaient exposés des briques et des débris qu'elle avait elle-même exhumés de son jardin. Car aux alentours de Glozel, aux lieux-dits chez Perrier, Puy Ravel, Moulin Piat, la terre était maintenant fouillée par les paysans. L'un d'eux, en conflit de voisinage avec les Fradin, reconnut qu'il possédait depuis longtemps des galets gravés, mais qu'il ne voulait les montrer à personne.

— Pourquoi donc ? lui demanda-t-on.

— *Le Mile chilhò ben tro conten ch'i faguesse veyre kèlè peyra !* (L'Emile serait bien trop content si je faisais voir ces pierres !)

Pour les gens sérieux, pour moi spécialement dans ma dixième année, tout était vrai dans ces trouvailles. Mademoiselle Piguette me donna le goût de la préhistoire, de l'archéologie, de l'histoire, qui devaient plus tard nourrir mon esprit et mon estomac. Elle nous racontait les premiers hommes, comment ils s'habillaient, s'alimentaient, s'abritaient du froid et de la pluie, se protégeaient des animaux aussi sauvages qu'eux-mêmes. Elle nous lut des pages d'un auteur au nom compliqué, J. H. Rosny aîné : *La Guerre du feu.* Elle nous fit marcher jusqu'au champ Duranton, que Claude Fradin nous présenta dans tous ses détails. Nous eûmes le bonheur de tenir entre nos mains des cornes de renne dans lesquelles, avec une merveilleuse précision, des artistes inconnus avaient gravé des figures animales ou humaines.

Mademoiselle Pirouette était aussi une conteuse captivante. Dans les histoires qui s'envolaient de sa bouche nous ne savions pas toujours distinguer le vrai du faux : comment les Gaulois avaient été chassés de Rome par les oies du Capitole ; comment Ulysse avait éborgné le cyclope ; comment Moïse avait été sauvé des eaux. Il en fut de même dans l'affaire Glozel. Le conservateur du musée de Saint-Germain-en-Laye, Salomon Reinach, ayant visité le site, se déclara certain de son authenticité ; mais Seymour de Ricci, qui l'accompagnait, y vit à l'inverse un travail de faussaires. Le déchiffrage des briques aboutit à des résultats ébouriffants. Un des spécialistes, monsieur de

Saint-Hillier, y lut des préceptes de politesse pour marchands orientaux. Un érudit bourbonnais identifia un texte phénico-lybien, opposant à ses contradicteurs cette réponse irréfutable :

— Prouvez que je me trompe !

Pour un autre, il s'agissait de textes hébreux laissés par des Juifs pourchassés. Monsieur Gabriel Arthaud y reconnut un vieux dialecte turc apparenté au chinois. Le célèbre professeur Camille Jullian affirma qu'il s'agissait de tablettes d'une sorcière gallo-romaine ; il en traduisit plusieurs ; ainsi cette recommandation à un client souffrant d'impuissance sexuelle : *Si tu veux t'aider à aimer, va te baigner dans le Sichon à la nouvelle lune autour des calendes d'avril*. Dans les jours qui suivirent, on vit en effet plusieurs hommes nus se tremper dans lesdites eaux ; ils n'en communiquèrent point les résultats.

Monsieur Van Gennep, illustre folkloriste et ethnologue, arriva de Suisse. L'abbé Breuil, inventeur de plusieurs grottes, arriva du Périgord. Tous deux s'affirmèrent fervents glozéliens. Le second publia un long article où il exprimait ses certitudes. Comme il n'avait fait mention ni des Fradin ni de Morlet, ce dernier adressa au *Mercure de France* une lettre de protestation, accusant l'abbé d'être un « coutumier voleur d'idées ». Dès lors Henri Breuil, ne craignant pas de se contredire, devint un farouche antiglozélien et proclama que tout était faux à Glozel, « sauf la céramique de grès ».

Une commission d'enquête internationale vint examiner le gisement pour essayer de tirer les choses au clair. Les fouilles reprirent. Six enquêteurs parurent gagnés à l'authenticité. La septième, en revanche, une

Anglaise, miss Dorothy Garrod, fut surprise un matin en train de creuser dans la fosse pour organiser un truquage et faire croire que tout était truqué.

Mauvaise passe pour le docteur Morlet. Un de ses confrères antiglozéliens, médecin avec lui pendant la Grande Guerre, raconta une affligeante anecdote. Pour se moquer de son goût des fouilles, la popote des officiers avait un jour, en Champagne, enterré des os bovins bien raclés, fournis par un cuistot. On s'était arrangé, quelques semaines plus tard, pour les lui faire découvrir. Et le capitaine Morlet de revenir exultant, brandissant ce qu'il appelait les restes d'un bison des temps glaciaires.

Claude Fradin n'échappait pas aux attaques. René Dussaud, secrétaire perpétuel de l'Académie des inscriptions et belles-lettres, l'accusa d'avoir fabriqué de ses mains les briques imprimées. Claude voulut fermer les yeux et les oreilles ; mais son fils Emile, jeune paysan tout juste muni du certificat d'études primaires élémentaires, intenta un procès en diffamation au pape de l'épigraphie. Celui-ci, comme font tous les ennemis de la vérité, usa de toutes les manœuvres dilatoires pour retarder le jugement. Après quatre ans d'appels et contre-appels, René Dussaud fut condamné pour « accusations injurieuses et mensongères » ; à payer en outre un franc symbolique de dommages et intérêts et les dépens.

Dans la classe de mademoiselle Piguette, nous ignorions tout de ces batailles, trop compliquées pour nos comprenottes. Je n'ai connu les détails que je rapporte ici que plus tard, lorsque je me suis intéressé comme historien à toutes les guerres. La guerre des briques ne pouvait me laisser indifférent.

En juillet 1927, subissant au Mayet-de-Montagne les épreuves du certif, j'eus à répondre par écrit à ce commandement : *Exposez les causes et les effets de l'édit de Nantes (1598) et de sa révocation (1685).* Nul sujet ne pouvait mieux me convenir. Je racontai par le menu les guerres de Religion, la Saint-Barthélemy, la persécution des protestants ; je rapportai la fameuse phrase du roi Henri IV : « Paris vaut bien une messe. » Je passai à l'aveuglement de Louis XIV et de son entourage ; je narrai sa conviction qu'à la suite des dragonnades il n'y avait plus de réformés dans son royaume et qu'on pouvait leur interdire d'exister puisqu'ils n'existaient pas. Le correcteur dut être ébloui par tant de savoir. Je déployai la même excellence pour la composition française et pour les deux problèmes. Résultat : je fus reçu le premier du canton. Les cinq autres candidats de mademoiselle Pirouette furent également reçus, mais loin derrière moi. Notre petite troupe revint à pied du Mayet à Ferrières (il n'y a que sept kilomètres) en chantant *La Marseillaise*. En tête, je brandissais le drapeau tricolore.

Après ce succès, l'institutrice rendit visite à mes parents. Avec sa robe blanche et sa capeline, elle avait l'air d'un bouquet. Mon père, qui la reçut à l'entrée de la forge, n'osa lui tendre sa main noire.

— Eh bien, monsieur Saint-André, s'écria-t-elle, quel jour de gloire pour vous et pour Ferrières !

Exploitant sa demi-surdité, il fit d'abord semblant de ne pas entendre. Elle dut répéter. Il lui sortit cette réponse :

— Vous en avez tout le mérite, mademoiselle.

— Votre garçon est le plus brillant élève que j'ai eu de toute ma carrière. Que comptez-vous en faire à présent ?

— Ben… un maréchal comme moi.

— Savez-vous, monsieur Saint-André, qu'il n'y aura bientôt plus de chevaux, plus de mulets sur nos routes ?

— Comment ça ?

— Les voitures à pétrole sont en train de les remplacer.

— C'est bien vrai qu'on en voit moins.

— Les maréchaux n'auront plus de besogne.

— Je travaille pas seulement pour ferrer. Je m'occupe de serrures, de grilles, de girouettes. Avez-vous vu celle que j'ai faite pour le docteur Morlet, de Vichy, avec sa seringue et tous ses instruments ?

— Je sais, vous êtes un habile ferronnier. Mais votre garçon a de si grandes capacités qu'il serait bien dommage de ne pas le faire monter plus haut.

— Plus haut ? Qu'est-ce que vous voudriez en faire ?

— L'envoyer au collège de Cusset. Il deviendrait avocat, ingénieur, agent voyer, professeur. Peut-être un jour député ou ministre. Il gagnerait de l'argent, des honneurs, du pouvoir. Il rendrait des services importants à sa commune.

— On lui planterait une statue ?

— Pourquoi pas ?

— Vous vous foutez de moi ?

— Je parle très sérieusement. Il pourrait aussi vous secourir dans votre vieillesse. Avez-vous d'autres enfants ?

— Nous avons eu une fille, Jeannette. Elle est décédée à l'âge de huit mois.

— Les fonctionnaires jouissent d'une pension de retraite qui leur permet de vivre sans plus travailler. Aucune retraite n'est prévue pour les forgerons. Examinez cela avec madame Saint-André. Nous en reparlerons. Au revoir, monsieur. Au revoir, Jacot.

On en reparla dans la maison. Ma mère n'était pas opposée à me voir devenir professeur ou député, à cause de la pension. Elle finit par convaincre son mari. Mademoiselle Pirouette fit le nécessaire. Je fus inscrit comme interne au collège de Cusset.

La guerre des briques menaçait de devenir une guerre de Cent Ans. Un antiglozélien, Antoine Vergnette, modela de ses mains avec l'argile du champ Duranton une brique à inscriptions et la fit cuire dans le four de sa cuisinière. Les spécialistes qui l'examinèrent après cuisson ne trouvèrent aucune différence entre elle et les trente-cinq exhumées. « Comment, se demandèrent-ils, des briques si légèrement cuites ont-elles pu résister dix mille ans à la circulation d'eaux souterraines, si abondantes dans le site ? Comment les signes ont-ils pu conserver tant de fraîcheur ? »

En sens inverse, des critiques d'art fournirent des arguments esthétiques. « Il faut, écrivit l'un, ne rien connaître à l'art animalier pour oser prétendre que les gravures et sculptures de Glozel sont l'œuvre d'un faussaire. » Et cet autre : « Si l'on admet le faux, Fradin, artiste et savant, peut cueillir au jardin de l'art et de la science la double fleur que cueillit Léonard de Vinci aux jours de la Renaissance. »

A présent, soixante-dix ans plus tard, les cheveux blancs et le front sillonné, lorsque je rends visite au petit musée où Emile a rassemblé ses découvertes, moi qui ne suis point spécialiste en arts, je reste ébahi comme jadis par cet os de renne percé d'un trou – probablement un pendentif – où est minutieusement gravée – il n'y manque pas un crin – une louve allaitant son louveteau. Elle tourne avec tendresse le mufle vers lui. Sa queue touffue traîne dans l'herbe. Le petit tète goulûment. Ce couple me rappelle en miniature la louve qui est à Rome allaitant Remus et Romulus.

Il y a enfin le témoignage de la patine, ce vernis protecteur sécrété par dix mille ans de patience souterraine sur les cornes et les os travaillés. Le témoignage de certaines racines minéralisées qui ont traversé l'épaisseur de telle ou telle brique.

Le chanoine Léon Cote *(Glozel trente ans après)* résumera plus tard exactement les épisodes de la guerre des briques : *Certains savants arrivèrent à Glozel en sceptiques, mais sans y apporter un parti pris de malveillance, et repartirent enthousiastes. D'autres condamnèrent* a priori, *trouvant inutile de se déplacer puisque les trouvailles contredisaient leurs thèses et qu'ils étaient certains de leur propre infaillibilité. D'autres enfin, après avoir fait le voyage et s'être convaincus de l'authenticité sur place, après avoir même affirmé par écrit cette conviction, la renieront plus tard et parleront de faux parce que leur intérêt personnel s'est brusquement mis en jeu. Ainsi va le monde, les sincérités changeantes sont de tous les temps.*

Enfant, adolescent, je m'intéressai comme je pus à cette controverse et demeurai toujours un fervent glozélien. Y prenant, comme j'ai dit, le goût du passé proche ou lointain. J'eus un autre professeur d'histoire en la personne de mon oncle Augustin, sabotier et galochier à Lachaux. Nous allions le voir de temps en temps, dix kilomètres de marche ne nous faisaient pas peur. Il nous fournissait en chaussures de bois. On ne sait d'où vient le français « sabot » ; mais le patois *esclop*, ou *ikio*, ou *ichio*, vient du latin *sculpo* qui souligne la parenté du sculpteur et du sabotier. Les sabots de mon oncle étaient de véritables œuvres d'art. Tout en manœuvrant la gouge dans ses tronçons de noyer, il fredonnait une chanson aussi bonapartiste que la mouche qu'il portait sous la lèvre. Il l'avait ramenée des sept ans d'armée qu'il avait faits sous Mac-Mahon. Il me la chantait en secret, loin des oreilles de sa sœur Angèle qui ne l'aurait pas tolérée, si bien que je pus en écrire sur papier les paroles historiques :

> *L'empereur d'Autriche a dit*
> *Au roi de Prusse son ami :*
> *« Baise mon cul, la paix est faite,*
> *Chibreli, chibrela, chibrelette. »*
>
> *Le roi de Prusse a répondu :*
> *« Je veux pas baiser ton cul.*
> *La paix donc sera point faite,*
> *Chibreli, chibrela, chibrelette. »*
>
> *Badinguet leur dit : « Très bien :*
> *Vous baiserez tous deux le mien,*
> *L'un z'à gauche, l'autre à drète.*
> *Chibreli, chibrela, chibrelette. »*

*Le grand Lexandre est venu
Voir baiser ce glorieux cul.
Il en a mis ses lunettes,
Chibreli, chibrela, chibrelette.*

*Un pet sortit de son cul
Qui les a tous confondus :
Ils ont battu en retraite,
Chibreli, chibrela, chibrelette.*

Mademoiselle Pirouette m'expliqua que ces paroles célébraient des victoires de Napoléon III sur le roi de Prusse, l'empereur d'Autriche et le tsar de Russie. Victoires qui n'avaient jamais eu lieu, mais qui consolaient de leur défaite les soldats de Badinguet.

— Qui était ce Badinguet ?
— Ce surnom a été donné à Napoléon III.
— Qu'est-ce qu'il signifie ?
— On ne sait pas bien. Tu feras des recherches quand tu seras professeur d'histoire.

C'est ainsi que ma carrière fut définitivement scellée.

3

Cusset est un chef-lieu de canton relié à Vichy par un pont qui enjambe les voies ferrées. Il fut autrefois défendu par des remparts qui lui valurent le titre de « bonne ville d'Auvergne », c'est-à-dire capable de résister aux assauts. Au XVe siècle, Charles VII et son fils, le futur Louis XI, s'y réconcilièrent après la révolte de la Praguerie. Pour plus de détails, consultez le « Malet et Isaac ». De ce long passé, subsistent seulement une tour et de pittoresques maisons à colombages, dont une dite « de Louis XI ». C'est dans les restes d'une ancienne abbaye qu'étaient installés la mairie et le collège.

Lors de notre première classe, monsieur Soulier, notre prof de français, avait coutume de demander à chacun de nous nom, adresse et profession des parents. En composant sa liste, il ne manquait pas de jouer spirituellement sur nos patronymes :

— Péreau Etienne. Mon père est boulanger à Cusset.

— Je n'ai pas bonne mémoire. Si par hasard je vous appelle Poireau, en serez-vous fâché ?... Au suivant.

— Moutade Jean-Jacques.

— Ne vous étonnez pas si je prononce Moutarde.
— J'ai l'habitude.
— Au suivant.
— Papon Philippe.
— Si vous permettez, je vous appellerai Patapon. Au suivant.
— Dupuy Maurice.
— Comme la vérité qui en sort – du puits – toute nue. Profession du père ?
— Agriculteur. Il est aussi maire.
— Maire de quelle commune ?
— De Molles.
— Je comprends votre hésitation. Je recommande à tous de ne jamais dire « maire de Molles », mais bien « maire du charmant village de Molles ».

Vint mon tour :
— Saint-André Jacques. Mon père est maréchal.
— Maréchal de France ?
— Non, de Ferrières.
— Alors, dites « maréchal-ferrant ».

Les plaisanteries agrémentaient son cours. Néanmoins, c'était un excellent professeur. Non seulement il nous fit connaître et aimer nos grands classiques, mais il nous présenta des auteurs bourbonnais, moins célèbres, mais qui méritaient notre attention. *A priori*, je croyais que tous les écrivains étaient morts. Il nous révéla Emile Guillaumin bien vivant ; auteur de *La Vie d'un simple*, Mémoires d'un métayer, qu'on pouvait rencontrer à Ygrandes en train de faner ou de traire ses vaches, coiffé en hiver d'une casquette à oreilles, en été d'un canotier. Il nous révéla Charles-Louis Philippe, né à Cérilly en bordure de la forêt de Tronçais, qui se baptisait « le petit poète des égouts », dont monsieur Soulier osa nous lire quelques pages de *Bubu de Montparnasse*.

J'ai un faible pour les auteurs qui ont à dire quelque chose d'important, qui s'emploient en conséquence à être compris de tout le monde. Je ne suis pas assez intelligent pour entrer chez les mystérieux, les obscurs, les incompréhensibles, ceux dont la presse parisienne raffole. Aussi eus-je quelque peine à m'intéresser à Valery Larbaud, l'auteur de *Barnabooth* et de poèmes algébriques. Sur la recommandation de monsieur Soulier, j'appréciai du moins ce charmant récit, *Une nonnain*, histoire d'une tendre amitié entre un malade et une jeune religieuse au prénom homonymique, sœur Valérie.

A côté du prof de lettres, monsieur Sauvageot, maître d'histoire et de géographie, savait nous passionner. Barbu et chevelu comme l'*Homo glozeliensis*, il nous emmenait en promenade à travers Cusset et Vichy, nous présentait les tours, les églises, les chalets construits en bordure des parcs sous Napoléon III. Un jour, il nous arrêta sur les rives de l'Allier. Le doigt tendu, il nous posa cette question surprenante :

— Que voyez-vous à vos pieds et plus loin ?

Nous nous consultâmes des yeux avant de lâcher cette réponse unanime :

— L'Allier.

Il secoua la tête :

— Officiellement, sur toutes les cartes, ce cours d'eau porte en effet le nom d'Allier. Or je prétends qu'il s'agit de la Loire.

Stupeur générale, bouches bées, yeux et oreilles écarquillés. Nous n'étions donc pas dans le département que nous prononcions *Ahier* ? Monsieur Sauvageot s'expliqua :

— Suivez mon raisonnement. A l'ouest de Nevers, l'Allier se jette-t-il dans la Loire ou la Loire dans l'Allier ? Telle est la question. Ces deux cours d'eau naissent tout près l'un de l'autre, avant de s'éloigner pour dessiner deux parenthèses. Ils sont alors à peu près de longueurs égales. Lorsqu'ils sont sur le point de se réunir, leurs débits – c'est-à-dire la quantité de mètres cubes qu'ils transportent – sont variables. En période pluvieuse, le bras droit l'emporte sur le gauche. En période d'étiage, c'est l'inverse. A leur confluent, le bras droit doit faire un coude prononcé avant de se joindre au gauche, alors que celui-ci coule tout droit, sans se déranger, conscient de sa primauté. Pour mieux vous convaincre, regardez ce qui se passe quand les saumons à dos bleu et ventre rose, venant de l'océan Atlantique, remontent la Loire pour aller frayer, c'est-à-dire pondre leurs œufs dans les eaux fraîches de sa source. Lorsqu'ils arrivent au confluent, que nous appelons « bec d'Allier », que se passe-t-il ? Au lieu de tourner à gauche, de remonter la Loire officielle, ils vont tout droit et remontent le vrai fleuve. Le nôtre, qui coule à vos pieds. Qui faut-il croire, les géographes officiels ou les saumons ?

Nous n'avons pu nous retenir d'applaudir en criant : « Les saumons ! » Car si les cartes peuvent mentir, les saumons ne mentent point. Une autre fois, je résolus de les questionner moi-même. Me promenant seul sur la rive du pseudo-Allier, j'attendis une occasion favorable. Des pêcheurs, protégés par des bottes cuissardes, ne craignaient pas de s'avancer jusqu'au milieu du fleuve. Sur la terre sèche, attendait un journaliste de

La Montagne, prêt à photographier les plus belles prises. Après une heure d'inutile patience, je remontai le courant en direction d'Abrest, m'éloignant des pêcheurs, me demandant si la théorie de monsieur Sauvageot n'était pas une fable. Comme il faisait chaud, je m'agenouillai sur l'herbe, je mouillai mes mains, je me baignai la figure. C'est alors que je vis à ma grande surprise une échine bleue émerger de l'eau descendante. Je me mis carrément à plat ventre et j'appelai :

— Psitt ! Psitt !

Le saumon sortit sa gueule ronde, ses gros yeux sans paupières. Me voyant désarmé, donc inoffensif, il répondit :

— C'est moi que vous appelez ?

— Oui. S'il vous plaît. Puis-je vous poser quelques questions ?

— Que voulez-vous savoir ?

— D'abord, pourquoi vous nagez si près du bord au lieu d'emprunter le milieu du courant, là où l'eau est plus profonde.

— C'est pour éviter le fil des pêcheurs et, par voie de conséquence, l'objectif des journalistes. Je ne tiens pas à être photographié. Pourtant je le mériterais.

— Certainement, à cause de vos dimensions exceptionnelles.

— Ce n'est pas ce que je veux dire. Il m'est arrivé un jour, alors que j'avais mordu à l'hameçon, d'avoir à lutter contre mon captateur. Chacun tirait de son côté, de toutes ses forces. Et qu'arriva-t-il ? Devinez !

— Que sais-je ?

— C'est moi qui entraînai le bonhomme au fond de l'eau. Je l'amenai à mes saumoneaux et saumonettes, disant : « Voyez le beau Bourbonnais que j'ai pris. Il pèse au moins cent trente livres ! » Tel fut pris qui croyait prendre.

— Comme dit notre La Fontaine. Dans « Le renard et la cigogne ».

— Pas du tout. C'est dans « Le rat et l'huître ».

— Vous êtes sûr ? Je ne me souviens pas de cette fable.

— Le rat croyait manger une huître ouverte ; mais elle se referma soudain et lui pinça le nez. Elle aurait pu le manger.

— Avez-vous mangé votre pêcheur ?

— Il était trop dur. Nous l'avons rendu à sa famille. Désirez-vous me poser une autre question ?

— Dites-moi si vous nagez en ce moment dans le fleuve Loire ou dans la rivière Allier.

— Dans le fleuve Loire, évidemment, bien que les ignorants lui donnent un autre nom.

Ainsi se trouva absolument confirmée l'opinion de monsieur Sauvageot.

A Cusset, je restai plusieurs mois sans revoir ma famille. Seules les vacances importantes, de la Noël, de Pâques, m'autorisaient à prendre l'autobus Cusset-Saint-Priest-la-Prugne. Alors que la plupart de mes condisciples internes rentraient chez eux tous les quinze jours, voire tous les samedis, mon père se contentait d'une visite par trimestre.

— J'ai assez de frais à payer ta pension et tes livres sans payer encore des voyages inutiles.

C'était peut-être de l'avarice ou un manque d'amitié. Peut-être aussi une manière de me punir d'avoir abandonné la forge. Pour me consoler un peu, ma mère m'envoyait une lettre par semaine de son écriture maladroite et pleine de fautes. Pas plus de dix lignes chacune, car il fallait aussi économiser l'encre et le papier. *Mon cher fils Ne faux en vouloir à ton père sil te peremait pas de venir nous voire plut souvan le travail marche pas fore en se moman les bounoumes achette des traqueteurs bienteau y aura plut ni vache ni chevaus je me suie mise à lavé le linge de l'institrice et dotres persones sa me raporte quèques sous je tembrase très fore ta mère qui tème de tout son cuer Angèle Saint-André.*

Je lisais ces lettres en pleurant, je les cachais sous mon traversin, je les rassemblais ensuite dans une boîte de sucre vide dont m'avait fait cadeau la cuisinière du collège. Elles en ressortaient toutes sucrées. Je leur parlais, comme j'aurais parlé à ma mère : « Quand je serai professeur d'histoire-géographie, j'achèterai une voiture automobile. Je viendrai à Ferrières. Je vous emmènerai tous deux en promenade. On ira jusqu'à Paris voir la tour Eiffel. » L'oreiller connaissait mes secrets et mes espérances.

Parfois arrivait une nouvelle importante. A Glozel, Emile Fradin avait gagné un autre procès. La guerre des briques semblait s'achever sans armistice ni capitulation. Son petit musée recevait chaque année plusieurs milliers de visiteurs. C'était beaucoup pour un homme seul, c'était peu pour le sujet. Au Portugal, on venait de découvrir à Elvas des poteries ornées de signes littériformes, très comparables à ceux de Glozel. Comme l'authenticité de ces trouvailles dues à des montagnards illettrés semblait indéniable, l'alphabet du docteur Morlet s'en trouvait confirmé.

Mais comment expliquer ces ressemblances en des lieux si lointains ? Tout autre pays évolué, l'Allemagne, l'Angleterre, l'Italie, aurait construit un bâtiment imposant pour recevoir ces vases, ces emblèmes, ces outils, ces ossements, cette bibliothèque de briques. Mais dans cette région d'humilité où le Bourbonnais s'efface devant l'Auvergne à moins que ce ne soit l'inverse, aucune flèche ne signalait Glozel, le promeneur hasardeux ne le trouvait que lorsqu'il avait le nez dessus.

Nouvelle triste. Un jour de l'année 1929, le principal du collège me fit appeler dans son bureau :

— J'ai reçu une lettre de votre mère. Elle me charge de vous apprendre une chose douloureuse... Asseyez-vous... Sortez votre mouchoir... Voilà... Votre grand-mère de Châteldon est décédée... Elle est morte pendant son sommeil, sans s'en apercevoir, sans souffrir.

Je reçus cela comme un coup sur la tête. Je la rentrai dans les épaules.

— Vous pouvez pleurer, me recommanda le principal. Cela vous fera du bien.

Mais mes yeux restaient secs. Dans ma poitrine, je sentais mon cœur pétrifié. Il y a des douleurs sans larmes, comme il y a des orages sans pluie. Voyant ma sécheresse, le principal me considéra d'un air réprobateur, croyant à mon absence de chagrin. Après une attente, il fit hum-hum, ajouta un détail :

— Vos parents n'ont pas l'intention de venir vous chercher pour les obsèques. Ils préfèrent vous laisser tranquille.

Me laisser tranquille ? Ils auraient dû venir me prendre en taxi. Ajouté à l'autobus de Châteldon, cela aurait produit des frais inutiles, qui n'auraient pas ressuscité la vieille Annette Maudiment.

Le principal me tendit la main, me dit bon courage. Sa secrétaire me ramena dans ma classe. Elle chuchota à l'oreille du prof de maths et se retira. Ce dernier posa une main sur mon épaule et parla :

— Votre camarade Saint-André vient d'apprendre le décès de sa grand-mère. Manifestez-lui votre sympathie en lui serrant la main.

Je fis la tournée des mains ouvertes. Plus ou moins chaleureuses. Certaines si molles que je croyais serrer une serpillière. Puis je regagnai ma place. J'essayai de me vider la tête, de ne pas songer à ma *Grande*. Je regardais le tableau noir maculé d'équations. La *Déclaration des droits de l'homme et du citoyen* clouée au mur. L'armoire-bibliothèque chargée de poussière. Par ces différents procédés, je réussis à éloigner ma peine. Comme avait fait le principal, la classe me considérait avec réprobation. Je suis content, au fond, de n'avoir pas vu ma grand-mère morte. Je ne garde d'elle que des souvenirs vivants. Sa coiffe à trois étages de godrons. Son tablier de coutil à deux poches, l'une pour son chapelet, l'autre pour sa pomme. Ses sabots qu'elle noircissait avec le derrière de sa poêle. Vivante aussi son odeur de chèvreton, de genêt brûlé, de douce vieillesse. Trois quarts de siècle après son envol vers le ciel bleu, je me rappelle encore les taches brunes de ses mains qu'elle appelait des fleurs de cimetière. Sa voix un peu rêche qui ne prononçait que des mots de chez elle. Elle m'appelait : « Mon *bouty* (Mon chevreau)... mon *chimpleto* (mon follet)... mon *belou* (mon agneau)... » En revanche, elle traitait de *Casério* n'importe quel mauvais sujet, en souvenir de celui qui avait assassiné un président de la République. Et même de *Casériaude* une détestable particulière. Après l'éternuement, au lieu de l'ordinaire « A vos souhaits ! », elle me criait : « *Djeu te creyche !* » (Que le bon Dieu te fasse bien grandir.)

Peu à peu, mon chagrin s'est desséché. Mais je le sens fossile encore dans mon cœur, intact comme ces feuilles de fougère qu'on trouve parfois dans les morceaux d'anthracite.

Il a bien fallu que je reprenne mes études. L'internat me nourrissait de lentilles ; monsieur Sauvageot me nourrissait de personnages fabuleux. En 1930, nouvel examen : brevet élémentaire. Nouveau succès.

— Et maintenant, demanda mon père, qu'est-ce que tu vas foutre avec ce diplôme ?

— Demandons à mademoiselle Piguette.

Elle fut appelée. On faillit ne pas la reconnaître parce qu'elle s'était fait couper et blondir les cheveux. Le forgeron répéta sa demande.

— Le brevet élémentaire ne sert à rien, avoua-t-elle. C'est un titre purement honorifique. Il révèle cependant un certain niveau d'études. Savez-vous que Colette, le célèbre écrivain, auteur de tant de beaux livres, n'est pas allée plus loin ?

— Et alors, vous voulez que mon gars devienne écrivain ?

— Non. Je suggère qu'il poursuive ses études.

— Où ça ?

— A Moulins. Un jour, je vous l'ai dit, il sera professeur, ou avocat, ou député.

— Ça va me coûter les yeux de la tête.

— Faut ce qu'il faut.

— Bondiou de bondiou !

Voilà comment et pourquoi je fus inscrit au lycée Théodore-de-Banville. Son nom ne m'était pas étranger. Mademoiselle Pirouette nous avait fait apprendre le poème qui a établi sa gloire éternelle :

> *Nous sommes les petits lapins,*
> *Gens étrangers à l'écriture...*
> *Et dans la bonne odeur des pins*
> *Qu'on voit ombrageant les clairières,*
> *Nous sommes les tendres lapins*
> *Assis sur leurs petits derrières.*

L'été qui suivit, naturellement, je me remis à la forge, à la ferronnerie, au charronnage. Sans déplaisir. Dans nos écoles où les enfants frottent leur cervelle contre celle d'autrui, on devrait leur enseigner, outre les fables de La Fontaine et la table de multiplication, un métier manuel. On néglige trop l'intelligence des doigts au seul bénéfice de l'intelligence de la tête. Si mon idée était retenue, elle mettrait beaucoup de jeunes gens à l'abri du chômage. Elle aiderait les gens de main-d'œuvre et les gens de spéculation à mieux se comprendre et s'estimer. Le philosophe Spinoza gagnait son pain quotidien en polissant des verres de microscope. Beaumarchais pratiqua l'horlogerie. Louis XVI réparait les serrures. Nos ancêtres paysans savaient tout faire, sauf lire et écrire.

En octobre 1930, à la saison où les feuilles se muent en bronze ou en or, je quittai donc Ferrières pour Moulins. La ville doit son nom à des moulins flottants dont les eaux de l'Allier (ou de la Loire) faisaient jadis tourner les roues à aubes. Ce fleuve fut pendant des siècles navigué, malgré ses méandres, ses étranglements, ses tourbillons, ses îles, ses rochers, ses sorcières aquatiques. Les gabarres à fond plat, les bateaux dits « insubmersibles » ont disparu. Il ne reste que des barques de pêcheurs. Ilots et îlettes sont couverts de végétations que les Moulinois appellent des *verdiaux*, les amoureux vont y dissimuler leurs ébats. Quand on arrive de Vichy, quand le train fait gronder le pont métallique, on voit au loin une ville hérissée de clochers et de beffrois sur un ciel impressionniste. La cathédrale seule flamboie.

Ce chef-lieu modeste du département s'est laissé dépasser en population par Montluçon et par Vichy. Ses industries – dans la chaussure, l'alimentation, le vêtement, l'imprimerie – sont légères et silencieuses. Une ville, décrit Jacques de Bourbon-Busset, « à la limite de l'effacement ; de là vient peut-être son charme, qu'il n'est pas aisé de saisir dès la première rencontre ». Au passant attentif, elle offre des rues médiévales, comme celle des Orfèvres, bordées de maisons à pans de bois. Son ancien collège des Jésuites devenu palais de justice. Ses cours ombragés où toujours quelque petit chien promène un professeur en retraite.

Tout est pourtant fameux dans la ville. Son fameux triptyque dans la sacristie de la cathédrale, œuvre d'un fameux inconnu. Le fameux pont de Règemortes. La fameuse chapelle du lycée Banville. La fameuse bible conservée à la bibliothèque : elle était renommée pour la perfection de son texte et servit de référence au concile de Trente en 1550. Après cette épreuve, elle revint en Bourbonnais, atterrit dans le grenier de la mairie. Un fonctionnaire municipal s'en servit longtemps comme sous-cul pour s'asseoir et se hausser.

Sauvée par un connaisseur, elle reçut enfin une belle reliure et une restauration appropriée. Elle est à présent tenue pour un chef-d'œuvre de la miniature monastique.

Descendus de notre train, à la recherche du fameux lycée, le forgeron et moi avons erré un moment par la ville. Sur la pointe des pieds, selon la recommandation de mon institutrice, afin de ne déranger âme qui vive. Ni les chats assoupis sur le rebord des fenêtres, ni les érudits assoupis sur leurs livres. A travers les vitres, je les devinais plongés dans les grimoires, à la recherche de mystères historiques irrésolus, comme ceux de Glozel.

Les seuls Moulinois qui fissent un peu de bruit étaient les membres de la famille Jacquemart tapant les heures au sommet du beffroi. Encore s'étaient-ils réparti la tâche. Le père Jacot et sa femme Jacquette tapaient les heures du marteau ; leurs enfants Jacquelin et Jacqueline se chargeaient des quarts et des demies. Au-dessous, sur la petite place, de nombreux badauds, le nez en l'air, attendaient le déclenchement du fameux mécanisme, sans se soucier des embarras circulatoires qu'ils provoquaient.

Toujours en quête de ma future prison, nous nous sommes reposés un moment dans un jardin public. O merveille ! Théodore de Banville nous y attendait. Marmoréen. En compagnie de son caniche dont plus tard j'appris le nom : *Zinzolino*. Un mot italien qui exprime la petite quantité : *uno zinzolino di zucchero* (un soupçon de sucre). Que le poète et son brin de caniche fussent venus à notre rencontre me sembla un heureux présage.

Nous finîmes par atteindre le vaste bâtiment qui porte leur nom. Tout fait de briques roses, fleuries de losanges bleus. Le rose et le bleu sont les couleurs préférées de Moulins. Rose des maisons, bleu du ciel et de l'Allier.

4

Trois ans j'ai usé mes fonds de culotte dans cette maison vénérable d'où sont sortis une multitude de professeurs, médecins, notaires, sous-préfets, politiciens. M'abreuvant d'histoire et de géographie, avec un *zinzolino* d'autres disciplines. M'intéressant d'abord à elle, je découvris qu'elle avait été le premier lycée de France, fondé en 1802. Le règlement imposait alors aux internes de ne jamais paraître en ville sans leur uniforme, et « un caban de drap bleu avec capuchon mobile, une redingote à forte doublure, une écharpe longue d'un mètre ». L'intendant, le médecin attaché à l'établissement veillaient à ce que la nourriture fût « saine, abondante et agréable ». L'hygiène était assurée par des pédiluves hebdomadaires. Des bains entiers pouvaient être conférés aux élèves sur prescription médicale. Dans les années 1930, l'uniforme n'avait guère changé ; les bains étaient remplacés par des douches.

La ville de Moulins tout entière était un livre d'histoire. Imprégnée du souvenir de Charles III, duc de Bourbon, placé généralement dans la cohorte des grands traîtres à la France. En fait, aucun Bourbonnais n'accepte cette accusation. Mes professeurs nous convainquaient que, dans cette affaire compliquée d'argent, d'honneur, de territoires, de femmes, le coupable était le roi François Ier, qui avait refusé de verser la pension promise au vrai vainqueur de Marignan. Par jalousie envers un duc qui aspirait au titre de prince. Se limitant à lui conférer celui de connétable. Au Camp du Drap d'or, le roi d'Angleterre l'avait mis en garde :

— Si j'avais un tel sujet près de moi, voilà une tête que je ne laisserais pas longtemps sur ses épaules.

A cette tête, cependant, la reine mère Louise de Savoie eut la faiblesse de s'intéresser, malgré une excessive différence d'âge. Elle fit savoir au duc qu'elle était disposée à le prendre pour second mari. A quoi il répondit sèchement :

— Jamais je n'accepterai de prendre une femme sans pudeur.

La passion de Louise vira aussitôt à la haine. Elle poussa son fils François à le détester autant qu'elle-même. Il ne demandait pas mieux et soumit le duc à toutes sortes de vexations. Ecœuré, Charles III écouta les propositions d'alliance que lui fit Charles Quint et prit le commandement des armées impériales. A leur tête, il fut le vainqueur de Pavie où mourut un autre Bourbonnais, le maréchal de La Palice. Illustré par une chanson drolatique de cinquante couplets :

> *Monsieur d'la Palice est mort,*
> *Il est mort devant Pavie.*
> *Un quart d'heure avant sa mort,*
> *Il était encore en vie.*

> *Il épousa, ce dit-on,*
> *Une vertueuse dame.*
> *S'il avait vécu garçon,*
> *Il n'aurait pas eu de femme...*

A Pavie, s'étant placé par gloriole devant ses canons, François Ier les empêcha de tirer. Blessé, fait prisonnier, il écrivit à sa mère : « De toutes choses ne m'est resté que l'honneur et la vie qui est sauve. » Malgré cette ostentation, emmené à Madrid, il signa pour se libérer un traité honteux – abandonnant la Bourgogne à Charles Quint – qu'il s'empressa de violer sitôt rentré en France. Se révélant ainsi le parfait suivant de Machiavel qui venait d'écrire : « Un seigneur avisé ne peut, ne doit pas respecter sa parole si ce respect se retourne contre lui et si les motifs de sa promesse sont éteints. »

Tous les biens de Charles de Bourbon allèrent à la couronne de France. La porte de son hôtel parisien, près du Louvre, fut symboliquement barbouillée de jaune, sa forteresse de Chantelle extirpée comme une dent mauvaise, à la barre et à la pioche. Le duc guerroya deux années encore pour son nouveau suzerain. En 1527, menant l'assaut de ses lansquenets contre Rome, il reçut une arquebusade qui mit fin à ses jours.

Je n'avais pas même besoin de sortir du lycée pour m'immerger dans l'histoire. La chapelle de l'établissement contenait un fameux tombeau : celui d'un autre duc infortuné, Henri de Montmorency, et de sa femme Maria Felicia Orsini. Cet homme eut la mauvaise inspiration de s'affilier à Gaston d'Orléans qui passa le plus clair de sa vie à comploter contre son frère Louis XIII, à obtenir ensuite le pardon du roi sans se soucier du sort de ses acolytes. Fait prisonnier par les troupes de Richelieu, traduit devant le parlement de Toulouse, Montmorency fut condamné à mort, décapité dans la cour intérieure du Capitole, enseveli en deux morceaux dans l'église Saint-Sernin, tandis que sa veuve était emprisonnée à Moulins. Libérée après un an, elle vécut dans un deuil éternel, s'enferma au couvent de la Visitation, travailla à obtenir du roi un pardon posthume, fit transporter la dépouille de son mari dans la chapelle dudit couvent et prit le voile jusqu'à la fin de son existence. Le magnifique mausolée qu'elle fit construire les représente côte à côte à la manière étrusque, lui la tête bien ressoudée sur les épaules, entourés par la Foi, la Force, la Libéralité, le Courage.

Passionné à Banville d'histoire et de géographie, je m'imprégnais accessoirement de Kant, de Pascal, de Spinoza. Je voyageais par la pensée à travers les cinq parties du monde. Apprenant avec plaisir l'allemand et l'italien sous l'autorité de monsieur Burlaud-Darsile. Ne négligeant ni la musique, ni le dessin, ni la gymnastique. Chaque fin d'année scolaire, je recevais un ou plusieurs prix. Certaines fois le prix d'excellence. Nos professeurs étaient d'un niveau élevé qui leur aurait permis, s'ils l'avaient souhaité, d'enseigner à Clermont-Ferrand ou même à Paris. Mais ils préféraient savourer la douceur du Bourbonnais, de ses immenses pâturages, de sa forêt de Tronçais plantée par Colbert, de ses églises aux longs clochers pointus, de ses châteaux innombrables.

En compagnie de mon condisciple préféré, Maurice Dupuy, originaire comme j'ai dit du charmant village de Molles, et de sa bicyclette, j'ai visité maint château et mainte église. La plus étonnante est celle de Saint-Menoux, à quatorze kilomètres de Moulins, sur la route de Bourbon-l'Archambault. Nous savions que le saint patron de ce bourg était un prêtre irlandais nommé Menulphe qui, revenant de son pèlerinage à Rome, s'était arrêté dans un village appelé Mailly-sur-Ours, l'Ours étant la proche rivière. Cela se déroulait en des temps très anciens. Il se trouva si bien à Mailly qu'il y resta. Pour passer le temps, il cultivait son jardin et produisait des miracles. Lorsqu'il mourut, les miracles ne cessèrent point : Menulphe les continuait de son tombeau. Sa spécialité : la guérison des maladies mentales, folie des grandeurs, manie de la persécution, idiotie congénitale, vanité vésicatoire. Tout ce que les Bourbonnais résument d'un mot : *brédinerie*. Le *bredin*[1] appartient à tous les milieux, à toutes les classes sociales, à tous les niveaux culturels. Comme l'atteste cette mise en garde qu'un général bourbonnais commandant l'Ecole polytechnique servit un jour à ses élèves en termes clairs :

— Jeunes gens, ne vous faites pas d'illusion. Chez nous, dans cette maison, il y a autant de cons qu'ailleurs.

---

1. Voici quelques synonymes bourbonnais de *bredin* : *jarjaud, vièdaze, barnaud, estropià d'eisme, foutraud, bourniaraud, dombreroubeulhà, chanhó...*

Cons qui se soupçonnent et cons qui s'ignorent. A tous, je ne saurais trop conseiller de faire le pèlerinage au sarcophage de saint Menulphe, devenu saint Menoux, comme j'ai fait moi-même. A tout hasard, avec Maurice Dupuy, dans l'intention de nous faire *débrediner*. Lorsque nous avons mis pied à terre devant l'église, nous avons pu constater que nous n'étions pas les seuls pèlerins. Une queue immense attendait devant les portes. Ayant échangé quelques mots avec eux, nous avons remarqué leur variété et leurs soucis : supporters de diverses équipes de foot, étudiants relevant de trois semaines de grève, enseignants ne sachant plus à quel autre saint se vouer, prêtres spécialisés dans les problèmes de sexualité, parents n'arrivant pas à éduquer leurs marmots, fanatiques de la gauche, du centre ou de la droite, conscients de leur bredinerie, ils venaient en chercher la guérison. Un vieillard nous révéla qu'il ne se sentait pas atteint, mais que ses enfants l'avaient poussé à venir.

— Ils me traitent d'avare. Mais je suis seulement économe.

— Sur quoi porte votre économie ?

— Sur toutes sortes de choses. J'économise les allumettes, les grains de sel, les miettes de pain. Cela fait partie de ma nature d'Auvergnat. Mais eux trouvent que je vais trop loin.

— Par exemple ?

— Tous les soirs, en me couchant, j'arrête le mouvement de ma montre pour ménager le ressort.

— Et si vous voulez savoir l'heure au milieu de la nuit ?

— C'est tout simple. Je me mets à la fenêtre et je sonne du clairon. Y a toujours un voisin qui se lève et qui crie : « Quel est le bredin qui sonne du clairon à deux heures dix du matin ? » Et me voilà renseigné. Est-ce que vous croyez que je suis tombé dans l'avarice ?

— Non, non. Vous vous maintenez à la surface.

Un autre pèlerin nous avoua qu'il avait l'habitude de battre sa femme, qu'il ne pouvait se retenir de la tabasser chaque matin.

De l'église, sortait une seconde file, celle des patients débredinés. Le tout ressemblait à deux lignes de fourmis, la montante et la descendante, en train de déménager leur fourmilière. Maurice et moi avons fait la queue comme tout le monde, progressant à pas menus. Après une longue patience, nous avons pu pénétrer dans l'église. L'intérieur était très éclairé, spacieux, harmonieux, avec un large déambulatoire qui contournait l'autel et aboutissait à la débredinoire, l'ancien sarcophage de saint Menulphe. Un coffre de pierre blanche, plus étroit à la base qu'au sommet, monté sur quatre colonnettes. Sur le flanc gauche, une ouverture demi-circulaire, assez large pour qu'on pût enfoncer la tête.

Mon tour venu, j'y ai placé la mienne. Ayant compté jusqu'à douze comme recommandait le sacristain, je l'ai retirée et suis ressorti avec une impression de légèreté que je n'avais plus éprouvée, me semblait-il, depuis le jour de ma première communion. Je pris place dans la file des débredinés. Tous radieux. Excepté toutefois quelques-uns qui se comportaient de manière extravagante, produisaient d'horribles grimaces ou des cabrioles, marchaient sur les mains.

Le sacristain m'expliqua que ces infortunés, loin de s'en défaire, avaient absorbé dans le sarcophage la bredinerie déposée par d'autres. Elle s'était ajoutée à la leur.

— Mais alors, le miracle ?

— Quand la débredinoire est pleine, comme une poubelle, il faut bien qu'elle se vide. C'est un risque à courir, contre lequel on ne peut rien.

J'eus l'occasion de revoir le pèlerin qui ne pouvait se retenir de battre sa femme.

— Je suis guéri, me confia-t-il avec un sourire émerveillé. Maintenant, je ne tabasserai plus ma femme. Je tabasserai ma belle-mère.

Ma mère aurait bien dû faire le voyage de Saint-Menoux. Voici les circonstances. Que les forts en esprit en jugent.

Depuis des années, je souffrais d'une prémolaire, en haut, à droite. A Ferrières, quand je m'en plaignais, Angèle m'appliquait un remède venu du fond des âges. Elle prenait dans un placard une bouteille étiquetée « Arquebuse », contenant une liqueur verdâtre. Vulnéraire qu'elle composait elle-même, à base d'eau-de-vie, de sucre, de diverses plantes cueillies dans les bois.

— Prends-en une gorgée. Fais-y tremper ta dent. Après quelques minutes, tu recraches. Tu ne sentiras plus rien.

J'obéissais. L'arquebuse me mettait la gencive en feu. La douleur s'endormait. Mais elle se réveillait le lendemain. Si j'osais réclamer une autre gorgée, ma mère protestait :

— Faut pas s'écouter. Faut pas être douillet. Faut supporter les petites souffrances de la vie. J'ai eu ma part. Chacun a la sienne.

Ainsi, de trimestre en trimestre, ma dent se gâtait davantage. Elle perdit même sa couronne. J'en parlai à mon copain Maurice ; il me conseilla d'aller voir un dentiste. J'en trouvai un place d'Allier. Il m'examina longuement, fronça les sourcils :

— Votre prémolaire n'est pas belle à voir.

Et moi, la bouche ouverte, la langue bloquée :

— Alors, h'est-ce h'on fait ?

— Deux solutions. On l'arrache ou bien on la répare. La racine est bonne. Quel âge avez-vous ?

— Heize ans.

— A seize ans, il est dommage de perdre une dent visible. Vous en seriez un peu défiguré. Je vous conseille l'autre solution : la couronne. Je place une capsule métallique sur ce qui reste du collet, votre dent se trouve restaurée.

— Hel henre de métal ?

— Nous en avons de deux sortes : l'acier et l'or. Pour moi, le travail est le même. La différence de prix tient au métal.

— Hombien ?

Il ferma les yeux, fit un calcul, lâcha :

— Cent cinquante francs. Je vous la laisse à cent vingt. Et je vous la garantis cent vingt ans.

— Il faut que he demande à mes parents.

— Prenez le temps de la réflexion.

J'écrivis à ma mère, expliquant que je ne pouvais passer ma vie à me gargariser avec de l'arquebuse ; que, faute de dent en or, je serais défiguré. Elle aussi prit le temps de me répondre. Je dois révéler ici que ma mère, depuis que j'avais pris la taille et le visage d'un adulte, était un peu amoureuse de moi. Elle me présentait ainsi à ses voisines :

— Voyez comme mon gars est devenu beau !

Les voisines approuvaient. Je compris même que certaines auraient volontiers fait joujou avec moi. Après des calculs et des calculs, Angèle me répondit : *Je voudrès pas que tu soye défiguré. Je vai faire des économies pour te procurai les 120 francs. Laisse moi un peu de tant. Surtout nan parle pas à ton père, ne découvre jamais ta dent devans lui.* Je compris qu'à petites becquées elle allait mettre la main dans la bourse du forgeron. C'était une folie digne de la débredinoire. Mais je savais qu'il n'y a pas de vol entre mari et femme puisqu'ils possèdent tout en commun. Elle n'avait apporté en dot qu'un sac de pommes, mais elle travaillait souvent dix-huit heures sur vingt-quatre sans salaire ni récompense. Elle ne faisait aucuns frais de nourriture, de toilette, d'habillement, tricotant elle-même ses bas et ses écharpes, cousant ses robes et ses jupes. Les aides que je fournissais à mon charron de père ne m'enrichissaient pas davantage. Bref, pour toutes ces raisons, j'estimai que je méritais bien une dent en or. Le dentiste me la posa selon les règles de l'art.

L'été qui suivit, j'eus l'occasion de rencontrer ma cousine Jeanne. Ma cousine préférée des quatre ou cinq que j'avais, dispersées à travers le Bourbonnais et l'Auvergne. La plus jolie, la plus malicieuse, la plus élégante. Mon aînée de trois ans, elle « faisait les saisons » à Vichy, servant à boire aux buveurs d'eau et rapportant en octobre un petit pécule. Nous nous promenâmes autour de Ferrières, sur les bords du

Sichon, où des truites jouaient à cache-cache entre les galets. Jeanne me tenait par la main comme lorsque nous étions marmots, jouant ensemble, mangeant ensemble, dormant ensemble. Depuis cette époque, elle avait heureusement changé, s'était pourvue de toutes les rondeurs nécessaires. Lorsqu'elle courait, ses seins comme des cabris sautillaient dans son corsage. Soudain, à l'ombre d'un vergne, elle s'arrêta, me regarda, me sourit :

— Tu ne peux croire comme ta dent en or me plaît !

— Tu l'as donc vue ? Je cherche à la cacher. Je n'y parviens pas.

— Pourquoi la cacher ? Avant, tu étais déjà séduisant. A présent, tu ressembles à Charles Boyer.

— Qui est Charles Boyer ?

— Un acteur de cinéma. A Vichy, je lui ai donné de l'eau des Célestins. Il a une dent en or. Fais-moi plaisir. J'ai envie de baiser la tienne.

A cette demande, il me semble que j'eus un petit mouvement de recul. Comment peut-on baiser une seule dent ? Jeanne, pour moi, malgré ses charmes, était une sœur plus qu'une cousine. Et moi, embarrassé de mes dix-sept ans, bête comme un jeune chiot, je soulevai d'un doigt ma lèvre supérieure.

— Oh ! la belle grimace ! Sois tranquille, je ne veux pas te mordre !

Vexée de ma réserve, elle se contenta de cueillir sur ses lèvres un baiser volant, le colla sur ma prémolaire du bout de l'index, à la manière d'un timbre-poste. Nous nous quittâmes un peu fâchés.

L'histoire de mon entourloupe n'est pas finie. Malgré mes précautions, mon père finit par la découvrir :

— Bondiou ! A présent, tu as de l'or dans la bouche ?

Je baissai la tête.

— Comment que tu l'as payé ? Et combien ?

Courageusement, je regardai vers ma mère. C'est elle qui répondit :

— Cent vingt francs.

— Cent vingt francs ? Tu les as pris dans l'armoire ?

— Non. J'ai vendu mon saint-esprit.

— Ton saint-esprit ? Bondiou de bondiou ! Il valait bien plus que ça. A qui tu l'as vendu ?

— A qui veux-tu ? A Joseph Chevagne.

— A Chevagne ? Je vais aller lui causer.

— Laisse-le tranquille. Il voulait m'en donner seulement quatre-vingts. J'ai dû marchander.

Chevagne était un modeste horloger de Ferrières. Il gagnait sa petite vie en réparant les montres, les horloges, les pendules, les réveils. A travers sa vitrine, les enfants le regardaient pencher sur les minuscules rouages une loupe qu'il s'enfonçait dans l'orbite et qui lui donnait un peu l'air d'un escargot. Il lui arrivait aussi de pratiquer la bijouterie, d'acheter à bas prix des bagues, des pendentifs, des alliances, des bracelets qu'il revendait aussi cher que possible. Quant au saint-esprit, il s'agissait d'un bijou en forme de colombe éployée, découpée dans une plaque d'or et couverte d'émail blanc parsemé de points verts ; aux ailes et au bec étaient suspendues des pendeloques piriformes ; chacune représentait autrefois une paire de bœufs. Le tout serti de topazes qui ajoutaient leurs scintillements. Ces pendentifs étaient, sont peut-être encore, fabriqués à Aurillac. Celui de ma mère lui venait en héritage de la sienne, qui le tenait elle-même de je ne sais quelle autre aïeule. Cadeau de noces, jadis, il réunissait, joliment figurés, les trois éléments qui composent un parfait mariage auvergnat : l'amour, la foi et le patrimoine. Chevagne avait osé payer cent vingt francs cette pièce qui en valait quatre fois plus.

Mon père prit cent vingt francs dans l'armoire où dormaient leurs économies et courut chez l'horloger en grommelant des bondiou de bondiou tout le long du chemin. Le voyant, Chevagne enleva sa corne oculaire et comprit tout de suite le sens de cette visite. Il discuta un peu :

— Ce saint-esprit, je ne l'ai pas arraché de force à ton Angèle. S'il vaut plus de cent vingt francs, elle aurait dû le proposer ailleurs. Moi, je n'avais pas les moyens d'offrir davantage.

Il rendit le pendentif, récupéra la somme avancée, le bijou aurillacois revint chez nous. Je proposai d'arracher ma dent en or, de m'en faire rendre le montant par le dentiste moulinois. A cette offre, furieux, mon père leva la main pour me calotter. Elle ne s'abattit point. Il ouvrit sa bouche toute grande :

— Regarde. Est-ce que j'ai des dents en or, moi ? Je suis jamais allé chez le dentiste. Pense aux sacrifices que je fais pour que tu deviennes député.

La moitié de ses dents lui manquaient. La plupart des autres étaient pourries.

5

En 1931 et 1932, je subis les épreuves du baccalauréat, section B pour la première partie, section philosophie pour la seconde. Mentions très bien. Félicitations du jury.

— Et maintenant, demanda mon forgeron de père, qu'est-ce qui te manque ?

— Encore trois années dans une faculté. Peut-être quatre.

— Bondiou de bondiou !

C'est ainsi que je fus inscrit à la faculté de Clermont en vue de préparer une licence d'histoire et d'obtenir le CAPES correspondant (certificat d'aptitude à l'enseignement secondaire).

Il y a des villes nées de l'eau. D'un golfe, d'une embouchure, de la rencontre de deux fleuves, d'un reflet. Clermont-Ferrand est fille du feu. Pour qu'elle naquît, il fallut que la Limagne s'effondrât, provoquant une série d'éruptions dont la dernière – au dire du carbone 14 – daterait d'à peine dix mille ans. Peuplée depuis longtemps, la région environnante eut le terrible privilège d'assister aux feux d'artifice. J'imagine la fuite éperdue de nos ancêtres lointains, apparentés aux Glozéliens, vers la plaine marécageuse que hantaient les mammouths. Ainsi se forma un chapelet de Vésuve : la chaîne de nos puys actuels. Les laves barrèrent parfois le cours des rivières. Des cratères, en se refroidissant, gardèrent un bouchon de trachyte dans la gorge. Tous ces remuements produisirent les lacs où les Clermontois d'aujourd'hui vont faire trempette aux temps chauds, sous la garde des roches Tuilière ou Sanadoire. Au terme de ces grands efforts, les volcans s'assoupirent, dans la satisfaction du devoir accompli.

Tout fut dès lors à point pour recevoir la capitale des Auvergnes. A l'occident, un dossier de montagnettes la garderait des nuées océanes. On les nomma puys parce qu'elles avaient été conçues pour qu'on pût s'y *appuyer*. Au milieu de leur courbure, elles offraient un siège confortable ; au nord et au sud, d'autres servaient d'accoudoirs. A leurs pieds, des ruisseaux pour la lessive et l'arrosage : la Tiretaine, ou Rivière-aux-trois-bras ; l'Allier, qui est peut-être la Loire, pour les transports ; et aussi, çà et là, des sources chaudes et salées, commodes pour préparer la soupe et pour chauffer les maisons. Les rayons du soleil levant donnèrent à cette hauteur le nom de Clair-Mont.

L'occasion de sa naissance vint de la conquête romaine. Le conquérant des Gaules arriva sur ces lieux en compagnie d'une nuée de colons, soldats, prêtres, fonctionnaires, marchands, collecteurs d'impôts. Puis César regagna Rome où l'attendaient des affaires importantes et le poignard de Brutus. Voulant honorer Auguste, son successeur, à la fois enpereur et dieu, d'autres Romains édifièrent sur cette hauteur un autel entouré d'un *nemos*, un bois sacré. Telle fut l'origine de son premier nom : Augustonemetum.

Bientôt, les villas romaines se pressèrent alentour. Les autochtones, affligés de leur langue et de leurs braies celtiques, trouvaient place plus bas, parmi les marécages. Beaucoup de malades venaient aussi boire aux sources salées, car elles avaient des vertus guérisseuses. Quelques-unes aujourd'hui mêlent leur flot à celui de la Tiretaine ; mais la plus étrange est encore visible, dans le quartier de Saint-Alyre. Son eau, quoique limpide, offre une saveur aigrelette, étant chargée d'acide carbonique, de plusieurs carbonates ou chlorures. On n'y vient plus soigner la faiblesse et les pâles couleurs. On se méfie d'elle, car elle pétrifie les objets qu'on y expose, médailles, branches végétales, œufs, nids, fleurs et fruits. Après un temps assez long, ils se recouvrent d'une couche calcaire, les voilà pétrifiés. Un certain nombre d'Auvergnats et d'Auvergnates se sont prêtés à cette incrustation. On les voit maintenant répandus sur la pelouse de l'établissement, immobilisés à jamais dans leurs carbonates. L'une file la quenouille, l'autre fume la pipe, ou joue de la vielle, silencieusement, ou danse la bourrée. Les voir ainsi figés une jambe en l'air est fort impressionnant. Près du guichet qui délivre les billets d'entrée, est affichée une romance, œuvre d'un certain M. Bonardet :

> *Source dont l'onde, lentement,*
> *Tombe d'une roche jaunie,*
> *Toi dont le pouvoir étonnant*
> *Détruit, dessèche et pétrifie,*
> *As-tu donc endurci son cœur*

En désaltérant mon Adèle ?
Elle faisait tout mon bonheur,
Et voilà qu'elle est infidèle...

Les dames et demoiselles prénommées Adèle ont droit à une entrée gratuite.

Hors le quartier Saint-Alyre, Clermont devint une ville vouée au noir. Noir de sa cathédrale, noir de ses Vierges romanes, noir de ses vieilles demeures, noir de sa principale industrie, celle du caoutchouc. Symbolisé par un gros patapouf composé de pneumatiques superposés, Bibendum. Les ouvriers sont des Bibs. En sorte que certains conseillers municipaux, soucieux d'accroître la renommée de leur ville, proposent de la rebaptiser. Les uns en sont pour Michelinville. D'autres pour Augustobibendum.

A l'emplacement de l'usine de Cataroux, se dressait jadis le château de Bien-Assis où Blaise Pascal allait se reposer, chez sa sœur Gilberte et son beau-frère Florin Périer. Nul n'a contribué plus que lui au succès des entreprises pneumatiques par ses travaux sur la pesanteur de l'air, sur les lois qui régissent les mouvements des fluides. Si Michelin venait à disparaître, que resterait-il d'Augustobibendum ? Aucune ville n'est dans son esprit, dans son économie, plus pascalienne que Clermont. Plus fille de son propre fils.

A y regarder de près, elle comporte deux communes jadis indépendantes. Vues sur un plan, la seconde, la plus jeune, Montferrand, ressemble à un galet retenu par le gros poing de la première au bout d'une fronde légère. Leur union n'a pas été un mariage d'amour, mais un mariage politique ordonné par Louis XIII. A cette soudure, l'une y a perdu la tête, l'autre y a gagné une queue. Montferrand ne s'y est jamais résigné. Bien qu'un maire unique administre les deux agglomérations, il s'entête à posséder une mairie autonome à laquelle sont abandonnées quelques miettes des attributions municipales. Un maire adjoint élu par les seuls Montferrandais y enregistre les mariages, les décès, les naissances et couronne une rosière.

La mairie de Clermont est construite en pierre de Volvic de même que la cathédrale. Une lave foncée mise à la disposition des habitants par la sage nature en vue des futures fumées. Comme on dit ici, c'est une couleur qui « supporte le sale ». Noire encore la statue d'Urbain II, ce pape d'Avignon qui vint en l'année 1095 y présider un concile. Après avoir dix jours prêché le pardon des offenses et la trêve de Dieu, interdit les duels et les tournois, excommunié les violents, exalté l'amour de la paix sans lequel nous serons rejetés par le Seigneur, voilà que soudain, à la clôture de l'assemblée, il change de ton :

— Maintenant, je vous conseille d'empoigner vos épées, vos braquemarts, à la rigueur vos bâtons, vos fourches et d'aller exterminer les infidèles qui tiennent en otage le Saint-Sépulcre. Dieu le veut !

Pour mieux les encourager, il fait des promesses alléchantes :

— Vous trouverez là-bas des flots de miel et de lait ! L'Ecriture s'en porte garante !

Voilà comment la première croisade partit de Clermont. Le discours pontifical se tint, semble-t-il, non point sur la place où l'on a dressé la statue d'Urbain, mais sur un vaste champ, l'actuelle place Delille. Et la foule s'ébranla. Parmi elle, de nombreux pèlerins de sac et de corde qui ne partaient guère pour de bons motifs. Seulement pour piller les villes turques, pour violer les femmes grecques au cri de « Dieu le veut ! ». Afin de rentrer ensuite chargés de gloire et de butin. A vrai dire, peu en revinrent. La croisade devait plus tard nous valoir maintes calamités : la peste, le haschisch, la lèpre, notre protectorat sur le Liban et la Syrie, la haine des musulmans fanatiques. Tout cela partit de Clermont, d'un discours cynique prononcé place Delille par un pape dont la statue se dresse aujourd'hui près de la cathédrale, conchiée chaque jour par les pigeons et les colombes, oiseaux de la paix.

Cette ville où le noir triomphe, il faut, pour mieux l'apprécier, la voir en fin de jour en venant de Thiers, passé le trapèze du puy de Crouel. Quand le soleil déjà mort a rempli derrière lui le ciel du sang de son agonie. La chaîne des puys forme alors un divan de velours violet sur lequel, bien à l'aise, Clermont allonge ses membres fatigués. Poudrés de braises électriques. Ou même attendre la nuit complète. Ses lignes à ce moment disparaissent, remplacées par des lumières. Celles-ci partent dans tous les sens, par gerbes, par giclées, clignotantes, fixes ou traînantes. Blanches comme Vénus, rouges comme Mars, vertes comme Uranus. De près, ce ne sont rien d'autre que des feux tricolores, des files de lampadaires, des fenêtres éclairées. De loin, cette illumination semble l'œuvre d'un pinceau ivre.

Une exception à la pierre de Volvic : la faculté des lettres dont la façade blanche domine l'avenue Carnot. C'est dans ce vaste bâtiment que j'ai accompli mes études supérieures, obtenu une licence d'histoire, rédigé un DES, obtenu la mention bien pour un sujet difficile : *Le connétable Charles III de Bourbon a-t-il trahi François Ier ?* Après une longue argumentation, la réponse est fournie par François lui-même. Pour commencer, il saisit tous les biens du duc. Après sa mort au siège de Rome, par des lettres patentes il annule ses jugements antérieurs, « mettant le tout au néant par les présentes comme chose non advenue et remettant du tout en tout ledit feu messire Charles de Bourbon en sa bonne fame et renommée, tant lui que ses amis, alliés, serviteurs et tous ayant suivi son parti ».

Certaines mauvaises langues prétendent que ce revirement royal ne fut opéré que dans un but d'apaisement et pour ramener au souverain les anciens partisans du duc. Allez dire cela à un Bourbonnais d'aujourd'hui : il vous enverra à Saint-Menoux pour que vous y laissiez votre bredinerie.

6

En 1937, ayant affronté les épreuves du CAPES, moi qui avais jusque-là subi glorieusement tous mes examens, j'eus la surprise et la déception d'être recalé pour un demi-point. Ecœuré de cette injustice, je décidai de me donner un peu d'air et d'accomplir les deux années de service militaire que je devais à la République. Tenant compte de mes études, de mes diplômes, de je ne sais quoi, les autorités m'envoyèrent au 16e RAT de Clermont, caserne Gribeauval, où mon père avait précisément servi avant 14. Je m'y fis remarquer par mon adresse à ramoner avec un hérisson l'âme d'un canon. Chose étrange, les canons ont une âme, tandis que, selon mes observations, beaucoup d'hommes n'en ont point. Je constatai aussi que l'armée française, en matière d'artillerie, était fin prête pour une nouvelle guerre. J'entrai en familiarité avec le glorieux 75 qui avait fait merveille durant la précédente, grâce à son fût à recul ; avec le 47 tueur de chars ; avec le 58 lanceur de fusées ; avec le mortier 150 et l'obusier 120. Tout cela, excepté quelques pièces tirées par des tracteurs Citroën, était encore attelé à de braves canassons comme en 14-18.

Les instructeurs étaient en revanche d'un haut niveau balistique, comme l'atteste ce propos du margis Brocoloni :

— Voyez-vous, jeunes gens, ce qui importe dans le tir, c'est que la force du vent n'amène pas le projectile à tomber loin de son point de chute.

Devant des armes aussi perfectionnées, on se demande comment nous avons réussi en 1940 à subir un si complet désastre. Je me plais à rapporter une réponse éminente à cette question. Je l'emprunte aux souvenirs de Laurent-Eynac, député du Puy-en-Velay, ancien ministre de l'Air. Ce Vellave eut l'occasion à Vichy d'assister à une conversation entre Albert Lebrun, dernier président de la IIIe République, et Philippe Pétain, qui se préparait à gouverner l'Etat français.

— Quelles sont les causes selon vous, monsieur le Maréchal, d'une si grande et si rapide défaite ?

Et le Maréchal, après réflexion :

— Sans doute des fils électriques ont été coupés par l'ennemi, empêchant les communications. On a négligé l'emploi des pigeons voyageurs. On aurait dû recourir davantage à la colombophilie.

Tout est clair : les pigeons sont responsables de l'invasion allemande.

Au 16e RAT, nos exercices de tirs réels se pratiquaient au camp de la Fontaine du Berger, parmi les volcans, à la grande terreur des corbeaux et des alouettes. Je fus promu brigadier de pose, chargé de l'entretien du matériel. Je comptais être démobilisé en octobre 1939. Adolf Hitler s'y opposa en envahissant la Pologne. Nous voici en devoir de voler au secours des Polonais nos alliés. Chacun sait ce qu'il en résulta.

Ne comptez pas sur moi pour vous raconter la Seconde Guerre mondiale. Des centaines de journalistes, d'historiens, d'anciens combattants l'ont déjà fait. Je parlerai seulement du *Siroco* parce que je lui dois ce qui reste de moi. Parce que ce contre-torpilleur, aux ordres du capitaine de corvette Toulouse-Lautrec, est un peu connu en Auvergne et en Bourbonnais, oublié ailleurs. Parce que, après avoir combattu du 24 au 27 mai 1940, les artilleurs du 16e RAT, les fantassins du 92e RI, mêlés à d'autres, avaient contenu à Haubourdin sur la Deûle « pas moins de sept divisions allemandes qui autrement auraient pu prendre part aux attaques sur le périmètre de Dunkerque, apportant ainsi une magnifique contribution au salut de leurs camarades plus favorisés et du corps expéditionnaire anglais » (Winston Churchill).

Dans la nuit du 30 au 31 mai, éclairés par les réservoirs à essence de Dunkerque incendiés, nous nous sommes trouvés sept cent cinquante soldats bourbonnais ou auvergnats, embarrassés de nos sacs, embarqués sur le *Siroco*, en retraite vers les côtes britanniques. Jouant à cache-cache avec les stukas[1], avec les torpilles lancées par les vedettes allemandes, pareilles à des requins blancs. Naviguant à petite allure parmi les cadavres et les mâts d'autres navires déjà coulés. Affamés, exténués, terrorisés par le grondement des bombardiers. J'eus la force de me demander pourquoi notre torpilleur s'appelait *Siroco* avec un *c*, alors que ce terme vient de l'italien *scirocco* qui en a deux.

---

1. *Sturzkampfflugzeug* : chasseurs-bombardiers.

Une torpille nous frappe à la poupe, arrachant les deux hélices, nous immobilisant. Une vapeur blanche monte en panache du servomoteur qui devrait actionner le gouvernail. Elle sert de cible aux stukas, ils fondent sur elle, toutes sirènes hurlantes. Une bombe atteint la soute aux munitions, qui explose unanimement. Epouvante générale.

— Quittez vos godasses ! Jetez vos sacs ! nous crient les sous-offs.

Le *Siroco* coule en quelques minutes, entraînant avec lui sa charge humaine dans l'onde amère. Des centaines de mes copains montent au ciel intacts ou en pièces détachées. Je saute à l'eau, je barbote dans un flot de sang et de mazout, sans me rendre compte que mon bras droit pendouille comme une gerbe de boudins. Sauvé par ma brassière, j'ai la chance d'être repêché par un destroyer anglais, le *Widgeon*[1]. Je m'accroche à une échelle de corde entre deux barreaux, l'échelle me hisse. Après vingt minutes de sauvetages, ne pouvant recueillir tout le monde, les Anglais abandonnent la partie, malgré les appels au secours des naufragés qui restent. Un bateau polonais, le *Blyskawica*, en repêchera quelques autres. Nous faisons route vers l'Angleterre, abandonnant aux poissons cinq cents Auvergnats ou Bourbonnais.

Je dois dire qu'à bord nous avons été bien soignés. On nous a fait boire un vomitif pour rendre le mazout avalé. On nous a retiré nos uniformes, le mien découpé au rasoir. On nous a débarbouillés dans des bassinées d'eau chaude. C'est alors que je me suis aperçu que mon bras droit était déchiqueté jusqu'au coude. Le

---

1. Canard siffleur.

mazout a des propriétés hémostatiques. Un médecin m'a muni d'un garrot.

Au petit matin, nous sommes arrivés à Douvres entouré par un chapelet de saucisses antiaériennes. Nous avons débarqué, minables, demi nus, enveloppés de couvertures, nous soutenant les uns les autres. Quelques-uns avaient gardé leur casque, ce qui les rendait encore plus grotesques. On nous a dirigés vers diverses casernes. Moi, vers un hôpital, parmi des blessés anglais, français, belges, polonais. De jolies infirmières coiffées de blanc s'occupaient de nous. Elles nous apportaient du thé à tout moment de la journée, un de mes frères de douleur grommelait :

— J'aime pas leur tisane. Feraient mieux de nous apporter un canon de rouge.

Deux chirurgiens m'examinèrent de près. Mon humérus en marmelade n'était pas beau à voir. Ils me fournirent des explications auxquelles je ne compris pas grand-chose. Il fallut trouver une interprète. Elle expliqua qu'ils me présentaient leurs excuses, qu'ils seraient obligés de me rogner le bras jusqu'au coude. Et comme les Anglais ont l'obsession de l'humour aussi bien que celle du thé, ils soulignèrent que je ressemblerais ensuite à l'amiral Nelson qui avait perdu un bras et un œil dans ses combats, ce qui ne l'avait pas empêché de séduire lady Hamilton et de lui faire une fille.

— Bonne chance ! me souhaitèrent-ils en éclatant de rire.

Car en dépit de ce qu'on raconte sur l'impassibilité britannique, j'ai vu des Anglais rire aux larmes en certaines occasions.

Tout à coup, mon lit se mit en marche, il me transportait dans une salle d'opération. On me posa un masque sur la figure. Sous la lumière éblouissante du scialytique, je plongeai dans un sommeil sans rêves. Au terme duquel, enfermé dans une chambre de réanimation, couturé de tubes opaques et de tubes transparents, je survécus trois ou quatre jours sans autre pensée que de respirer et de ne pas avaler ma langue.

— *No family admission !*

Pas de visite familiale, me prescrivirent les chirurgiens avec leur indéfectible sens de l'humour. Puis mon lit me ramena dans le dortoir où je retrouvai quelques Auvergnats et quelques Bourbonnais.

La guerre continuait autour et au-dessus de nous. La nuit, les bombes allemandes faisaient trembler le plancher de notre baraquement. Serrant les fesses sous nos couvertures, nous entendions le grondement rageur des Spitfires, le vrombissement sourd des bombardiers, les claquements secs de la DCA, les castagnettes des mitrailleuses. Chose étrange, bombardement ou pas, à la première odeur du matin j'entendais chanter des coqs, car il y avait à proximité de notre hôpital un élevage. Et ces braves volatiles, défiant les avions de Goering, poussaient leur note avec un patriotisme et un accent bien britanniques :

— *Cocka-doodle-doo ! Cocka-doodle-doo !*

Dans ma tête, je faisais une révision des camarades que j'avais perdus, espérant qu'ils avaient été recueillis ailleurs. Maurice Dupuy, d'abord, mon condisciple de Cusset et de Moulins ; Edouard Prulhière, instituteur, fils d'un meunier du Puy-de-Dôme ennemi de l'Eglise, qui avait épousé la nièce d'un curé ; Brulot, qui jouait du violon à la caserne

Gribeauval, nous abreuvait de la *Romance en* fa, n'avait pas voulu se séparer de son instrument dont il cachait l'étui sous son as de carreau[1] ; Pierre Barge de Saint-Flour, qui écrivait et récitait des poèmes cantaliens :

> *Disetz me que son devengudas*
> *Las vielhas de nostre pais,*
> *Ambe sas coifas redondetas*
> *Que sortian jol capel florit*[2]...

Tout cela sans doute à présent dans la Manche salée, le violon, la romance, les coiffes.

Chaque jour, une infirmière venait changer mon pansement saigneux, m'encourageant d'un grain d'espérance :

— *Soon you go home*[3].

Nous apprîmes que les Allemands envahissaient la France un peu plus chaque jour ; qu'ils avaient atteint Paris, Orléans, Moulins, Riom, Clermont-Ferrand.

Lorsque l'un d'entre nous avalait sa langue, on l'emportait sur un brancard. Restaient les demi-valides, manchots, unijambistes, éborgnés, émasculés. Les Anglais ne savaient trop que faire de nous. Des tracts nous furent distribués. Ils rapportaient les paroles prononcées à la BBC par un certain général français inconnu : « Foudroyés aujourd'hui par la force mécanique, nous pouvons vaincre dans l'avenir par une force

---

1. Terme d'argot militaire désignant le sac à dos.
2. Dites-moi ce que sont devenues / Les vieilles de notre pays, / Avec leurs coiffes rondelettes / Qui sortaient du chapeau fleuri...
3. Bientôt vous rentrerez chez vous.

mécanique supérieure… Moi, général de Gaulle, actuellement à Londres, j'invite les officiers et les soldats français qui se trouvent en territoire britannique ou qui viendraient à s'y trouver, avec leurs armes ou sans leurs armes, j'invite les ingénieurs et les ouvriers spécialistes des industries d'armement qui se trouvent en territoire britannique ou qui viendraient à s'y trouver, à se mettre en rapport avec moi. Quoi qu'il arrive, la flamme de la résistance française ne doit pas s'éteindre et ne s'éteindra pas. »

Quelques-uns d'entre nous, les moins atteints, manifestèrent leur intention de rejoindre ce général. Pas moi qui, amputé du bras droit, me sentais incapable de ramoner un canon, de tenir un fusil, de lancer une grenade. Il m'arrivait d'en pleurer dans mon traversin, comme lorsque j'étais pensionnaire au collège de Cusset.

Dans notre baraquement, les blessés anglais remplaçaient de plus en plus les survivants étrangers. Malgré la croix rouge qui voulait protéger notre toiture, une bombe nous tomba sur la tête, provoquant un incendie et achevant un grand nombre de demi-morts. Un pasteur en uniforme vint les bénir. Il essaya de s'entretenir avec moi, et me quitta en prononçant :

— Vive la France !

Après quelques semaines, je pus revêtir un uniforme composite, français par la vareuse, britannique par la culotte. La manche droite flottait au vent. J'osai me promener dans Douvres qui fumait de toutes parts. Une église levait au ciel son clocher aussi mutilé que moi-même. Les saucisses volantes n'éloignaient pas les avions hitlériens ; elles les obligeaient seulement à lâcher leurs bombes de plus haut. Arrêté souvent par des sentinelles à qui je montrais mon bras raccourci en guise de laissez-passer, je pus atteindre les falaises de Douvres, là où Louis Blériot en 1909 avait déposé un aéroplane construit de ses propres mains. Devant moi, s'étendait une mer ourlée de dentelles blanches. Au-delà, je distinguais les côtes crayeuses du beau pays de France, d'où s'élevaient des fumées d'incendies. Parfois passait un navire pourchassé par des stukas, comme des frelons s'acharnent sur un mulot.

Je proposai mes services aux autorités militaires. On me coiffa d'un casque plat. On m'employa à évacuer des décombres d'une seule main, à Douvres, Sandgate, Folkestone, Deal, Walmer, Kingsdown. Aussi content que Machiavel lorsqu'il écrivait aux Médicis : « Donnez-moi, je vous prie, quelque chose à faire, ne serait-ce qu'une pierre à rouler. » C'était là ma contribution modeste à notre lutte contre les Huns[1]. Dans l'hôpital lui-même, je devins une sorte de maître Jacques, employé à vider les poubelles et les tinettes, à brûler les ordures combustibles, à ramoner les cheminées, à laver la vaisselle, à enterrer les morts.

J'apprenais l'anglais. Bientôt, je fus en mesure de lire la presse. Elle relatait que le Premier ministre, Winston Churchill, avait prononcé un discours étonnant dans lequel il exhortait ses compatriotes à combattre dans l'eau, sur les plages, dans les campagnes, ne leur promettant que de la sueur, du sang et des larmes. Que la reine Elizabeth[2] était sortie de son palais de Buckingham non bombardé pour aller

---

1. Terme de mépris que les Anglais appliquaient aux Allemands.
2. L'épouse du roi George VI.

saluer les Londoniens morts ou vifs parmi les ruines de la capitale.

On nous nourrissait de pain jaune, de harengs saumurés, de soupe à la tomate. On m'apprit les bonnes manières britiches. Par exemple à consommer le potage avec une cuillère qu'il fallait aspirer par le flanc, non par la pointe comme font les Français barbares. S'il me fallait incliner légèrement mon assiette creuse pour en vider le fond, je devais la pencher vers l'arrière, non vers l'avant, ce qui oblige un éventuel débordement du bouillon à couler sur la table, non sur le pantalon du consommateur. Lorsque j'accompagnais une énumération de ma main gauche, je dus lever d'abord l'auriculaire, puis l'annulaire et ainsi de suite jusqu'au pouce, et non pas en commençant par le pouce selon notre détestable coutume. Les repas pris en commun étaient précédés d'un remerciement à Dieu récité par un vieux médecin ; nous marmottions avec lui ces pieuses syllabes.

Mes fonctions rebutantes durèrent six mois, au cours desquels des milliers de tonnes de bombes plurent sur l'Angleterre. Comme la reine, Churchill rendait visite aux villes massacrées ; les survivants l'assiégeaient pour baiser l'ourlet de ses vêtements. Envoyés par de Gaulle, des officiers français cherchaient à nous recruter. Je me proposai, ils me refusèrent. Vainement je leur opposai le général Gouraud qui avait laissé son bras droit aux Dardanelles.

— Si tu étais général, on te prendrait.

J'étais seulement brigadier de pose. Soudain, les Anglais me fournirent un emploi plus digne de mes diplômes :

— Nous leur avons abattu tant d'avions que les Huns ont compris qu'ils ne débarqueront pas sur notre sol. Même s'ils continuent leurs bombardements. A présent, c'est nous qui envisageons de débarquer chez eux. En les chassant d'abord du sol français. Dans cette perspective, nous vous demandons d'enseigner un peu de langue française à nos soldats.

Me voilà promu professeur en Angleterre, moi qui n'avais pu l'être en France. On m'alloua même une chambrette de sous-officier, que je partageais avec un unijambiste polonais. Me voyant manchot, mes élèves britiches m'applaudirent comme si je m'étais comporté en pur héros pour perdre mon bras droit, alors que la mutilation s'était faite hors de ma volonté. Héros malgré moi. Je songeai à leur présenter les chefs-d'œuvre de notre littérature ; mais je m'aperçus très vite qu'ils n'avaient rien à cirer de Molière ni de Victor Hugo. Ce qu'ils souhaitaient apprendre, c'étaient des phrases usuelles de cette sorte :

— Je suis un soldat anglais venu vous délivrer... Comment s'appelle ce village ?... Où se trouve la mairie ?

Et aussi, naturellement :

— Accepteriez-vous, mademoiselle, de me recevoir chez vous ?... Croyez-vous, madame, que nous pourrions monter ensemble au paradis ?... Quel serait votre tarif pour une nuit de bonheur ?... Auriez-vous l'ingratitude de faire payer un libérateur ?

Jouant sur les mots, ils me demandaient :

— *What is the french for « seal » ?*
— Phoque [1].

---

1. La prononciation de « phoque » est très proche de *fuck*.

— Ha ! ha ! ha !

Souvent, d'enseignant je devenais enseigné. Ils me racontaient des histoires galantes. Ainsi celle des deux prostituées londoniennes en conversation sur un banc public. L'une demande à l'autre :

— Combien de fois avez-vous gravi hier vos quatre étages avec un client ?

— Dix-huit fois.

— Dix-huit fois ? *Oh, your poor legs*[1] *!*

Ils corrigeaient ma prononciation :

— *Don't drop your aitches.* (Ne laissez pas tomber vos *h* aspirés.)

Ainsi, *air* signifie « air » ou « vent » ; *hair*, « poil » ou « cheveu » ; *airy*, « venteux » ; *hairy*, « poilu ». Ne pas aspirer les *h* est signe d'une basse éducation. Celle par exemple du cockney, du Londonien illettré. Pour dissimuler son ignorance, il ajoute souvent des *h* aspirés là où il ne faudrait pas. Voyez l'exemple qui suit. Sur l'impériale d'un bus londonien, se trouvent assis face à face un cockney et une fille légère. Le vent souffle, soulève sa jupe, révèle qu'elle ne porte pas de culotte. Et le brave cockney, voulant dire « C'est venteux ! », de s'écrier :

— *Oh ! It's hairy !*

— *What did you think I had in this place ? Feathers ?* (Que croyais-tu que j'avais à cet endroit ? Des plumes ?)

Humour britiche.

---

1. Oh, vos pauvres jambes !

Je disposais d'un tableau noir. Problème : je ne savais pas écrire de la main gauche. Solution : je chargeais un de mes élèves d'écrire à ma place les mots que j'épelais.

Héros malgré lui, le *Siroco* avait aussi fait de moi un gaucher malgré lui. Dans mon école de Ferrières, mademoiselle Pirouette empêchait les vrais gauchers de se servir de la mauvaise main en l'attachant dans leur dos avec une ceinture. Plusieurs en souffraient et pleuraient sur leur ardoise. C'est que tout dans notre langue, dans nos lois, dans nos usages favorise les droitiers. Nos voitures doivent rouler à droite. Le signe de croix, la bénédiction, la poignée de main se donnent de la droite. Passer l'arme à gauche, c'est mourir. Les Anglais, esprits contradictoires, se délectent au contraire de ce que nous détestons. Leurs voitures roulent à gauche et beaucoup écrivent de la main gauche sans retenue.

Pendant qu'ils me racontaient des gaudrioles, je ne pouvais m'empêcher d'examiner les visages de mes jeunes élèves, me demandant combien perdraient la vie pour nous délivrer. Les condamnés étaient sans doute ceux qui riaient le plus fort.

J'avais l'occasion de rencontrer d'autres Français mutilés, trop atteints pour rejoindre le général de Gaulle.

— Quand est-ce donc, demandait Vuillerme, fabricant de pipes à Saint-Claude, qu'on va pouvoir rentrer chez nous ? J'ai autre chose à faire qu'à pousser ici la brouette.

Il se persuadait que la France manquait de pipes.

Vint l'automne. Du ciel tombaient la pluie et les bombes de Hitler, même si elles étaient moins nombreuses qu'en été. Nous apprîmes par la presse que le 14 novembre l'entière ville de Coventry avait été réduite en miettes ; que le gros Goering se promettait de *coventriser* toutes les autres villes anglaises.

— C'est le moment de foutre le camp, proclamait Vuillerme.

7

Au printemps de 1941, l'Angleterre résistait seule aux attaques hitlériennes. Sur terre, sur mer, dans le ciel. Les USA lui envoyaient des armes, des bateaux, du ravitaillement ; mais ils ne se décidaient pas à intervenir, retenus par un fort mouvement isolationniste, *America first*, soutenu par l'aviateur Charles Lindbergh. Des négociations patronnées par la Croix-Rouge entre les Anglais et les Allemands autorisèrent l'évacuation des malades ou blessés inaptes à combattre. C'est ainsi qu'un bateau suédois affrété par la Suisse, protégé par d'immenses croix rouges peintes sur ses flancs et sur ses ponts, chargea à Portsmouth plusieurs centaines d'invalides, dont une trentaine provenaient du *Siroco*. J'essayai de demander aux marins où ils pensaient nous débarquer ; tous secouèrent la tête : ils ne savaient pas ou ne devaient rien dire.

Coups de sirène. Fumées charbonneuses. Partis au petit matin, nous naviguions en plein jour pour ne pas être confondus avec des transports de guerre. Nous savions la Manche infestée de sous-marins allemands. Nous rentrions la tête dans les épaules et retenions notre souffle pour ne pas être remarqués. Plusieurs fois, j'eus l'impression que des périscopes émergeaient autour de nous. La position du soleil m'indiqua que nous voguions franc sud. Vers Le Havre, peut-être. Les mouettes criaient au-dessus de nos têtes pour nous avertir :

— Vous serez pris !... Vous serez pris !... Vous serez pris !

Nous leur faisions des bras d'honneur.

Enfin, nous aperçûmes les côtes françaises. La mer changea de couleur. Nous distinguâmes des maisons blanches, des grues, des cheminées. Un haut-parleur nous informa :

— Préparez-vous à débarquer. Nous arrivons à Honfleur.

Chacun rassembla le peu de bagage qu'il possédait. Le bateau entra dans un port où flottaient des voiliers sans voiles. Il s'arrêta le long d'un môle. Des amarres furent lancées, une passerelle nous réunit à la terre. Nous descendîmes à petite allure vers une France nouvelle. Accueillis par des gendarmes bleus que surveillaient des uniformes verts.

— J'vous l'avais dit ! criaient les mouettes. J'vous l'avais dit !... J'vous l'avais dit !

Nous fûmes enfermés dans une ancienne école sans meubles, remplacés par des paillasses à même les planchers. Les élèves étaient en vacances.

— C'est pas trop tôt ! s'écria Vuillerme.

Il avait hâte de retrouver ses pipes. D'autres gendarmes enregistrèrent nos nom, prénom, matricule, adresse, profession. Nous avions tous perdu nos papiers, noyés avec le *Siroco* ; il nous restait la plaque d'identité militaire qui nous servait de bracelet. Un médecin examina mon moignon :

— La cicatrisation a bonne figure. Tu pourras te faire ajouter un crochet. Ça ne remplace pas la main, mais ça permet de saisir un outil, le manche d'une faux, d'une pelle, d'une pioche, d'un balai. Quel est ton métier ?

— Enseignant. Un métier d'écriture.

— Tu devras écrire de la gauche, comme Léonard de Vinci.

On nous servit une soupe et du riz. Nous dormîmes sur nos matelas. Le lendemain, nous fûmes dispatchés en diverses directions, selon nos domiciles civils. On me munit d'une carte de « rapatrié sanitaire », *Krankheimkehrer*, que je devais porter au cou et qui m'ouvrirait le chemin jusqu'à Ferrières. J'eus le loisir de me promener deux jours dans les rues de Honfleur ; j'aurais aimé me rendre à Cabourg voir de mes yeux l'hôtel où avait résidé Marcel Proust. On ne m'en laissa pas le loisir. Le 20 mars, muni de deux musettes remplies de pain de munition et de pommes à cidre, je pris place dans un train qui devait m'emporter loin de cet étrange département qui doit son nom à une liqueur locale et dont la plupart des villes doivent le leur à des fromages. Je partis faire la connaissance de la France occupée.

A chaque arrêt, des soldats allemands montaient nous contrôler, du regard et de la voix :

— *Papieren.*

Notre titre de rapatriés sanitaires ne leur suffisait pas ; ils faisaient ouvrir nos sacs et nos valises, ils palpaient nos poches. Plus d'une fois, je leur adressai la parole, leur posant des questions indiscrètes :

combien de temps ils comptaient rester sur notre sol, quels étaient leur âge, leur origine, leur famille. Ils secouaient la tête ou répondaient :

— *Nicht wissen.* (Je ne sais pas.)

Mes compagnons de voyage, entendant ce dialogue auquel ils ne comprenaient goutte, me considéraient avec méfiance, se demandant malgré mon pectoral de carton et mon bras mutilé à qui ils avaient affaire. Chose incroyable : je vis un de ces soldats ennemis céder sa place à une dame âgée. Etaient-ils venus chez nous pour nous enseigner la politesse ?

Pour moi, le plus mystérieux était l'itinéraire qu'on nous faisait emprunter. Je pensais que de Honfleur, par Lisieux, j'allais être dirigé sur Paris. De là, changeant de gare, je serais orienté vers Gien, Nevers, Moulins, Vichy ; d'où un autobus me ramènerait à Ferrières. Je me prenais pour un touriste. Je ne m'étais pas rendu compte que les envahisseurs réquisitionnaient nos wagons et nos locomotives, que leurs transports étaient prioritaires sur les nôtres. De convoi en convoi, passant par Alençon, par Angers, par Tours, par Vierzon, me nourrissant de pommes à cidre et de pain ligneux, je mis six jours pour atteindre le Bourbonnais. Dormant sur des banquettes ou à même le quai. Ravitaillé en café sans sucre par les dames de la Croix-Rouge. M'abreuvant aux fontaines à locomotives. En gare de Gien, je vis des soldats allemands assis sur un banc, occupés à bouffer, à pleines cuillerées, du beurre dans leurs gamelles. Goering leur avait annoncé : « Entre le beurre et l'acier, nous choisissons l'acier. » Ils se revanchaient.

Après Moulins, je constatai qu'aucun soldat vert-de-gris ne nous contrôlait. J'appris ainsi qu'il existait désormais deux France, une occupée et une libre.

A Vichy, je fis la connaissance de l'autobus à gazogène. L'essence de pétrole étant devenue une denrée rare et précieuse, nos mécaniciens la remplaçaient par un gaz combustible extrait du bois ou du charbon. Pour le produire, ils fixaient sur le flanc du véhicule une sorte de cornue cylindrique garnie par le haut, allumée par le bas. Il fallait y porter le briquet une demi-heure avant le départ prévu. Le gaz de bois explosait dans les cylindres avec des réticences. Le moteur toussait, crachait, éternuait, menaçait de s'étouffer. Le chauffeur l'injuriait comme on fouaille un cheval. La vitesse ne dépassait jamais les 40 km/heure.

Quand, de loin, je reconnus enfin le clocher de Ferrières, les larmes me montèrent aux yeux. Je descendis de l'autobus, me dirigeai vers le domicile des Saint-André. Je reconnaissais chaque arbre, chaque pierre, chaque nid-de-poule. Des ferrailles encombraient notre cour. Comme lorsque je revenais de l'école, je criai :

— Hé ho !

Imitant le cri du pivert lorsqu'il annonce la pluie. Ma mère jaillit de la cuisine, les bras ouverts, la bouche bée, sans avoir la force de prononcer un mot. Elle m'étreignit, j'enfonçai mon visage dans ses cheveux gris, elle sentait l'eau de Javel. Nous restâmes un long moment, soudés l'un à l'autre. Mon père vint à son tour, nous fûmes trois dans la même embrassade. Angèle me palpait, me reconnaissait des doigts dans mon accoutrement, sous ma barbe de huit jours, avec mes musettes dans le dos. Ils découvrirent ma manche flottante, il s'écria « bondiou de bondiou », elle sanglota sur mon épaule. Je les réconfortai :

— Le reste est en bon état.

On entra dans la maison, où triomphait, sous verre et encadrée, la décoration serbe de mon père. On me fit boire, on me fit manger, on me fit raconter. L'explosion du *Siroco*, le mazout, l'échelle de corde, l'Angleterre, la Normandie.

Je repris des vêtements civilisés et me promenai dans Ferrières, frappant aux portes pour saluer des amis. Tous me croyaient mort. La plupart des hommes mobilisables étaient retenus en Allemagne dans des camps de prisonniers. On attendait leur retour, promis dans une chanson de Rina Ketty :

> *J'attendrai le jour et la nuit,*
> *J'attendrai toujours ton retour...*

En ce début de 1941, il faisait bon habiter la campagne où, en dépit des razzias allemandes, il restait encore du pain blanc, du lait, du fromage, du beurre, des œufs, de la volaille. Même si, à trente kilomètres autour de Vichy, les voitures ministérielles écumaient l'Auvergne et le Bourbonnais. Le papier-monnaie ne suffisait d'ailleurs plus pour acheter. Le commerce était retourné au troc médiéval. Les *boun-houmes* troquaient leurs pommes de terre contre du tabac, du sulfate de cuivre ou des clous à vaches. Les médecins accouraient beaucoup plus vite s'ils savaient venir dans une maison où les poules pondaient. Les maîtres d'école donnaient des leçons particulières contre du saucisson. Les filles de joie cédaient leurs faveurs contre de la margarine. Les acheteurs qui se présentaient les mains vides, qui n'avaient à offrir que leur faim, que leur humilité, que leurs sous, devaient payer le prix fort ou s'en retourner bredouilles. Les curés ne conféraient la sainte eucharistie que contre les tickets de farine à raison de cinquante grammes pour une communion ; il en est même qui trichaient sur le poids des hosties et les coupaient en quatre parts.

Tout le monde d'ailleurs trichait et de toutes les façons : les commerçants, les gendarmes, les magistrats, les militaires, les postiers, les enseignants. A Vichy, ministres, sous-ministres, fonctionnaires gros et petits pratiquaient le double jeu. Hautement pétainistes en plein jour et en public, ils se proclamaient gaullistes dans l'intimité, devant leurs amis ou la glace de leur salle de bains.

Ma mère, ayant ressorti la quenouille de sa mère Annette, s'était remise à écharpiller la laine brute, à faire valser les fuseaux. Le seul cadeau que les Allemands nous envoyaient était un vocable nouveau : *Ersatz*. Toute chose avait son ersatz. Le sucre avait la saccharine, la confiture le raisiné, la laine la fibre d'ortie, le savon la pierre ponce. La liberté avait pour ersatz le libertinage ; mainte épouse de prisonnier oubliait son cher absent au profit d'un substitut.

Peu à peu, le Maréchal gagnait des adhérents à son ersatz de démocratie. Dès le premier jour, il avait eu ses suiveurs inconditionnels : les anciens combattants de 14-18 rassemblés dans la Légion des combattants et volontaires de la Révolution nationale, en plus court la Légion. Il avait su mettre les paysans dans son sac en proclamant les bienfaits du retour à la terre. Les vieux et les vieilles en les gratifiant d'une pension de retraite que la IIIᵉ République avait votée, mais n'avait pas eu le temps d'appliquer. *Pétain tient toutes ses promesses, même celles des autres*, disaient ses affiches. Il gagnait les mères, que personne jusque-là n'avait songé à honorer, en leur attribuant une fête annuelle. Les familles de prisonniers, qui comptaient sur lui pour obtenir leur libération. Les possédants de tous volumes, qu'avait effrayés le Front populaire de 1936. Les intellectuels agricolo-chrétiens, Charles Maurras, Gustave Thibon, Jérôme Carcopino. Les sportifs en tirant la flamme olympique du boisseau où elle dormait depuis 1938. Une pluie de croix de guerre s'abattit sur les rescapés du *Siroco*, dont une m'atteignit.

Afin de participer de mon mieux au changement, j'appris à perfectionner mon écriture de la main gauche. Pour d'autres travaux, mon père me fabriqua, comme je l'avais prévu, un crochet qui s'adaptait à mon moignon. Riche de mon diplôme d'études supérieures, je fis une demande au rectorat de l'université de Clermont pour entrer dans l'Education nationale, faisant valoir ma mutilation et ma croix de guerre. Ma demande fut prise en considération, je fus convoqué à Vichy, capitale de l'Etat français. Les ministères avaient trouvé refuge dans les hôtels, le téléphone était posé dans le bidet de la salle de bains, certains bureaux comportaient encore un lit à la disposition du fonctionnaire. Celui qui me reçut, sachant que je possédais une licence d'histoire-géo, s'amusa à me poser quelques questions vicelardes :

— En quelle année la révocation de l'édit de Nantes ?... Quelle est la capitale du Kentucky ?... Comment mourut Jules César ?

J'eus la chance de répondre exactement. Pour finir :
— Où aimeriez-vous être nommé ?
— Dans l'Allier, si possible. J'y ai ma famille.
— Délégué rectoral au collège de Gannat, cela vous convient-il ?
— Parfaitement.
— Vous recevrez dans les prochains jours votre nomination.

Je revins à Ferrières le cœur gonflé de joie.

Une autre jubilation m'atteignit la semaine suivante lorsque j'appris que les troupes hitlériennes venaient d'attaquer l'Union soviétique. Me rappelant la Grande Armée de Napoléon et la désastreuse campagne de Russie, je fus certain qu'Adolf Hitler allait y trouver sa Berezina.

Quoique ce bourg soit bien inclus dans le département de l'Allier, à Gannat les Bourbonnais ne se sentent guère chez eux. La pierre de Volvic domine dans les constructions, coiffées de tuiles dites romaines. C'en est fini des briques roses et des petites tuiles plates. L'ardoise est absente. Ce n'est pas encore le Midi, mais la frontière de la langue d'oc est atteinte, même si les habitants roulent encore les *r*. La ville s'est dotée d'armes parlantes : deux chardons et deux gants soulignés par cette devise : *Qui s'y frotte s'y pique si gan n'a.* On peut voir quelques anciens logis bourgeois dans le voisinage de l'église Sainte-Croix au beau clocher. Une grande partie du château féodal est conservée, avec ses quatre grosses tours d'angle. Après avoir servi de prison, il est devenu musée. La pièce maîtresse de ses collections est un évangéliaire manuscrit du IXe siècle, sur parchemin, orné de miniatures et de lettrines. Lorsque Napoléon III, à l'occasion d'une cure à Vichy, rendit visite à Gannat, la municipalité lui présenta ce monument. A la stupéfaction générale, l'empereur remercia, croyant qu'on lui en faisait cadeau. Il fallut déployer une diplomatie gantée mais ferme pour le détromper. En compensation, on lui offrit de faire graver sur une plaque d'ivoire une lettrine empruntée au texte. Il accepta, pourvu que ce fût un *N*.

Ledit évangéliaire fut à peu près le contemporain de sainte Procule, longtemps adorée dans la région. Fille du comte de Rodez, elle s'était promise à Dieu. Son père ayant voulu la marier de force, elle s'enfuit, marcha longtemps, arriva aux collines de Gannat alors couvertes de forêts, s'y réfugia, se nourrissant de fruits sauvages. Mais voici que l'individu à qui elle était destinée se met à sa recherche. Il découvre sa retraite et, devant son refus obstiné de l'épouser, lui tranche la tête d'un coup d'épée. Admirable preuve d'amour ! Or Procule se releva, comme avant elle saint Denis. Portant sa tête entre ses mains, elle alla la déposer devant l'autel de Sainte-Croix. Les Gannatois l'ont prise pour patronne. Elle aide les filles qui le désirent à conserver leur virginité.

Qu'on me pardonne ces longues dissertations en considérant que j'ai enseigné l'histoire pendant trente-cinq années ou davantage.

J'habitais en bordure des anciennes murailles, près du champ de foire où ne fréquentaient plus ni vaches ni cochons depuis que les envahisseurs réquisitionnaient le bétail. Plusieurs maquis installés dans les environs le réquisitionnaient pareillement, contre des bons au nom de la République française, payables en espèces après la Libération, signatures illisibles. Bon gré, mal gré, le *bounhoume* devait s'exécuter s'il ne voulait pas l'être lui-même par ces clandestins qui ne combattaient pas toujours pour la bonne cause.

Je prenais ma nourriture à l'internat du collège. Les pommes de terre, plutôt rares, étaient remplacées par des topinambours, des betteraves fourragères, des choux-raves rebaptisés rutabagas. Ce qui donnait aux chansonniers de Radio Paris l'occasion de composer des couplets satiriques sur l'air d'*Otchi tchorniam* :

> *Des rutabagams, des rutabagams,*
> *Il manquait plus qu'çam !*
> *Y avait tous les jours*
> *Des topinambours.*
> *Des rutabagams,*
> *Grand merci, Madam !*

Pour changer, les jours où des radis paraissaient sur nos tables, le cuisinier du collège hachait leurs feuilles et nous les présentait en épinards. Le matin, au petit déj, je m'offrais un ersatz de café dans lequel je trempais un ersatz de pain. Un jour, il m'arriva non pas de voler une miche comme Jean Valjean, mais d'entrer dans une boulangerie inoccupée, de m'emparer d'une baguette, d'en déposer le prix sur le comptoir et de m'enfuir sans livrer le ticket correspondant.

Mon traitement me permit de faire l'achat d'une bicyclette rafistolée. Les appuie-pieds étaient en bois, les patins en liège. Faute de chambres à air, je bourrai les pneus de vieux chiffons. Sur ce véhicule, chaque samedi, je pus me rendre à Ferrières. L'abattage clandestin, hors tout contrôle vétérinaire, était largement pratiqué, les nuits hantées d'hommes et de femmes portant sur leur échine des quarts de veau ou des demi-cochons. Toutes les familles élevaient des lapins. On a dressé des statues en l'honneur de De Gaulle ; on devrait en dresser une en l'honneur du lapin, qui a sauvé de la famine la France occupée. Je revenais de Ferrières chargé d'œufs, de fromages, de saucisses que mon père se procurait grâce à ses travaux de forgeron-maréchal. Plus d'une fois, il m'arriva d'être arrêté par les gendarmes. Ils confisquaient ces marchandises sous prétexte qu'il s'agissait de marché noir. Je protestais :

— Ce n'est pas du marché noir. Je ne les ai pas payées. Cadeaux de ma famille.

— La détention et le transport en sont interdits. Soyez heureux qu'on ne vous colle pas une contravention qui vous coûterait cher.

Dans les établissements scolaires, la neutralité religieuse était devenue une notion périmée. Le ministre de l'Instruction publique, Jacques Chevalier, y avait rétabli la démonstration de l'existence de Dieu, l'exposé de nos devoirs envers Lui, sans préciser toutefois s'il s'agissait du Dieu juif, du catholique, du protestant, du mahométan. Quoique animé de sentiments pieux depuis mon enfance (à Ferrières, j'avais été enfant de chœur), je refusai d'obéir à ces directives et continuai de soutenir devant mes élèves les principes d'une morale laïque et universelle. Pas plus que je n'entendis chanter dans mon collège *Maréchal, nous voilà*. Je cessai même de fréquenter Sainte-Croix parce que le curé y lançait des appels en faveur de la Légion. S'il m'arrivait encore de prier Dieu dans mon cœur, c'était pour lui demander de protéger l'école laïque.

Qu'on me pardonne aussi de larder d'historiettes l'Histoire majuscule que je ne me lasse point de cultiver et de répandre. Contre l'opinion de Paul Valéry dont je reparlerai. Parce qu'elle nourrit en moi une âme de don Quichotte et me pousse à vouloir corriger certaines condamnations iniques. Je l'ai fait pour Glozel et les Fradin. Je l'ai fait pour le connétable de Bourbon. Si le temps m'en laisse la force, je le ferai peut-être un jour pour un autre grand traître, Pierre Laval, non point sans doute pour le réhabiliter là où il ne peut l'être, mais pour qu'on l'examine avec impartialité. Le colonel Rémy, un grand résistant, l'a reconnu : « Je ne vois aucun inconvénient à déclarer que le procès de Pierre Laval n'a été qu'une parodie de justice à laquelle il fut coupé court pour empêcher l'accusé de dire ce que trop de gens avaient intérêt à cacher. Par ailleurs, on ne fusille pas, à demi inconscient, un homme qui a tenté de se donner la mort et qui reste sous l'effet du poison, avant de le jeter, encore pantelant, dans un cercueil qu'on s'empresse d'enfouir. Quels que soient les titres dont les exécuteurs se prévalent, de tels procédés ravalent au rang de nazis ceux qui les emploient. »

J'ai cette manie dangereuse de vouloir chercher des bâtons pour me faire battre.

En décembre 1941, le journal de Pierre Laval, *Le Moniteur*, réduit à une seule feuille, publia cette énorme nouvelle : l'Amérique, dont les navires avaient été coulés à Pearl Harbor, port des îles Hawaï, par des avions japonais, venait de déclarer la guerre au Japon. Et par voie de conséquence à ses alliés l'Allemagne et l'Italie. Un mot nouveau entra dans le vocabulaire des combats, appelé par la suite à une diffusion internationale, celui de kamikazes, désignant les aviateurs nippons qui acceptaient le suicide en jetant leurs petits appareils contre les énormes cuirassés américains. J'avais enseigné à mes élèves les combats de Rome et de Carthage. Il m'arriva de lire sur une porte cette inscription à la craie : *Delenda est Germania*.

L'Angleterre n'était plus seule face au triple fascisme.

C'est alors que m'arriva, dans ce monde en guerre, le plus pacifique, le plus merveilleux des bonheurs. Il s'appelait Henriette.

Notre rencontre se fit d'une manière imperceptible. Dans notre collège, les profs jouissaient d'une petite salle de réunion coincée entre deux dépendances : l'une, le bureau du principal et de sa secrétaire ; l'autre, le lavabo-toilettes. Si bien que lorsqu'il ou elle était en nécessité de s'y rendre, elle ou il devait traverser notre réduit. Interrompant nos conversations si nous y étions plusieurs :

— Pardon de vous déranger.

Si c'était la demoiselle, elle suscitait des chuchotements dont elle ne manquait pas, sans les entendre, de rougir à tout hasard. Je m'y trouvais souvent solitaire, occupé à corriger mes copies ou à préparer mes cours. La pièce était chauffée à la saison froide, ce qui m'épargnait d'allumer le poêle de mon logement.

Dans ces circonstances, je remarquai que mademoiselle Henriette Rouchon ne se pressait pas de passer, qu'elle m'adressait des regards, parfois un sourire qui découvrait des dents larges et blanches comme des touches de piano, parfois un mot de politesse :

— Vous ne vous ennuyez pas, tout seul ?

— Je ne suis pas seul. Je suis avec Robespierre.

J'osai aller plus loin lorsqu'elle me fit remarquer que la journée était belle :

— Moins belle que vous.
— Ne vous moquez pas.
— Je dis ce que je pense. Je pense ce que je dis.
— Je ne suis pas belle. Je suis normale.

Elle faisait mine de ne pas aimer les compliments. Il n'empêche qu'elle changeait souvent de toilette. Je devais vingt heures de présence hebdomadaire au collège. En fait, mes corrections et mes repas m'y retenaient le double. Si bien qu'Henriette remarqua cette assiduité :

— Vous n'avez pas de famille à Gannat ?
— Ma famille est à Ferrières-sur-Sichon.

Elle semblait nourrir à mon égard un intérêt, peut-être une admiration, à cause de mon radius et de mon cubitus enlevés. Un jour que je me plaignais de l'indifférence de mes collègues envers l'occupation allemande, envers la collaboration pétainiste, leur seul souci étant celui de la bouffe, elle s'écria :

— Tout le monde ne peut pas être un héros comme vous !

— Je ne suis pas un héros. J'ai seulement eu un comportement normal.

Nous étions donc deux personnes normales. Elle me demanda si ma gaucherie acquise était gênante dans ma vie quotidienne.

— Pas trop. En Angleterre, j'ai appris à briser mon pain, à découper ma viande, à peler une orange d'une seule main, avec l'aide de mes dents si nécessaire. Ecrire au tableau est ce qui m'embarrasse le plus. Je demande à un de mes élèves de prendre le bâton de craie. Ils se disputent cet honneur.

— Vous ne pourriez pas conduire une automobile ?

— Si, avec mon crochet, de même que je conduis ma bicyclette.

Ses parents tenaient une *locaterie* d'élevage près de Montbeugny, juste au sud de la ligne de démarcation qui séparait les deux France. Leurs bœufs blancs paissaient, pour les Allemands et pour les fonctionnaires de Vichy, l'herbe un peu grise. Là commence la Sologne bourbonnaise avec son ciel triste, ses clochers pointus, ses chemins sinueux, ses étangs, ses saules têtards, ses hérons méditatifs, ses landes vouées aux genêts, aux bruyères, ses bois de chênes. Les fermes y montrent des pans de bois comme les normandes ; les plus riches ont les murs parés de briques en chevrons. Les métayers y portent comme tous les paysans bourbonnais le sobriquet de *bounhoumes* et sont réputés pour leur avarice. On raconte l'histoire de celui qui reçut un jour la visite inattendue d'un couple de cousins. Moulinois, sans doute, venus se restaurer chez des parents un peu oubliés. La paysanne fit un tour au poulailler, en rapporta un œuf unique car les poules, comme on sait, avaient le cul cousu durant cette période maudite. Elle le fait cuire bien dur et le leur sert, recommandant de le manger par petites bouchées. Voilà son gamin, toujours affamé comme on l'est à cet âge, qui réclame :

— Et moi ? Et moi ? Et moi ?

— Toi, t'en auras s'il en reste.

J'espérai que les parents d'Henriette n'étaient pas de cette espèce. Au cours de nos entretiens, je compris qu'elle n'était ni pétainiste, ni lavaliste, mais bel et bien gaulliste, chose encore peu fréquente à Gannat. Elle disposait dans sa chambre d'un petit poste de TSF à trois longueurs d'onde ; il lui permettait d'écouter les émissions de Londres et de Sottens en Suisse. En vertu de mon héroïsme supposé, elle m'invita un soir à venir les entendre chez elle. Elle logeait quasiment chez le curé de Sainte-Croix, son oncle, pétainiste convaincu, dans une dépendance du presbytère. J'achetai au marché noir une bouteille de saint-pourçain, un paquet de Petit Lu et j'entrai chez elle à l'heure où les poules se couchent. Au pied de l'escalier qui monte à l'étage, je quitte mes souliers, je marche sur mes chaussettes. Dans la demi-obscurité, elle me prend par la main. Nous voici dans ce qu'elle nomme son cagibi, lit dans un coin, réchaud dans l'autre, table au milieu, commode basse portant le poste de TSF. Je dépose ma bouteille et mes biscuits. Je me retourne, je la découvre haletante, la bouche entrouverte. Sans réfléchir, je tombe dans ses bras, je dévore ses lèvres, elle dévore les miennes.

— En tout bien tout honneur ! gémit-elle.

Ma main unique s'enfonce dans ses cheveux, caresse la courbe de son crâne et de ses pensées.

— Vous êtes venu pour la TSF. Arrêtons cette folie.

Elle brancha son poste sur la BBC, régla la petite antenne quadrangulaire qui permettait de déjouer le brouillage allemand. L'émission anglaise avait choisi pour indicatif quatre notes de la cinquième symphonie de Beethoven qui, en alphabet Morse, produisaient la lettre *V*, initiale de *Victory*. « Les Français parlent aux Français. Pierre Dac vous propose une charade. Mon premier ment. Mon deuxième ment. Mon troisième ment. Mon quatrième ment. Mon tout ment plus que les quatre autres réunis. Qui suis-je ?... Piment. Errement. Lavement. Allemand. Pierre Laval. » Bien que démis provisoirement de ses fonctions par le Maréchal, le Châteldonnais restait la bête noire des résistants de Londres.

Vinrent ensuite des messages codés destinés aux résistants de France : « Nous avons renversé quatre quilles à la pétanque. En avant Fanfan la Tulipe. Le soleil se couche toujours à l'ouest. Les conseilleurs seront les payeurs. »

Personnellement, quoique favorable aux combattants de l'ombre, je ne pensais pas entrer en résistance. Ayant déjà donné un bras, je souhaitais conserver les membres qui me restaient. Ce soir-là, désireux de manifester quand même mes sentiments patriotiques, je débouchai la bouteille de saint-pourçain, je remplis nos deux verres, je portai un toast aux combattants de la Liberté. Henriette but comme moi. Nous grignotâmes les biscuits. Je baisai les paupières de ma charmante hôtesse en prononçant :

— Œil pour œil, saint-pourçain.

Second toast à Charles de Gaulle. Au troisième, je voulus chanter l'hymne gaulliste « En passant par la Lorraine ». Henriette posa une main sur ma bouche :

— Non. Tu vas alerter mon oncle curé.

Premier *tu* tombé par inadvertance.

Au quatrième, je me sentis flotter entre le plancher et le plafond. La BBC annonçait que les Allemands se battaient à Bir Hakeim en Libye contre des Français libres. Je m'en foutais complètement.

Ensuite, je ne sais plus exactement ce qui se passa. Sauf que le chant d'un coq me réveilla à la première odeur du jour et que je me découvris couché dans un lit sur le côté droit, ce qui laissait toute liberté à ma main gauche. Allongée près de moi, une jeune personne endormie dans le désordre de ses cheveux, le visage enfoui dans le traversin. Un long moment, craignant de la réveiller, je restai immobile, ne bougeant ni pied ni patte, me demandant qui était cette particulière. Mes regards erraient dans la pièce, sans rien reconnaître. Accrochés au mur, une copie de *L'Homme à l'oreille coupée* de Van Gogh, un bénitier, un crucifix. Sur la table, une bouteille renversée, des écoulements vineux. Enfin, un peu de mémoire me revint. Je soupçonnai ma voisine d'être mademoiselle Henriette Rouchon, la secrétaire de mon principal. Puis s'imposa cette évidence : « Si nous ne sommes pas dimanche, nous sommes foutus. On nous mettra tous les deux à la porte. Seigneur, faites que nous soyons dimanche. »

Enfin elle bougea, tourna vers moi sa tête ébouriffée, recommanda :

— Ne m'embrasse pas. Je dois avoir mauvaise haleine. Le matin, j'ai toujours mauvaise haleine. Pourquoi es-tu dans mon lit ?

— J'étais venu entendre la BBC.

— C'est là ce que tu appelles « en tout bien, tout honneur » ?

— Quel jour sommes-nous ?

— Dimanche. Tu m'as fait manquer la messe.

— Tu t'en remettras.

— J'espère que tu ne m'as pas fait d'enfant. Plus tard, je veux bien. Mais pas en temps de guerre.

— Plus tard ?

— Quand nous serons mariés. Je suis ta femme à présent. Qu'en dis-tu ?

— Je ne dis pas non.

— Toute la journée nous appartient. Faisons un peu connaissance.

Elle sut tout de moi. Mes origines bourbonnaises, ma mère auvergnate, mes études à Cusset, puis à Moulins, puis à Clermont, ma licence d'histoire-géo, mon diplôme sur Charles III de Bourbon, mon échec au CAPES pour un demi-point. Je sus tout d'elle, la ferme où rien ne manquait, ni la volaille, ni les cochons, ni le bœuf sacrifié clandestinement. Comment résister à tant d'attraits ?

Le lundi, bien attifés, nous entrâmes séparément dans le collège. Le concierge, un ancien de 14-18, me demanda si je savais les dernières nouvelles :

— Les Américains vont bientôt venir nous délivrer. Roosevelt et Churchill se sont rencontrés sur un bateau de guerre.

Nonobstant cette perspective, Pierre Laval prononça le 22 juin 1942 la phrase impardonnable par laquelle il se condamnait à mort : « Je souhaite la victoire de l'Allemagne, parce que sans elle le bolchevisme demain s'installerait partout. » Entre la peste et le choléra, il choisissait le choléra. Plus tard, il expliqua que ce souhait devait lui rapporter la libération de deux cent mille de nos soldats prisonniers. En fait, ils ne revinrent que quelques centaines.

Notre mariage eut lieu au mois de septembre de cette même année. A la Ronzie, métairie des Rouchon, et à l'église de Montbeugny qui, avec sa vaste toiture couverte de petites tuiles rouges, ressemblait aussi à une ferme. Au milieu de ce conflit de haines, l'amour continuait obstinément de fleurir, comme la violette parmi les broussailles. Une cinquantaine de personnes étaient venues. Rien que des *bounhoumes* rouges de figure et ronds de ventre. Mal nourri par l'intendant de mon collège, j'étais le plus maigre de la troupe. Eux montraient un gilet de velours sur lequel courait une chaîne de montre, d'or ou d'argent. Les dames s'étaient coiffées de ce joli chapeau de paille et de rubans, relevé par-devant et par-derrière, qu'on dit « à double bonjour ». La mariée était vêtue de blanc, moi de verdâtre, dans un costume en fibre d'ortie, orné de ma croix de guerre. Ma mère parut dans une robe bleu sombre sur laquelle tombait le saint-esprit reçu de grand-mère Annette Maudiment, vendu pour me payer une dent en or, puis récupéré ; destiné à passer un jour au cou de sa belle-fille. Mon père portait son costume de velours côtelé, il datait d'avant la Grande Guerre et sentait la naphtaline.

En entrant dans l'église au bras de Rouchon, la future prit bien garde de poser le pied droit d'abord sur la marche du seuil. Ensuite, au cours de la messe, à peine le célébrant, son oncle gannatois, eut-il prononcé les paroles « Evangile selon saint Jean… » que la voilà debout avant le promis. Non informé de ces usages, je me laissai prendre de court, ce qui suscita bien des sourires chez les Rouchons et les Rouchonnes. Ces précautions avaient pour but d'affirmer l'autorité de l'épouse dans son ménage. L'oncle curé souligna le plaisir qu'il avait de marier sa nièce à un héros de Dunkerque et du *Siroco* :

— Malheureusement, je n'ai pas souvent l'occasion de marier un de nos soldats. Cent mille sont tombés sur les champs de bataille. Plus d'un million attendent dans les stalags une libération que le Maréchal s'efforce d'obtenir par tous les moyens. C'est pourquoi je prie Dieu pour qu'il répande sur vous, Henriette et Jacques, ses bénédictions. Et pour qu'il rende à notre patrie une paix cent mille fois déjà payée.

On se moucha beaucoup dans l'église. On se serait cru à un enterrement. Mais ensuite la gaieté revint, grâce aux frères d'Henriette et aux bouteilles de saint-pourçain qu'ils apportaient. On nous promena à travers le village, et les deux gars, munis de gobelets, offraient à boire aux passants de rencontre qui remerciaient en criant :

— Vive la mariée ! L'est ben fringante !... Vive le marié ! L'est ben fringant !

Après avoir bu, ils secouaient le gobelet afin que la dernière goutte tombât par terre.

La matinée se termina vers les quatorze heures. Avant qu'on se mît à table, on dut accepter le rite du double incendie. La tradition voulait qu'en ces circonstances, on brûlât le chapeau du père et les culottes de la mère, tous deux âgés de la petite soixantaine. L'holocauste portait une évidente signification : « Ne comptez plus sur nous pour la procréation, donc pour d'autres noces. Purifions le temple par les flammes. » Francis Rouchon, après avoir fouillé dans ses armoires, avait déniché un chapeau de feutre retraité. Son épouse Colette tira de son cabas des culottes pareilles à deux ballons dirigeables, ornées de nœuds, de dentelles, tout en plissés et en cachettes, ce qui suscita rires et applaudissements :

— Ben, sacré Francis ! T'as pas dû t'ennuyer à farfouiller là-dedans ! Mais fallait que tu t'y prennes un bon moment avant d'entrer !

Culottes et chapeau furent déposés au milieu de la cour des Rouchon sur un bûcher de genêts et de papier. On y foutit le feu et ils brûlèrent en produisant une fumée odorante. Cependant qu'autour de la crémation une ronde chantait :

Qu'est-ce que je f'rons sans mes brailles ?
Gémissait la belle-mère.
On t'en fera une aut' paire.
Avec une botte de paille.

Vint alors le festin, dans une grange, sur des tréteaux, au milieu de guirlandes qui pendouillaient de tous côtés. Sans souci des cartes de rationnement. Dix services se succédèrent, depuis le pâté aux pommes de terre d'inauguration, en passant par la carpe farcie, le bœuf bouilli, les haricots flageolets, le macaroni en vinaigrette, la salade verte, les fromages, jusqu'aux desserts innombrables : brioche aux grattons avec toutes ses tétines, tarte à la citrouille, *piquenchagne* aux poires, *milhà* aux cerises, crème renversée, fruits de saison. Et le café. Et l'eau-de-vie à volonté. On se demandait où les Rouchon avaient déniché toutes ces succulences. Depuis des années, ils devaient faire des réserves. Chacun en prit autant qu'il put en supporter, se disant : « C'est toujours ça que les Boches auront pas ! » En quelque sorte, par patriotisme.

Le repas de midi se prolongea tellement qu'il rattrapa celui du soir. Dans l'intervalle, pour faire descendre ces nourritures, des danseurs tapaient du pied dans une autre grange, au son d'une cornemuse et d'une vielle. Bourrées, valses et polkas *bichouses*. Au milieu de ces dernières, la musique s'interrompait sur trois notes infiniment répétées, et tout le temps que duraient ces points d'orgue, les hommes avaient le droit de *bicher* leurs cavalières. A bouche que veux-tu.

Les choses durèrent ainsi toute la nuit suivante. De temps en temps, un convive s'affaissait sur la table, s'endormait au milieu de la vaisselle. D'autres abandonnaient le champ de bataille et s'en allaient brancholant, titubant, se retenant aux meubles, tandis que les survivants s'exclamaient :

— Ben, on peut dire que le gars l'est pas tout seul !... Pas tout seul !... On peut le dire !

D'autres encore allaient discrètement vomir leur trop-plein dans l'étable, sur la litière des vaches. Ils revenaient en s'essuyant les babines de leurs mouchoirs à carreaux.

A l'aube, des jeunes préparèrent la *trempée*. Dans un pot de chambre tout neuf, ils délayèrent du chocolat noir et du sucre dans du vin. Ils devaient aller surprendre au nid les tourtereaux. Ils durent chercher un peu, nous nous étions enfuis sans donner d'adresse. On nous découvrit dans la chambre la plus haute de la maison, la plus modeste, réservée naguère au mendiant de passage, jonchée pour la circonstance de branches et de fleurs. Nous fûmes, je le suppose, aussi touchants que possible devant tous ces gars et gattes, moi dans ma chemise de nuit, Henriette avec ses longs cheveux sombres défaits sur ses épaules. Ils commencèrent une chanson effrontée en nous présentant le pot de chambre :

> *On m'a donnée z'en mariage*
> *A z'un homme qu'est grand péteux...*

Les couplets scandaient la consommation de la *trempée*. A tour de rôle, usant de la même cuillère, nous puisions dans le pot.

> *Le premier soir de ma nocette*
> *On nous fit coucher tous les deux.*

— Une cuillerée pour papa ! Une cuillerée pour maman !

> *A peine étions-nous sous la couette*
> *Le voilà qui pète le feu.*

— Encore un petit effort s'il vous plaît !

> *Je n'veux pas d'un homme qui pète*
> *Au bord du lit comme au milieu.*

— Le fond du vase est le meilleur. Défense d'en laisser !

> *Le mari trouve un' solution :*
> *M'amie j'vas y mettre un bouchon.*

Il faut le reconnaître, nous eûmes des noces mémorables.

Henriette était belle comme un violoncelle. Vue de dos, sans chemise, c'était à s'y méprendre. Nous avons ensemble interprété de merveilleux duos. Il lui arrivait de mettre une main devant sa bouche pour ne pas crier trop fort de plaisir.

— Comment as-tu appris ces choses ? me demandait-elle.

Et moi, surpris de mes propres aptitudes :

— Je n'ai rien appris. J'improvise. Tu m'inspires.

— En histoire, tu es licencié. En amour, tu es docteur.

Pour dire vrai, je n'arrivais au mariage ni tout à fait vierge de cœur, ni tout à fait vierge des sens. A Ferrières, ma cousine Jeanne m'aurait volontiers emmené au paradis si j'y avais consenti. A Moulins, j'avais été ému par la sœur d'un de mes condisciples, une certaine Fernande qu'il m'arrivait de rencontrer, le dimanche, au dancing des Deux-Ponts, en bordure de l'Allier. J'avais osé l'inviter à une valse. Elle sentait la lavande. Elle parlait peu, me regardait de bas en haut avec ses yeux pleins d'étoiles. Sûre de sa beauté, elle ne rebutait aucun admirateur, passant d'un bras à l'autre, revenant à son point de départ. Je n'étais qu'un coureur au milieu du peloton. Pas le plus rapide. M'étant procuré son adresse, je lui écrivis des lettres enflammées, signature illisible. Elle n'était pas forte pour les devinettes et n'identifia jamais l'expéditeur. Je finis par me lasser de ce combat et l'abandonnai à de plus audacieux.

Ces rencontres de jadis – il y en eut trois ou quatre autres – n'étaient qu'amuse-cœur. Si des tentations se sont présentées parfois, je n'y ai pas succombé. Ou si j'y ai succombé, elles sont maintenant tombées aux oubliettes. Je n'ai aimé vraiment, profondément, qu'une personne dans toute mon existence : ma femme-violoncelle.

8

En attendant de trouver un appartement à deux places, nous vécûmes quelque temps à l'étroit. Elle dans son studio, moi dans ma chambrette. Nous ne disposions que de lits monoplaces. Ce qui nous obligeait à nous superposer. Quitte, au milieu de la nuitée, à changer d'altitude : le rez-de-chaussée montait à l'étage, l'étage descendait au rez-de-chaussée. Nous vivions l'un pour l'autre, égoïstement, insoucieux de ce qui se passait dans le monde en fureur.

Le 8 novembre 1942, Sottens nous apprit que les forces américaines avaient débarqué en Tunisie et au Maroc. Les troupes vichystes avaient fait semblant de résister. Trois jours plus tard, les Allemands ripostèrent en occupant la zone dite « libre », jusqu'aux rives de la Méditerranée. Des camions et des chenillettes à croix gammée traversèrent Gannat, sous les regards terrifiés de la population.

La perte de notre qualité de « zone libre » ne changea pas grand-chose à notre vie quotidienne. Précédemment, les occupants nous pillaient en vêtements civils ; ils nous pillèrent désormais en uniformes. Leur institution du STO (Service du travail obligatoire) eut un effet imprévu. Le prétexte en était l'organisation de la relève. De jeunes Français devaient aller en Allemagne remplacer les prisonniers que Hitler s'engageait à libérer en échange. Effectivement, au cours des derniers mois de cette année 1942, des milliers d'ouvriers furent embarqués, de gré ou de force. Les uns partaient avec l'espoir d'un bon salaire ; d'autres cédaient à ce chantage : « C'est toi ou ton père. » Des affiches de recrutement parurent sur nos murailles : *Etre marin, c'est avoir un métier. Engage-toi dans la* KRIEGSMARINE. *Le soldat allemand donne son sang. Donne ton travail.* La relève ne fut qu'un leurre dérisoire ; quelques prisonniers seulement furent libérés, âgés d'au moins quarante-trois ans. Parmi eux, sans condition d'âge, tous ceux de la commune de Châteldon, fief de Pierre Laval. Toutefois, bravant les menaces, un grand nombre de désignés refusèrent de partir et préférèrent se cacher dans les campagnes. Ainsi prirent naissance de nombreux « maquis ».

Henriette et moi vivions notre neutralité amoureuse. Lorsque nous apprîmes qu'un résistant, Paul Guillebaud, avait été capturé et abattu par les Allemands dans la gare de Gannat, nous nous bouchâmes les oreilles. Nous finîmes par dénicher un modeste appartement ouvrant ses fenêtres sur la Grande-Rue. Nous devions payer le loyer non pas en espèces, mais par un cochon annuel qu'acceptaient de fournir les beaux-parents Rouchon. La radio suisse nous apportait des nouvelles encourageantes : les Allemands subissaient en Russie d'immenses défaites. Nous avions conscience de vivre des événements historiques ; ils seraient plus tard racontés par des auteurs qui ne les auraient point vécus. Cela me donna le goût de reprendre mes études, de réparer mon échec au CAPES. Henriette m'y encouragea vivement. Si je parvenais à gravir ce degré dans l'échelle enseignante, mon traitement gagnerait aussi de la hauteur ; Henriette pourrait renoncer à son emploi mal payé de secrétaire, consacrer son temps aux soins de sa personne, de la mienne, des mioches que nous ne manquerions pas de produire. La politique de l'Etat français publiait d'ailleurs ordonnance sur ordonnance pour que la femme restât dans son foyer, avec promesse d'allocations pour chaque naissance. Ce qui faisait grogner de mauvais esprits :

— Si je dois payer des impôts pour nourrir les enfants des autres, je réclame le droit de cuissage.

Je m'inscrivis à l'Ecole universelle, qui prétendait préparer par correspondance à tous les examens et concours. Recommandée par d'éminentes personnalités qui toutes s'écriaient : « Je n'ai qu'un regret, c'est de n'avoir pas connu plus tôt l'Ecole universelle ! » J'envoyai mon adhésion et mon chèque le 23 avril 1943, jour anniversaire de ma femme. Embarqué dans cette aventure qui devait me conduire, en cas de succès, non point au CAPES, mais à l'agrégation d'histoire. Le facteur m'apportait de copieux dossiers qui m'épargnaient de longues et difficiles recherches. Mes disserts étaient corrigées par des professeurs de faculté. Certains de mes collègues gannatois, jaloux de mon ambition, déclaraient ironiquement :

— Il prépare son agrègue de 1960.

Henriette et moi allions nous aérer l'esprit en visitant à bicyclette la campagne environnante. Une plaine à peine vallonnée, avec des pâturages abandonnés, des cultures chétives entourées de *bouchures*[1] et d'*écronats* qui sont des chênes ébranchés aux silhouettes tourmentées, des vols massifs d'oiseaux affamés. Nous nous sommes arrêtés à Cognat dont le nom rappelle une horrible bataille entre huguenots bourbonnais et papistes auvergnats. Les premiers se déclarent vainqueurs et s'écrient :

— A nous les fumelles bouffeuses de pain bénit !

L'Histoire nous apprend que, chaque fois qu'une troupe remporte une victoire au nom de Dieu, de la Civilisation, de l'ONU, de la Liberté, de Karl Marx, de l'anticommunisme, de la Patrie, de saint Georges, de saint Frusquin, la première chose qu'elle fait, c'est de violer les femmes du parti opposé. Les Cognatoises ne l'ignoraient pas. Que font-elles ? Elles se barbouillent – excepté les vieilles qui se croyaient inviolables –, elles se tartinent la figure avec de la suie, de la lie de vin, de la bouse de vache, se faisant aussi repoussantes que possible. Les vainqueurs doivent se rabattre sur les vieillardes qui n'en reviennent pas de cette extrémité.

— Sainte Vierge ! s'écrient-elles, mi-offusquées, mi-charmées. Si je m'attendais à celle-là !

Nous avons visité Charroux, Chantelle, Brou Vernet. Et puis plus rien du tout, parce que mon Henriette m'a fait cette révélation :

— Il faut m'épargner les secousses de la bécane, bientôt nous serons trois. Peut-être quatre. J'attends un bébé.

1944. Les Russes avançaient sur toute la largeur du front. Chassés d'Afrique, les Allemands reculaient

[1]. Haies.

aussi en Italie. La presse autorisée annonçait que d'immenses concentrations de troupes, de matériel, de bateaux s'opéraient sur les côtes méridionales de l'Angleterre en vue du débarquement libérateur. Pour le préparer, la charpente du ciel dégringolait sur nos têtes. L'aviation libératrice écrabouillait nos ports et nos villes intérieures. Deux mille Français y périssaient chaque semaine. Le 26 avril, Pétain et Laval assistèrent à Notre-Dame de Paris à un service funèbre en l'honneur de ces victimes. Une foule innombrable se pressa sur leur passage, criant :

— C'est Lui ! C'est bien Lui ! Vive le Maréchal !

Un accueil si chaleureux que Pétain annonça :

— Je m'installe provisoirement dans notre capitale traditionnelle.

Après quoi, il retourna à Vichy. Il employait son temps à vadrouiller de ville en ville, apportant aux bombardés la consolation de sa présence, les pâles rayons de son képi.

En juin, j'appris que le débarquement venait de se produire en Normandie au prix de pertes épouvantables. Au cours des semaines qui suivirent, les grenadiers SS, tout en évacuant les territoires qu'ils avaient occupés, fusillaient tous ceux qui entravaient leur retraite. Onze résistants tombèrent à Saint-Yorre, six à Vichy, cinq à Billy, quatre à Champ-Toirat, trois à Ebreuil, vingt-cinq à Veauce. Tout le département combattait un ennemi qui se savait vaincu mais ne renonçait pas à commettre des horreurs.

Pour moi, dois-je l'avouer, notre proche libération m'intéressait moins que la proche naissance de notre enfant. Chaque soir, je posais la main sur le ventre de sa mère, je sentais ses mouvements, je lui adressais la parole :

— Prends patience. Ne te presse pas trop de venir dans ce monde où tout est flamme et fureur.

J'emmenais Henriette en promenade, presque suspendue à mon bras. Nous marchions le long de l'Andelot, bavardant avec les pêcheurs à la ligne. Ils s'intéressaient à notre proéminence :

— Vous êtes sûrs qu'il n'y en a pas deux ?
— Le médecin n'entend battre qu'un petit cœur.

Tandis que le monde entier était en guerre et en ruine, les pêcheurs espéraient leurs poissons, guettant les frissons de l'eau, se demandant s'ils avaient employé le bon appât. Une seule personne possède les mêmes facultés d'oubli : le futur père de famille dans l'attente de son premier enfant. Je cueillais dans l'herbe des trèfles à quatre feuilles pour lui porter bonheur. A la maison, Henriette préparait des couches, des barboteuses, des chaussons. De Ferrières était venu le berceau à bascule où j'avais moi-même dormi. Dans ces conditions, comment songer à l'agrégation ? Je renonçai au concours pour l'année 1944.

Pendant ce temps, les troupes franco-américaines libéraient le reste du territoire. Le 17 août, elles entraient dans Orléans. Le 24, dans Paris. Le général de Gaulle et son état-major descendirent les Champs-Elysées au milieu d'une foule enthousiaste. A peu près la même qui avait applaudi quatre mois plus tôt le Maréchal et Pierre Laval. Le 6 septembre, Moulins était libéré. Traqués par les maquisards du Limousin, de l'Auvergne, du Bourbonnais, les fuyards, coincés au Bec-d'Allier, essayèrent vainement de traverser le fleuve. Le général qui les commandait prit contact avec les Américains dont il espérait sans doute plus de mansuétude que des « terroristes » qui l'avaient vaincu. Vingt mille officiers et soldats de la Wehrmacht déposèrent les armes et allèrent se livrer à la 83ᵉ division des USA.

Courageusement, Henriette parcourut à pied la demi-lieue qui séparait l'arrêt de l'autobus gazogénique de la Ronzie, la ferme des Rouchon. Des maisons incendiées jalonnaient notre chemin.

— Qu'est-ce que tu préférerais ? me demanda-t-elle. Une fille ou un garçon ?

— Une fille, parce qu'elle ne ferait pas la guerre.

Des alouettes se levaient des champs de blé, montaient très haut dans le ciel, criaient Jésus-Christ ! Jésus-Christ !, puis se laissaient tomber comme des pierres. Comme les stukas de Dunkerque. Quelques vaches paissaient dans les friches, car beaucoup de *bounhoumes* préféraient laisser leurs terres incultes plutôt que de les travailler. Elles sortiraient bientôt de leur oisiveté, maintenant que les occupants avaient déguerpi ; nos soldats prisonniers allaient revenir de leurs stalags. Le moment était aux belles espérances. Henriette nourrissait les siennes :

— Notre fils, notre fille connaîtra une paix éternelle. Après la disparition des nazis et des fascistes, il n'y aura plus de tyrans, plus d'injustices sur la terre. Tous les hommes s'aimeront comme le demande l'Evangile.

Entre nous, il y eut un petit débat sur le prénom éventuel. En fin de compte, nous nous mîmes d'accord sur Dominique qui convient aussi bien à un garçon qu'à une fille. Influencés aussi par le beau roman d'Eugène Fromentin que nous venions de lire ensemble.

A la Ronzie, naturellement, nous étions gâtés comme des coqs en pâte. Lorsque ma femme reposait sur un canapé, agenouillé près d'elle, une main sur son ventre, je poursuivais ma conversation avec notre prochaine progéniture :

— Si tu es Dominique au féminin, comme je le souhaite, tu auras la grâce de ta maman. Des yeux marron comme elle, des cheveux châtains, une bouche pleine de dents, un gosier plein de rires, des yeux pleins d'étincelles. Je prendrai ta petite main dans la mienne, et nous irons dire bonjour aux lapins de mémé Angèle à Ferrières. Nous leur donnerons des carottes à travers les barreaux de la cage.

— Et si c'est un masculin ? intervenait ma femme.

— Si tu es un masculin, je ferai de toi un pêcheur à la ligne pour te donner le goût de la paix, du silence, de l'immobilité. Tu n'iras pas conquérir le monde, visiter la Chine ni le Brésil. Rien n'est aussi dangereux que chausser des souliers et sortir de sa chambre. Blaise Pascal nous l'a dit : le bonheur est chaussé de pantoufles charentaises. Laisse à d'autres la vaine tentative d'aller le trouver au bout de la terre. Nous jouerons ensemble aux dames et au nain jaune.

Vint un jour où Dominique manifesta son impatience. La sage-femme de Montbeugny accourut, prévit la naissance pour le lendemain. Henriette fit la brave :

— Je sais que beaucoup de parturientes braillent comme des ânesses. Moi, je n'ai pas cette intention. Si cela devait arriver, pose-moi une main sur la bouche.

En fait, le travail se produisit autrement. Malgré ses efforts de contention, au bout de quelques minutes, elle obéit à la volonté du Souverain Créateur : « Je vous affligerai de plusieurs maux pendant votre grossesse. Vous enfanterez dans la douleur. » Pour la punir de son péché originel. Les chattes aussi, les chèvres aussi, les vaches aussi gémissent quand elles mettent bas. Ont-elles également commis le péché originel ?

Pour moi, je n'avais jamais entendu de pareils hurlements. Ils m'arrachaient des larmes. Je songeais aux tortures que les juges appliquaient jadis aux possibles criminels. On dut me pousser loin de la chambre de douleur. N'ayant qu'une main, je ne pouvais me boucher qu'une oreille. Par moments, les brames s'arrêtaient. J'entendais alors les exhortations de la sage-femme :

— Poussez ! Poussez !... Ne vous retenez pas de crier si ça vous soulage !... Le voilà ! C'est un garçon !

Miaulements du nouveau-né. On me permit d'entrer. Je vis le poupon tout visqueux. Un bout de cordon lui pendait de l'ombilic.

— Ce n'est pas une fille, s'excusa la mère. Est-ce que tu l'aimeras quand même ?

— Peux-tu en douter ?

Avec ses rides frontales, sa figure fripée, il ressemblait à son grand-père Benoît, la pipe en moins.

— Il a beaucoup de cheveux, signe de vigueur. Donnez-lui son premier biberon, d'eau sucrée, dit la sage-femme, me tendant l'un et l'autre.

— C'est difficile, je n'ai qu'une main.

Elle le déposa sur mes genoux, j'approchai la tétine de ses lèvres, il comprit tout de suite ce qu'il devait faire.

— Quelle est la couleur de ses yeux ?

— On ne sait pas. Il n'ouvre pas encore les paupières.

Je pus enfin le tenir dans le creux de mon bras gauche. Il ne lui manquait rien, ni en haut, ni en bas, ni au milieu. On le pesa : trois kilos et sept cents grammes. Belle performance en une période de famine.

Parurent ensuite les parents de la Ronzie. Puis ceux de Ferrières. Puis des amis et connaissances. Dominique ne salua personne, il dormait à poings fermés. Il m'arriva de passer devant une glace. Je m'y considérai, curieux de voir si ma figure avait changé depuis qu'elle était celle d'un père de famille. *Pater familias.* J'y trouvai en effet une évolution, devenue plus attentive, plus sérieuse, plus consciente des responsabilités.

Quelques jours plus tard, Dominique ouvrit des yeux couleur noisette. Ouvrit est faible : il écarquilla. Je lus dans ce regard une curiosité indicible, vers les gens, vers les meubles, vers les bibelots qui encombraient la chambre. Il me sembla y déchiffrer ce que j'aurais trouvé dans un livre ouvert :

— Qu'est-ce que c'est que tout ce fourbi ? Que cette agitation ? Où suis-je tombé ? Qui sont tous ces gens ? Avant, je vivais dans une tranquillité absolue, bien au chaud, sans courants d'air. Qu'est-ce que c'est que ce bordel ?

A chaque instant lui venait un détail inouï : les moustaches de pépé Rouchon, les lunettes de mémé

Angèle, les deux bras de maman, le bras unique de papa, la lumière de la fenêtre, l'abat-jour entouré de dentelle. Que de découvertes il lui restait à faire !

Il découvrit aussi les odeurs : celle d'Henriette, la mienne, celle de la savonnette, celle du linge, celle du caca. Ses émerveillements m'émerveillaient. Il avait des rots. Il éternuait. Il balbutiait. Je le transportai à la fenêtre, je lui présentai les pâturages, les vaches blanches, le clocher de Montbeugny, le ciel et ses nuages, le vol des martinets, le roucoulement des tourterelles. Je jouais avec ses doigts, lui débitant la comptine que me servait jadis ma *Grande* de Châteldon :

— Creux, creux, creux ! Dans ce petit creux ! La poulette a mis son œuf. Celui-ci l'a vu. Celui-ci l'a ramassé. Celui-ci l'a cassé. Celui-ci l'a gobé. Et celui-ci a pleuré : moi, moi, moi ! Y a donc rien pour moi ?

Mon index chatouillait sa paume, puis secouait ses petits doigts l'un après l'autre, du pouce à l'auriculaire. C'est par ce tour que je lui arrachai son premier sourire. Lorsqu'il me voyait entrer dans la chambre, il me tendait ses petits bras, et nous partions pour le jeu de la poulette et de son œuf.

Lorsque Henriette eut repris des forces, il nous fallut quitter la Ronzie, regagner notre appartement de Gannat. Il suffisait à notre petitesse. Le congé de ma femme pour maternité devait finir le 15 novembre. A cette date, elle eut le choix entre prendre un congé supplémentaire pour convenance personnelle, sans traitement, ou reprendre son emploi administratif et confier Dominique à une nourrice. Nous optâmes pour une autre solution : une tante Rouchon prénommée Gervaise voulait bien habiter avec nous, s'occuper de l'enfant et de notre ménage. C'était une curieuse personne, élevée dans la piété, qui n'eût manqué pour rien au monde la messe du dimanche à Sainte-Croix ; elle se signait avant de commencer un repas ; mais en même temps, ayant lu les œuvres d'Emile Guillaumin, écœurée des injustices sociales, elle frappait du poing sur la table en s'écriant :

— Je veux implanter le socialisme !

Ce qui, derrière notre main, nous faisait bien rire. J'en vins à me demander si christianisme et socialisme sont ou ne sont pas compatibles. Elle me fit remarquer que les douze apôtres de Jésus possédaient une bourse commune dont Judas Iscariote était le trésorier. Par la suite, il fut un détestable apôtre, se laissa séduire par l'argent. La faute à qui ? La faute au gouvernement de l'époque qui n'avait pas inventé les assurances sociales et la retraite des vieux. Ces dernières promulguées à Vichy par l'Etat français. Car tante Gervaise était aussi une adoratrice du Maréchal. Ces principes confus se mélangeaient dans sa tête comme l'huile, le vinaigre et la moutarde dans la salade. Ce qui comptait pour nous, c'était qu'elle fût aux petits soins pour Dominique. Et elle l'était. Elle lui faisait avaler ses soupes en les poussant au moyen de couplets bourratifs :

> *Au bois de Toulouse,*
> *Il y a des voleurs.*
> *Il y a des voleurs*
> *Lariron-trontron-larirette !*
> *Il y a des voleurs*
> *Lariron-trontron !*

Lui continuait de découvrir l'univers. Lorsqu'il apprit ses premiers mots, il eut l'habitude de supprimer la consonne initiale. C'est ainsi que mouton devenait *outon* ; que coucou devenait *oucou*. Les linguistes nomment ce phénomène aphérèse, qui du grec *apotheca* a fait boutique, du prénom Anaïs a fait Naïs. Un jour, il lui arriva de prononcer :

— Aca !

— Qu'est-ce qu'il veut dire ? se demanda tante Gervaise.

Et lui de répéter :

— Aca ! Aca !

Je devinai *in extremis* qu'il voulait dire caca. Cinq secondes plus tard, c'eût été la …atastrophe.

Cette tante était d'un tempérament impétueux. Lorsque la moutarde lui montait au nez, elle produisait un chapelet de jurons et de blasphèmes peu conformes à la doctrine catholique.

— Oh ! Bordeaux de Bordeaux ! s'écriait-elle.

Et moi, peu-valant :

— Il ne faut pas dire Bordeaux, chère tante. Ce n'est pas du bon français. On doit dire bordel.

Un matin qu'elle s'était donné beaucoup de mal pour faire avaler la sousoupe à Dominique, celui-ci, indisposé, la vomit tout entière. Et elle, insensible à mes conseils, de s'écrier avec fureur :

— Oh ! Bordeaux de Bordeaux ! Bordeaux de Bordeaux !

Paragoge.

9

Dans les Ardennes belges, malgré un froid sibérien, les Allemands que l'on croyait définitivement vaincus lancèrent en décembre 1944 une contre-attaque désespérée. N'hésitant pas, pour tromper l'adversaire, à revêtir leurs soldats d'uniformes américains. A fusiller leurs prisonniers. A Bastogne, les GI opposèrent une résistance héroïque. Leur général, Anthony McAuliffe, inspiré par Cambronne, répondit à von Lüttwitz qui le sommait de capituler par cette simple syllabe :

— *Nuts !* (Des noix.)

Euphémisme.

En Lorraine et en Alsace, les combats étaient également très rudes. Le drapeau tricolore flotta enfin sur la cathédrale de Strasbourg.

Tant crie-t-on Noël qu'il vient. La France libérée chanta Noël de toutes ses cloches. Que vit-on paraître à Sainte-Croix ? Des Ukrainiens engagés de force dans l'armée allemande, ensuite déserteurs ou délivrés par les Américains. Ceux-ci, ne sachant trop que faire d'eux et se fiant peu à leurs sentiments, les évacuèrent vers le Bourbonnais et l'Auvergne. Gannat fut traversé par plusieurs centaines de ces mamelouks aux uniformes disparates, dont plusieurs dizaines de femmes et d'enfants. Aux questions qu'on leur posait, ils répondaient par un mot : « Bellerive. » Un camp devait les y attendre. Arrivés le 24 décembre au soir, ils furent rassemblés sur le champ de foire : on leur fournit du pain et des pommes de terre. Ils couchèrent dans des granges. Le curé de Sainte-Croix les rencontra et leur fit comprendre, inspiré par l'Esprit Saint, qu'il allait célébrer la messe de minuit et la naissance du Christ. Si bien qu'ils furent nombreux dans l'église, ce même soir, sans trop s'apercevoir que la Noël d'Occident précède de six jours la Noël d'Orient. Le curé leur demanda de joindre leurs voix à celles des Gannatois. Ils s'exécutèrent et entonnèrent l'hymne soviétique. Si bien que la Noël de Gannat, ce 24 décembre 1944, fut célébrée aux accents de *L'Internationale*.

La guerre continuait en territoire allemand. Comme McAuliffe, Hitler refusait de capituler. Il préférait la destruction de tout son peuple à sa propre reddition. Sur les murailles des villes bombardées, on lisait toujours *WIR WERDEN SIEGEN* (Nous vaincrons). Chez nous, la liberté revenue écrivait son nom sur des feuilles nouvelles : *Le Parisien*, *Le Dauphiné libéré*, *Libération Champagne*, la *Liberté du Massif central*, du *Morbihan*, de *Normandie*, du *Perche*. *La Montagne* reparut, qui s'était sabordée sous l'Occupation.

Mais la liberté ne se mange pas en salade. Les produits alimentaires restaient aussi rares et aussi chers, sauf quand on avait, comme nous, de bonnes relations avec la paysannerie. Les cartes d'alimentation persistaient, le marché noir aussi, il est dur de renoncer aux mauvaises habitudes. Beaucoup de vaches s'obstinaient à retenir leur lait, de poules à demeurer le cul cousu.

En avril 45, Berlin se trouva encerclé par les Russes. Hitler et plusieurs de ses fanatiques échappèrent à la justice des vainqueurs en se suicidant dans leur abri souterrain. Le 8 mai, l'Allemagne capitula sans conditions. Pour moi, je suivais à la radio ces événements et je poursuivais la préparation de l'agrégation d'histoire.

Monsieur Tardif, le principal de mon collège, ancien combattant de 14-18, avait toujours nourri des opinions pétainistes, lavalistes, droiturières. Travail, famille, patrie, discipline, religion, rutabagas. Après l'effondrement de l'Etat français, il jugea bon de changer de politique et laissa entendre qu'il ne serait pas hostile à la venue d'un gouvernement démocratique, socialiste, voire communiste. Ces précautions ne le préservèrent point de recevoir par la poste un petit cercueil de carton, annonciateur du sort qui lui était prochainement réservé. Mieux encore : parut dans *La Montagne* un avis d'obsèques fort précis annonçant le décès de monsieur Antonin Tardif, la douleur de sa famille, le jour et l'heure de ses funérailles. Les condoléances, les chrysanthèmes commencèrent de pleuvoir sur notre établissement. Un matin, non informé de cette farce funèbre, je frappai à la porte du principal avec qui je désirais m'entretenir. Le battant s'ouvrit brutalement sur la figure congestionnée de mon patron :

— Je ne suis pas mort ! Je ne suis pas mort ! Ne m'apportez pas de couronne !

Et moi de bredouiller :

— Mais… mais… mais… monsieur le Principal… je le vois bien.

Il me fournit des explications, accusant certains de nos anciens élèves détestables. On en rit beaucoup dans Gannat. Jusqu'à la fin de l'année scolaire, monsieur Tardif ne mit pas le nez dehors. On ne sut jamais le nom des farceurs.

En juin 45, j'affrontai les épreuves écrites de mon concours à la faculté de Clermont. Dans cette ville, on rencontrait beaucoup d'étrangers. Des Allemands captifs avec leur *PG* dans le dos. Des Américains que les gosses assaillaient :

— Chewing-gum ! Chocolat ! Cigarettes !

Des Indochinois démobilisés des armées françaises, empêchés de retourner dans leur pays, faute de communications.

Enfermés dans la grande salle du restaurant universitaire, une trentaine d'agrégatifs s'appliquèrent sur leurs feuilles. Sans avoir le droit de sortir. En cas de nécessité corporelle, un garde du corps les accompagnait jusqu'aux toilettes. En 1938, j'avais vu des photos du coureur italien Gino Bartali en train de se signer au départ de chaque étape du Tour de France. C'est grâce à la protection de la Sainte Vierge qu'il avait gagné le Tour. Mû par des sentiments chrétiens, je fis de même le signe de croix de la main gauche, demandant à la Mère de Jésus de me permettre de décrocher l'agrègue d'histoire. Et en avant !

J'ai oublié les divers sujets que je dus traiter, à l'exception d'une dissertation : *Commentez ces lignes* de Paul Valéry : « *L'Histoire justifie ce que l'on veut. Elle n'enseigne rigoureusement rien, car elle contient tout et donne des exemples de tout.* » Si j'avais accepté l'ensemble de ce jugement, j'aurais dû aboutir à cette conclusion : « A quoi bon t'intéresser à l'Histoire ? Il vaut mieux que tu changes de profession. » Mais l'Ecole universelle m'avait appris à débattre de n'importe quelle opinion : thèse, antithèse, synthèse.

Thèse. Je m'appuyai sur l'exemple des croisades. Justifiées par la mainmise des Turcs sur le tombeau du Christ prétendument découvert neuf siècles auparavant par Hélène, mère de l'empereur Constantin, sous un amoncellement d'autres constructions. Successivement saccagé, reconstruit, modifié, remodifié, devenu une immense basilique, le Saint-Sépulcre n'avait plus rien de commun avec le trou dans un rocher qui avait reçu le corps du Christ. Les Turcs n'empêchaient pas les pèlerinages, même s'ils les contrariaient. Cette animosité suffit à déclencher à partir de 1095 les expéditions sanglantes exercées par des disciples de celui qui avait annoncé « Qui a combattu par l'épée périra par l'épée ». Elles eurent pour conséquence de dresser un mur de haine entre les populations musulmanes et les populations chrétiennes.

Antithèse. L'Histoire n'enseigne rigoureusement rien ? C'est faire bon marché des découvertes accomplies par les fouilleurs de grottes et de pyramides, par les déchiffreurs de hiéroglyphes, de graffitis, de manuscrits, grâce à qui nous savons comment vivaient nos lointains ancêtres, captateurs du feu, inventeurs anonymes de la roue, de l'aiguille, du couteau, de l'écriture. Valéry veut-il dire que l'Histoire ne nous apporte aucun enseignement moral, que les hommes de notre siècle sont aussi barbares que ceux des cavernes ? Je le concède. J'admets que l'homme mauvais est incapable d'amélioration, de même que la vipère, le tigre, la mouche tsé-tsé ; qu'aucun enseignement ne l'éloignera jamais du mal ; que seule la force des lois est capable de le contenir. L'Histoire est aussi amorale que les mathématiques.

Synthèse. Faut-il donc renoncer à l'Histoire ? La réduire, comme le souhaitait Prosper Mérimée, au récit des anecdotes ? Ce ne serait déjà pas inutile. Voyez ce que pense Pascal d'un grain de sable dans la vessie de Cromwell. Elle nous apprend du moins que les mêmes causes produisent les mêmes effets, ce qui aurait dû retenir Hitler d'envahir la Russie s'il avait étudié l'histoire de Napoléon. Elle devrait donc, comme l'affirme Saint-Simon, être le bréviaire des rois.

Tout ce micmac farci de références, de citations, d'exemples irréfutables. La qualité de mes disserts parut suffisante au jury de l'agrègue pour que je fusse admis aux épreuves orales. Me voici dans l'obligation de me rendre à Paris tout juste débarrassé de ses occupants. Je prends place dans un train formé de voitures récupérées, vieilles de vingt ans. Les meilleures sont parties en Allemagne. Banquettes de bois, vitres coulissant au moyen d'une sangle. *E pericoloso sporgersi.* Par la vitre, je regarde les campagnes devenues friches, les prairies sans troupeaux, la Sologne inchangée, la Beauce sans semailles. Que mangerons-nous l'hiver prochain ? Du pain yankee, à la farine de maïs ? Ma femme a eu la prudence de me garnir une musette remplie de pain blanc clandestin.

Le train est omnibus, nous mettons sept heures pour atteindre la gare de Lyon. La liberté et le bonheur fleurissent Paris et les Parisiennes. Elles portent des rubans tricolores dans les cheveux. On fait encore la queue devant les boucheries et les boulangeries ; mais grâce au marché noir, la population ne manque de rien d'essentiel. Le gouvernement provisoire avoue son impuissance à le combattre :

— Il faudrait mettre un policier aux fesses de chaque Français, et un flic aux fesses de chaque policier.

Le métro fonctionne tant bien que mal. Il me déposa près de la Sorbonne. Les Rouchon avaient réservé pour moi une chambre à l'hôtel des Bons Garçons, rue de la Huchette, tenu par des amis bourbonnais. On m'y reçut aimablement. La chambre offrait le confort de l'époque : un lit, une chaise, une table de nuit, une cuvette et un broc d'eau froide, un cabinet. Après mon premier coucher, la patronne me recommanda de descendre ma valise dans son bureau pour faciliter le travail de la soubrette. Je fis ce qu'elle désirait. A la Sorbonne, j'appris que soixante agrégatifs se présentaient aux épreuves définitives, qu'une vingtaine au plus seraient retenus. Devant le jury, je tirai au hasard un papier qui me demandait de commenter un texte de Froissart sur les bourgeois de Calais. *Li rois estoit a cette heure en chambre a grande compagnie de comtes de barons et de chevaliers. Si entendit que ceux de Calais venoient en l'arroi qu'il avoit divisé et ordonné, et se mit hors et s'en vint en la place devans son hostel...*

Le soir du même jour, je retrouvai mon bagage chez les Bons Garçons. Sitôt que j'eus franchi la porte de ma chambre, une odeur tabagique me sauta au nez. Je remarquai des mégots inconnus dans un cendrier. Alors je compris qu'elle avait été occupée pendant mon absence, que je me trouvais dans un hôtel de passe. Des dialogues et des bruits divers perçus à travers la cloison me le confirmèrent. Cela ne m'empêcha point d'y dormir tout le temps de mon séjour.

Le 13 juillet au soir, j'eus le bonheur d'assister au feu d'artifice tiré en l'honneur de la fête nationale. Pas très éblouissant, il manquait de poudre et d'étincelles. Les flots de la Seine firent de leur mieux pour le multiplier. Aussitôt après, commencèrent les bals populaires. Quoique manchot, marié et père de famille, j'osai inviter une fille inconnue dont je distinguais mal les traits dans cette demi-lumière. Des accordéons débitaient « Mon amant de la Saint-Jean », « Marinella » et autres susurrantelles. Nous échangeâmes quelques mots. Elle s'excusa de danser mal :

— Je viens de la campagne.
— Quelle campagne ?
— Montluçon.
— C'est presque chez moi.

J'allais tirer parti de ce voisinage quand les chanteurs crièrent :

— Changez de cavalière !

D'autres bras s'emparèrent de la Montluçonnaise, avec mon seul bras gauche je ne pus la retenir. Je regagnai la rue de la Huchette.

Cinq jours plus tard, les résultats furent proclamés dans la cour d'honneur de la Sorbonne, sous les regards de Louis Pasteur et de Victor Hugo. Par la voix du président, monsieur Ricci, un Corse chauve et bedonnant. Il livra la liste des reçus en commençant par le numéro un. Les six premiers venaient de la rue d'Ulm. A mesure que le classement descendait, je sentais mon cœur se glacer. Pauvrement nourri par l'Ecole universelle, loin de toute faculté, contre la concurrence de Normale sup, comment avais-je pu espérer un succès ? La Sainte Vierge n'avait pas tout pouvoir.

— Enfin, cria monsieur Ricci, au vingtième rang, voici monsieur Jacques Saint-André. Cette liste paraîtra dans les huit jours au *Journal officiel*. En attendant, vous pourrez la lire affichée à cette porte.

Des recalés pleuraient autour de moi. Je craignis d'avoir mal entendu. Me faufilant à travers la cohue, je pus atteindre ladite porte. Mon nom se trouvait bien sur la liste, à la dernière place. Merci Ecole universelle. Merci Henriette. Merci Sainte Vierge.

Je récupérai ma valise et pris le train de nuit qui devait me déposer à Gannat au petit matin. Impossible de fermer un œil pendant les sept heures du retour. Ma réussite en fin de liste me remplissait à la fois de bonheur et de confusion. Dans tout classement, il faut un premier et un dernier. Parlant de son fils Augustin, futur sabotier, très mauvais élève à l'école, ma *Grande* Annette avait coutume de dire dans son patois de Châteldon :

— *Ol èlho le darey, pè le tchou.* (Il était le dernier de la classe, pas son derrière.)

Je me trouvais aussi dans les sentiments de Grandgousier à la naissance de son fils Gargantua, heureux de cette éclosion, mais bien triste parce qu'elle avait causé la mort de Gargamelle.

A cinq heures du matin, je débarque à la gare de Gannat où personne ne m'attend car je n'ai pas averti de mon arrivée. Je remonte l'avenue bordée d'arbres jusqu'à notre domicile. Tout dort encore dans la ville excepté les moineaux picoreurs de crottin. La porte de notre maison est solidement verrouillée. Les volets fermés. Renonçant au tapage qui pourrait incommoder les voisins, j'arpente les trottoirs de la Grande-Rue. En attendant l'angélus de Sainte-Croix. Je sais qu'Henriette a coutume de l'employer comme réveille-matin. L'air est doux, un vent léger pousse les platanes à m'applaudir discrètement. Dans ma tête, je tourne et retourne les mots que je vais employer pour annoncer mon misérable succès.

Enfin l'angélus sonne. Je compte jusqu'à vingt, mon classement. Deux volets de l'étage claquent au-dessus de ma tête.

— Coucou ! C'est moi !

L'instant d'après, nous sommes dans les bras l'un de l'autre.

— Alors ? demande-t-elle.
— Je suis reçu. Comment va Dominique ?
— Bien. Il dort.

Nous plongeons dans le lit encore tiède.

De même que je m'étais regardé dans une glace à la naissance de mon fils, je répétai cette observation pour voir si mon titre de professeur agrégé de l'université se lisait sur ma figure. Il n'en paraissait rien, ni sur le front, ni sur le nez, ni sur les oreilles. Soixante ans plus tard, quand il m'arrive à présent de faire le même examen, je me trouve fort désagrégé.

Dominique commençait à bien s'exprimer. Il ne pratiquait plus l'aphérèse, disait complètement mouton et coucou. Tante Gervaise lui préparait des potages au *rémicelle*. Le soir, je le prenais sur mon bras pour lui expliquer le ciel, la lune, les étoiles. La nuit, parfois, il se réveillait en criant, sous l'effet d'un mauvais rêve. Il suffisait pour le rendormir de lui donner la main.

Au début de septembre, une lettre officielle m'arriva de Paris. Il s'agissait d'une enveloppe de récupération. Retournée comme les tailleurs retournent une veste. Dans chaque ministère, un employé muni d'un pot de colle et d'un pinceau rendait aux vieilles enveloppes une apparence de fraîcheur. Celle-ci me proposait un poste au lycée Carnot de Tunis. Vu mon rang de vingtième sur vingt, je n'avais pas le choix, c'était ça ou rien. *Votre traitement dans la Régence sera le même qu'en métropole augmenté du tiers colonial. Vous toucherez aussi une indemnité d'installation. La rentrée y est fixée au 5 octobre 1945. Veuillez me faire connaître par retour du courrier votre acceptation ou votre refus. Le ministre de l'Instruction publique.* Signature illisible.

Henriette se montra ravie de cette proposition. Un menuisier de Montbeugny construisit un conteneur en bois, renforcé de ferrures, dans lequel nous entassâmes ce qui nous parut nécessaire à notre survie. Notamment un petit poêle Gaudin à trois trous. Nous fîmes nos adieux à l'Auvergne et au Bourbonnais.

Nous dûmes aussi nous séparer à grand regret de tante Gervaise. Elle partit s'employer chez d'autres neveux, sans renoncer à implanter le socialisme.

Après huit heures de voyage et la traversée de cent tunnels, nous arrivâmes à Marseille les yeux pleins d'escarbilles. La moitié de la ville avait été détruite par les bombardements. Près de la gare Saint-Charles, je dénichai un petit hôtel qui voulut bien nous recevoir. Nous en repartîmes le lendemain, la figure boursouflée par les moustiques marseillais. Embarquement sur l'*El Biar*. Traversée nocturne. Il devait le lendemain nous déposer à Tunis. Henriette et Dominique disposaient d'une cabine. Pour raison d'économie, je me contentai d'une chaise transatlantique, sur le pont, à la clarté des étoiles, parmi d'autres voyageurs peu argentés. Une forte houle en fit vomir beaucoup. Le pont devint aussi glissant qu'une patinoire, de sorte que, selon les inclinaisons du bateau, les désargentés filaient de bâbord à tribord, de tribord à bâbord, sans avoir la force de se retenir. Au milieu de tout ce dégueulis, ils se croisaient en cours de route et se faisaient des signes d'amitié.

A l'aube, nous aperçûmes les côtes tunisiennes. Autre surprise : au lieu de nous débarquer à Tunis, par suite de je ne sais quel empêchement, l'*El Biar* nous déposa à Bizerte. Des autocars devaient nous transporter à la capitale de la régence. Nous prîmes place dans une guimbarde sans forme ni couleur. Tandis que nous traversions la plaine du Tell, je découvris à travers les vitres une terre nouvelle, rougeâtre, sans un brin d'herbe entre les oliviers. « Comme elle est bien travaillée ! » me dis-je avec admiration. Plus tard, je compris que cette absence de verdure n'était pas due à la main de l'homme, mais à la sécheresse.

A Tunis, nous descendîmes du car avec notre bagage. Personne ne nous attendait. Ni les autorités enseignantes, ni les protectrices, ni les beylicales n'avaient jugé bon de venir nous accueillir. M'étant renseigné auprès d'un passant, je me dirigeai vers le lycée Carnot, suivi de ma petite smala. Le proviseur voulut bien me recevoir. Lorsque je lui demandai si un logement nous attendait, il éclata de rire :

— Vouloir trouver un logement disponible à Tunis, c'est comme prétendre trouver un diamant sur notre pavé. Tout ce que je peux faire pour vous, c'est vous donner l'adresse d'un hôtel où vous pourrez dormir le temps de vos recherches.

Il chargea un *chaouch* de nous y accompagner. C'était un Noir coiffé de rouge, il semblait descendu vivant de l'affiche *Y a bon Banania*. Il prit sur ses épaules le petit Dominique qui fraternisa tout de suite avec son tarbouch. « Heureusement, me dis-je, que je toucherai une indemnité d'installation ! » Henriette avait abandonné sa place de secrétaire pour me suivre. J'avais trois appétits à satisfaire.

Grâce aux services d'une agence immobilière, je pus trouver le diamant prédit par mon proviseur : deux chambres et une cuisinette à Bellevue, dans la banlieue sud, chez monsieur Hyacinthe Bartoli, militaire retraité. Près d'une église qui dressait sa façade si sombre et si nue qu'on aurait dit un transformateur électrique. Avec un peu de retard, notre conteneur arriva au port, légèrement démis par la traversée malgré ses ferrures. Quand une grue le souleva dans les airs pour le charger sur un camion, il laissa tomber par ses fissures une pluie d'oignons et de pommes de terre. Je récupérai ce que je pus.

Pour se rendre à Tunis même, on devait emprunter le tramway n° 12, occupé principalement par des Européens. Dans les jours qui suivirent, j'étudiai la population. Un extraordinaire mélange de races, de peaux, de langues, de religions, de costumes. Bédouins et Bédouines venus du désert, tout effrayés par ce qu'ils côtoyaient, tramways, autobus, bicyclettes, bourricots. Djerbiens, en principe originaires de Djerba, l'île de Circé, spécialistes du petit commerce. Mendiants adultes, souvent aveugles, mangés de mouches, joueurs d'un fifre dont ils tiraient des notes lancinantes. Mendiants enfants, sous les porches, pieds nus, le visage inondé de larmes et de morve, qu'un frère aîné pinçait par-derrière pour les contraindre à pleurer. Plages couvertes d'excréments parce que des milliers d'indigènes venaient s'y accroupir, faute de lieux d'aisance. Femmes rassemblées autour des rares fontaines, foulant leur lessive sur la grille des caniveaux comme en Auvergne les vignerons foulaient leur vendange. Pêcheurs poussant leur voiture à bras et criant :

— Haricots de mer ! Loups ! Sardines fraîches ! Poisson de La Goulette !

Vendeurs de charbon de bois, aussi noirs que leur marchandise :

— Carbone ! Carbone !

Dromadaires, arabas, étals de boucherie exposant de la viande de chien. Ecoles coraniques reconnaissables à l'alignement des babouches devant la porte, au bredouillis des élèves récitant les divines sourates, sous le commandement d'un vieux maître enturbanné qui les leur faisait entrer dans le crâne à coups de baguette. Marchés aux dattes, aux oranges, aux grenades, aux nèfles, aux kakis. Vendeurs d'encens qui, balançant leurs foyers de cuivre, répandaient leur fumée sur les personnes et les denrées qu'elle protégeait des mauvais esprits. Débitants de persil. De cigarettes à l'unité :

— Arti ! Arti ! Arti !

C'est-à-dire RT, Régie tunisienne. En fait, il s'agissait de cigarettes reconstituées au moyen de mégots ramassés sur les trottoirs. Odeurs orientales. De l'huile d'olive frite. Du café grillé. De l'anis sauvage, du romarin, de la menthe qui embaumaient la campagne. Vaches étiques qui se nourrissaient essentiellement de leurs propres bouses et donnaient un lait transparent.

Chaque fin de journée, une troupe de misérables se pressait devant l'imprimerie de *La Dépêche tunisienne*, où chacun venait recevoir son paquet de journaux. Sitôt servis, ils s'élançaient dans toutes les directions pour proposer leurs feuilles aux acheteurs éventuels. Tous européens, assez riches pour s'offrir un journal de dix sous.

Aux environs de Bellevue, nous partions en promenades hygiéniques. Jusqu'au lac Sedjoumi qui restait à sec dix mois par an. Jusqu'au champ de tir, qu'on visitait lorsque les militaires n'y étaient point. Jusqu'au sommet de la colline de Sidi Bel Assen, couronnée par un fort au milieu d'un bosquet de pins parasols. Sur ses pentes, un village de gourbis commençait à s'édifier. On marchait le long de la mer en prenant bien garde où l'on posait les pieds. De là, on voyait les navires s'approcher ou s'éloigner du port. Au loin, le *tuut* nasillard du TGM (Tunis-La Goulette-La Marsa) nous faisait dresser la tête ; sur son étroite levée de terre, il semblait courir à fleur d'eau. Des flamants roses venaient se poser tout près de la côte et restaient là des heures immobiles, à prendre leurs pédiluves.

Au lycée, mes effectifs étaient composés d'Italiens, de Corses, de Maltais, de Juifs, de quelques fils de Djerbiens. Les diverses religions multipliaient les jours de congé. Les musulmans ne venaient pas le vendredi, les juifs pas le samedi, les catholiques pas le dimanche. Ou s'ils venaient, c'était pour rester muets derrière leurs pupitres, se contentant de somnoler ; à la rigueur de remuer les pieds pour emmerder le monde. Le bey accordait des jours chômés supplémentaires qui célébraient son accession au pouvoir. C'est assez dire que l'atmosphère n'était pas vraiment au travail. Surtout quand soufflait le sirocco avec deux *c*. L'italien *scirocco* vient lui-même de l'arabe *charquî* qui désigne un vent oriental. A Tunis, il arrivait du Sahara, apportant une brume de sable roux qu'il déposait sur les voitures, les légumes, les fruits. Pour s'en garder, les passants européens relevaient le collet de leur veste, les indigènes le capuchon de leur gandoura. Quelle étrange idée avait eue notre marine nationale d'affubler de ce nom un contre-torpilleur aux ordres du capitaine de corvette Toulouse-Lautrec ? Chaque fois que, dans les rues de Tunis, il me poussait vers le lycée Carnot, je songeais à Dunkerque, aux torpilles des sous-marins allemands, à mes compagnons naufragés dans le mazout.

Par suite de mon tempérament auvergnat, j'encourageais au travail mes fainéants d'élèves. J'y employais tous les moyens, la bonne humeur et la sévérité, la carotte et le bâton, les bonnes notes et les retenues. Cela me valut d'être un jour convoqué par le proviseur qui m'avait si bien accueilli :

— Vous êtes nouveau dans ce pays. Vous avez sans doute un rythme de vie et de travail qui n'est pas le sien. Ici, l'on met du temps pour se déterminer, pour ouvrir une porte, pour la refermer, pour accepter ou refuser une besogne. Il existe par ailleurs des personnalités puissantes – commerçants, agriculteurs, fonctionnaires de la régence, policiers, militaires – capables de vous soutenir ou de vous détruire selon votre conduite. Bref, monsieur Saint-André, pour parler net, vous distribuez trop de punitions. Vous avez collé il y a quinze jours le jeune Carpacci, fils du plus gros pharmacien de la ville. Et voilà que vous récidivez cette semaine !

— Monsieur le proviseur, c'est lui qui récidive dans sa paresse. Il refuse d'apprendre les articles de la *Déclaration des droits de...*

— Suffit. On peut vivre sans cette connaissance. J'ai pris sur moi de lever cette seconde colle. Tâchez dorénavant, cher collègue, de vous montrer plus compréhensif.

Je sortis ulcéré de cet entretien. Me jurant de quitter Tunis dès que se présenterait une occasion. Son sol déjà me brûlait les semelles.

« Ici, m'avait confié un colon, tout est beau au-dessus du niveau des yeux, le ciel, les montagnes, Sidi Bou Saïd. Tout est laid au-dessous. »

Au-dessous, c'est-à-dire les chômeurs étalés à même les trottoirs, les petits et les vieux mendiants, les petits et les gros voleurs. A la terrasse d'un café, j'avais entendu ces confidences entre « agriculteurs » :

— Cette année, j'ai récolté tant de tonnes d'huile d'olive. Tant d'hectolitres de vin. Tant de quintaux de blé. J'ai placé tant de millions au Crédit Lyonnais. L'été à Biarritz m'a coûté une fortune. Paris songe à nous imposer ce qu'il appelle la Sécurité sociale obligatoire. J'espère que notre résident général nous épargnera cette catastrophe.

La misère d'une partie de la population opposée à la fortune des nantis m'écœurait. En apparence, les relations semblaient bonnes entre les diverses communautés. Souvent, quelque Bédouin ou Bédouine venait sonner à notre porte pour solliciter une cruche d'eau. Monsieur Bartoli ne la refusait jamais. Il s'entretenait familièrement avec eux en langue arabe, je les entendais rire et plaisanter. Mais si je venais à lui demander ses sentiments :

— Ne vous fiez jamais à eux, me recommandait l'ancien militaire. C'est une race fourbe et perverse. J'aimerais vous montrer mes cicatrices, vous compteriez les coups de couteau que j'ai reçus dans l'exercice de mes fonctions. Nous faisons semblant d'être en amitié, mais nous nous détestons.

Il me donna un bel exemple de cette détestation. J'avais transporté notre linge sale chez une blanchisseuse, à trois cents mètres de notre domicile, disant : « Je viendrai le reprendre après-demain soir. » Me voyant sortir à ce moment crépusculaire, monsieur Bartoli me demanda :

— Où allez-vous comme ça ?

— Chercher notre linge à la blanchisserie sicilienne.

— Et vous croyez que vous reviendrez sans dommage ? Quelle imprudence ! Je vous accompagne. Attendez-moi.

Il monta chez lui, redescendit la main droite enfoncée sous le gilet.

— Le premier Arabe qui me demande du feu, je vais le servir.

Je compris qu'il s'était muni de son pistolet d'ordonnance. Par bonheur, aucun fumeur ne nous aborda. Je remerciai mon proprio de m'avoir protégé.

Les villas européennes, elles, étaient protégées par des enceintes en fers de lance, des grillages barbelés, des tessons de bouteilles, des pièges à chacal. Aucune de ces précautions n'arrêtait les petits maraudeurs aux plantes nues ; ils trouvaient le moyen de les escalader ou de passer au travers. Leurs empreintes pédiformes en témoignaient. Ils venaient la nuit dérober dans les jardins les fruits, les légumes, les chaises abandonnées, le linge oublié sur les étendoirs, les cages d'oiseaux. Un de nos voisins possédait un beau prunier de reines-claudes. Un matin, au petit jour, il surprit un jeune pillard dans son arbre. Bien persuadé que la propriété est « un droit inviolable et sacré », comme l'affirme hautement la fameuse *Déclaration des droits de l'homme et du citoyen* que j'enseignais à mes élèves, ce propriétaire épaula son fusil et descendit le voleur de prunes. Celui-ci tomba si maladroitement qu'il s'empala sur les lances de l'enceinte, l'homme dut le décrocher avant de le jeter dans la rue. Une heure plus tard, une foule en fureur se rassembla sur les lieux de l'accident, menaçant d'incendier la villa et ses habitants. Le propriétaire téléphona lui-même aux gendarmes, leur demandant de venir l'arrêter pour le mettre à l'abri de ces sauvages.

Telles étaient les relations franco-tunisiennes. Heureusement, il y avait Lili. La fille de mes logeurs. Elève à l'école normale d'institutrices, âgée de dix-neuf ans. Une ravissante demoiselle dont je serais tombé amoureux si je n'avais eu Henriette dans le cœur. Quand je revenais de mon lycée, en fin de journée, traversant l'oliveraie, j'entendais de loin la *Valse des fleurs* de Tchaïkovski, échappée au piano de Lili et venant à ma rencontre. Notre petit Dominique avait également perdu la tête pour elle, qui lui contait des histoires et lui apprenait des chansons. Notamment celle du très jeune élève qui, pour s'assurer d'obtenir toujours de bonnes notes en classe, proposait d'épouser l'institutrice.

> *Papa n'a pas voulu*
> *Et maman non plus.*
> *Mon idée leur a déplu,*
> *Tant pis, n'en parlons plus...*

Grâce à Lili, Dominique apprit à parler à un âge étonnamment précoce. C'est à peine s'il lui restait un cheveu sur la langue. Tous deux formaient une merveille de beauté, de gentillesse, de poésie, devant qui je bégayais d'adoration. Mais je jure sur mon âme que je n'ai jamais touché Lili Bartoli d'un doigt, sauf pour lui serrer la main. J'étais amoureux d'elle comme j'aurais pu l'être de Marlene Dietrich ou de Viviane Romance. Mais ne me faites jamais entendre la *Valse des fleurs*, sinon je me mets à pleurer.

Vint l'hiver qui commence là-bas en janvier et se termine en février. La Tunisie est un pays froid où le soleil est chaud. Encore faut-il qu'il se montre. Ni dans le lycée, ni dans notre villa, rien n'était prévu contre les températures voisines de zéro. Les portes étaient rognées jusqu'à dix centimètres du sol pour favoriser les courants d'air. Je débitais mes cours en pardessus. Par bonheur, nous avions apporté de Gannat un petit poêle qui consommait bravement le bois d'olivier. Madame Bartoli descendait souvent de son étage pour venir se chauffer les pieds chez nous, sinon elle n'avait d'autre ressource que de les tremper dans l'eau tiède. De préférence dans l'eau de boudin qui a la réputation d'empêcher les engelures.

Ensemble, nous avons célébré Noël. Chanté en chœur, avec beaucoup d'émotion, exilés en pays musulman, *Minuit, chrétiens, c'est l'heure solennelle...* Réveillonné au couscous et au vin de Carthage. Echangé les baisers de paix. Sans autre neige que la poudre stéarique que nous avions répandue sur notre sapin artificiel.

Puis, dès les ides de mars, l'été est revenu. Avec le sirocco, le sable qu'il insinuait dans nos vêtements, dans les placards, dans le garde-manger. Avec la chasse aux cancrelats et aux moustiques. J'avais enseigné à Dominique comment écraser ces insectes malfaisants au moyen d'une petite pelle de carton, en proférant cette incantation stupide :

— Il a vécu, Myrto, le jeune Tarentin !

Très vite, la chaleur devint accablante. J'allais me réfugier à la bibliothèque du Souk el Attarine, au cœur de la ville arabe. Là tout était silence et fraîcheur. On pouvait boire au robinet d'une gargoulette. On y rencontrait des étudiantes tunisoises vêtues à l'européenne, porteuses seulement d'une voilette quasi transparente qui dissimulait à peine le bas du visage et soulignait la beauté des yeux.

Dehors, le mot INDÉPENDANCE fleurissait les murailles et les pavés. De temps en temps, s'annonçait une pétarade lointaine, qui très vite se rapprochait. Paraissaient des motards bottés, casqués, gantés, vêtus de cuir. Ils précédaient une énorme bagnole américaine. A l'intérieur, un petit vieux, maigre, barbu, à lunettes d'or, affalé sur des coussins : le bey, en route vers son palais de La Marsa.

Nous sommes allés voir Carthage, l'ancienne capitale punique qu'évoque Flaubert au début de *Salammbô* : « C'était à Mégara, faubourg de Carthage, dans les jardins d'Hamilcar. Les soldats qu'il avait commandés en Sicile se donnaient un grand festin pour célébrer le jour anniversaire de la bataille d'Eryx... » Carthage a été détruite, par les Romains et par le temps. Autour de ses ruines, la terre fourmille de restes historiques, fragments de poteries, de mosaïques, d'urnes, de statues. Chaque fois qu'un paysan laboure son lopin, l'aile de son araire ramène au jour des débris d'amphore. Par endroits, des arcs marbrés émergent du sol ; la route a été ouverte à même les vestiges ensevelis. Seules quelques fouilles avaient été entreprises sur la plage, où l'on commençait à défouir les thermes dits d'Antonin. Des indigènes avaient utilisé nombre de ces voûtes émergentes pour en faire des gourbis. Des enfants abordaient les visiteurs, leur proposant de fausses lampes romaines, de fausses statuettes, de fausses mains de marbre, le tout en plomb fondu volé aux conduites souterraines.

Au-dessus de ces ruines, les chrétiens avaient bâti leur cathédrale, consacrée à Saint Louis.

En revenant, nous faisions un arrêt dans la cave d'Angeletti, un autre Corse, débitant de vin au détail. Il prétendait que sa *cantina* était l'endroit le plus frais de toute la Tunisie. Ses tonneaux portaient des inscriptions à la craie : ROSÉ 13°... ROUGE 13° 5... CARTHAGE 14°... Pour les buveurs de passage, il rinçait un verre avec un peu de vin qu'il éparpillait ensuite sur le sol de terre battue ; puis il le remplissait en disant :

— Goûtez-moi ce lait de mes vaches.

Je trempais un doigt dedans pour mouiller les lèvres de mon fils. Ensuite, nous rentrions à Bellevue. Nous dormions sous des moustiquaires.

Rien ne nous protégeait de la canicule permanente, de ce ciel éternellement bleu. Je racontais à mes élèves le climat de l'Auvergne, ses neiges hivernales, ses giboulées printanières. Ils n'en croyaient ni leurs yeux ni leurs oreilles. Je rêvais de pluie, de brouillard, de crachin, de tempêtes.

Un jour, sur ma demande, monsieur Bartoli m'accompagna chez Kébali, son barbier habituel. Celui-ci exerçait sa profession en plein air. Le client pouvait choisir entre diverses coupes : la coupe « à l'européenne » qui consistait à tondre seulement la nuque et les tempes ; la coupe « au bol » : il plaçait un bol au sommet du crâne et émondait tout ce qui dépassait ; la coupe « kabyle », la plus durable : après le travail des ciseaux, Kébali savonnait le cuir chevelu et promenait le rasoir sur toute la surface, on sortait de ses mains pareil à un bagnard.

Ce matin-là, il y avait foule autour du barbier, parce qu'on était la veille du *Mawlid* et que beaucoup de musulmans tenaient à célébrer la naissance du Prophète avec une tête parfaitement lisse. Nous nous sommes assis sur une pierre et avons attendu notre tour. Pour nous distraire, bavard comme tous les coiffeurs du monde, Kébali nous racontait des historiettes. Bartoli traduisait. Certains clients s'étonnaient :

— Tu comptes nous tondre tous aujourd'hui ?

— Ce n'est pas certain. Mais vous êtes bien assis. Il ne faut pas manquer une occasion de se reposer, dit le Prophète.

Par faveur spéciale, recommandé par Bartoli, le coiffeur me prit avant d'autres et me tondit à l'européenne. Quand je demandai ce que je devais, il me désigna une tirelire de carton dans laquelle les clients laissaient tomber les pièces selon leur générosité.

Le soir, il y eut des feux allumés sur les collines environnantes. Et même, au loin, sur les deux cornes de Bou Kornine. Le lendemain, les croyants allèrent de porte en porte pour échanger des bougies et des cierges. Un Bédouin nous invita à venir partager son souper. Assis en cercle devant son gourbi, nous avons ensemble consommé avec les doigts une marmitée de couscous. De cette manière cordiale et solennelle, pour l'unique fois de ma vie, j'ai fêté la naissance de Mahomet.

Ecoutez la suivante, elle mérite d'être entendue. Au cœur de Tunis, arrivant d'Algérie, une voiture américaine s'était arrêtée devant le plus bel hôtel de la ville. Son propriétaire, un colon venu pour affaires, fit signe à un pauvre bougre de rencontre de décharger ses bagages, notamment une malle volumineuse. L'indigène appelle à son tour un ami, tous deux transportent ce poids lourd. En paiement, le voyageur donne un billet de dix francs au premier débardeur.

— Et moi, chef ? réclame le second.

— Toi, je ne t'ai pas appelé, je te connais pas. Arrange-toi avec ton copain.

— Donne-moi cinq francs, chef, et on n'en parle plus.

— Va-t'en au diable !

— Donne-moi trois francs.

Là-dessus, l'homme à la Cadillac lâche un chapelet d'injures arabes qui laissent entendre au Tunisois qu'il est un fils de pute, que son père ne valait pas mieux, que sa mère et sa grand-mère étaient pareillement putes et filles de putes. Le plaignant s'élance sur lui, le saisit par le cou, l'Algérois fait de même, tous deux entreprennent de s'estrangouiller mutuellement. Assistant de loin à cette altercation, je me préparais à intervenir, quand je fus précédé par un autre passant. Celui-ci, un Européen, sépara d'abord les contestants, se fit expliquer les raisons de la dispute, puis dit doucement, s'adressant à l'Algérois :

— Peut-être n'avez-vous pas cinq francs, monsieur ? Voulez-vous que je vous les prête ?

— Je ne dois rien à cet *oudjh Ramdhane* [1]. Je ne l'ai pas appelé. C'est une question de principe.

— Je vous en prie, monsieur, laissez les principes de côté. Ne voyez-vous pas dans quelle misère vivent

---

1. Cette figure de carême.

ces malheureux ? Vous avez une occasion de l'adoucir, et vous ne la saisissez pas ?

En même temps, il tira un billet de sa poche, le tendit au plaignant. Comme j'aurais voulu prononcer ces mêmes mots, voulu tirer cinq francs de ma poche à la place du passant inconnu ! Il eut des réflexes plus rapides que les miens. Le plaignant refusa ce billet venu de quelqu'un qui ne lui devait rien et dont la générosité justifiait, d'une certaine façon, le colonialisme. Lui aussi avait ses principes. Il s'éloigna avec sa faim et sa rage au ventre. Merci à Dieu ! *Hamdullah !*

Au mois d'avril 1947, un *djin* pénétra dans le corps de notre petit Dominique qui avait coutume d'ouvrir trop souvent la bouche pour rire, pour parler, pour crier, pour chanter, pour bâiller, sans prendre la précaution de mettre par-devant une main ouverte. Le *djin* lui inocula une fièvre maudite, imperceptible le matin, épouvantable en fin de journée. Alors son front devenait brûlant et, chaque fois que je me penchais sur lui, il poussait un cri d'effroi. Le lendemain, au petit jour, il redevenait normal. Par bonheur, Henriette, la maman, n'était pas l'objet de telles sautes.

Madame Bartoli, consultée, nous suggéra de recourir à un *taleb*, un guérisseur spécialiste capable de neutraliser les méfaits des *djoun*. Lili conseilla plutôt de recourir à un médecin. Le docteur Rosendorf n'habitait qu'à quelques pas. Juif d'origine russe, il avait fui son pays pour échapper aux pogroms. Son diplôme de médecin n'étant pas reconnu sur le territoire français, il s'était installé en Tunisie où il donnait entière satisfaction. Il se présenta :

— Mon nom signifie Village des Roses.

Ayant bien examiné l'enfant, il laissa tomber ce mot redoutable :

— Paratyphoïde.

Les antibiotiques n'étaient pas encore parvenus sur le sol tunisien. Je ne sais quels médicaments furent prescrits à Dominique, je me rappelle seulement ces recommandations :

— Ne lui donnez aucune nourriture solide. Seulement des bouillons filtrés, des jus de pomme ou d'orange, des tisanes sucrées, du lait délayé. Ses intestins, attaqués par le mal, n'ont l'épaisseur que du papier à cigarette. Le moindre corps solide peut les perforer. La guérison demande quatre ou cinq semaines. Prenez patience. Priez Dieu si vous êtes croyants.

Je priai Dieu. Je priai la Vierge et tous les saints. J'aurais prié le diable si j'avais espéré en lui. Le docteur venait tous les jours examiner notre petit malade. Pendant son auscultation, j'observais chaque pli de son visage pour percer son sentiment. Il nous exhortait toujours à la patience.

— Quand il se lèvera, il montrera un appétit féroce. Nourrissez-le quand même de soupes légères, de compotes, de cervelles réduites en purée.

La fièvre du soir finit par tomber, Dominique cessa de me détester chaque soir. Il se leva au bout de six semaines. Voilà dans quelles conditions il fut sauvé par le Village des Roses.

10

Deux circonstances heureuses nous permirent de quitter le pays du sirocco. La première : un Tunisois de souche venait de décrocher une agrégation d'histoire ; il ne demandait qu'à prendre ma place si j'acceptais de partir. La seconde : un départ à la retraite laissait un poste vacant au lycée Blaise-Pascal de Clermont-Ferrand. J'y fus nommé. Retour à mes sources. Nous préparâmes nos paquets.

— Vous allez vraiment nous quitter ? s'écria avec chagrin madame Bartoli.

— Croyez bien que nous ne vous oublierons jamais.

Elle organisa un repas d'adieu au cours duquel elle sut associer des entremets corses parfumés de *pebronata* avec de l'*acyda* tunisienne et un couscous algérien. Elle demanda à ma femme de préparer un dessert bourbonnais. Henriette choisit des *merveilles*, que les Auvergnats appellent *guenilles*, les Provençaux *oreillettes*, les Lyonnais *bugnes*. C'est une succulence qui impose dix heures de préparation et quinze minutes de cuisson. La veille, on pétrit ensemble la farine, le beurre ramolli, les œufs, le sucre, l'eau de fleurs d'oranger. Ramassée en boule, cette pâte réfléchit toute la nuit au bonheur qu'elle va donner ; elle en gonfle d'aise. Au petit jour, on l'étend sur une table enfarinée avec une bouteille vide. A la rigueur avec un rouleau à pâtisserie. On l'aplatit en une feuille épaisse d'un demi-auriculaire. On découpe dedans des formes variées, losanges, cœurs, ronds, triangles. On les fait frire dans un bain d'huile très chaude, on les retire dorées sur les deux faces, on les saupoudre de sucre cristallisé. Elles peuvent se manger brûlantes, ou tièdes, ou froides, si bien que leur consommation dure des heures. On les accompagne d'un saint-pourçain rosé. Pendant que les *merveilles* jouent leur rôle bienheureux, les conversations vont bon train, les rires aussi. A ceux qui ne la savaient pas, on raconte l'histoire désopilante des *merveilles* de Jean Sinturel. A la demande générale, je dus la servir à nos amis tunisois.

C'était un brave garçon, pas très futé. Il gagnait sa vie et celle de sa femme en cultivant des raves.

— Ah ! gémissait souvent cette Joséphine. Si le bon Dieu pouvait nous envoyer quelque secours, on le remercierait grandement.

A quelque temps de là, au crépuscule, Jean Sinturel revenait de son champ, la pioche sur l'épaule. Voilà qu'il trouve au beau milieu du chemin – le croiriez-vous ? – une bourse de cuir serrée à l'encolure par un lacet. Remplie de belles pièces d'argent : la République en train d'ensemencer contre le vent, puisque ses cheveux flottaient derrière elle de manière horizontale. Jean rentre chez lui, montre la bourse à Joséphine, explique où il l'a ramassée.

— Y en a au moins pour trois cents francs. Je me demande à qui ils appartiennent et comment je vais faire pour retrouver le propriétaire !

— A qui ils appartiennent ? Mais à toi, mon gars ! A nous deux ! C'est un effet de mes prières au bon Dieu pour lui demander un secours. Il m'a entendue. La bourse est tombée tout droit du ciel à tes pieds.

— Crois-tu qu'au paradis on se serve de monnaie d'argent ?

— Crois-tu que le bon Dieu est pas capable d'en fabriquer ?

— Allons, ma fille. Je sais bien ce qui me reste à faire : apporter cette bourse à Bellenaves un de ces quatre pour qu'on la rende à çui-là qui l'a perdue.

— Pisque je te dis que c'est le bon Dieu qui nous l'envoie ! Faut-il que t'aies la comprenette lente !

— Je vois bien que toi, ma fille, tu l'as un peu trop rapide.

Joséphine avait coutume de se coucher après son homme pour vaquer aux derniers soins de la maison. Il est normal que, dans un bon ménage, la femme travaille quelques heures de plus que le mari. Tout en laissant ses mains faire leur besogne, elle mit en marche sa cervelle, lui demandant de trouver le moyen de combattre les manœuvres de Sinturel. Et la cervelle imagina le nécessaire. Quand Joséphine l'entendit ronfler derrière les courtines, elle se mit à préparer des *merveilles*. Avec la précaution d'ensuite bien ouvrir la porte et la fenêtre pour chasser l'odeur de la friture.

Elle les rassembla dans une serviette, les dissimula dans un *cafergnon*[1].

Ce n'est pas tout. Elle prit un œuf de ses poules, le plus gros, le fit cuire à la coque jusqu'à ce qu'il fût bien dur. Elle se coucha ensuite près de son homme.

Au petit jour, tandis qu'il ronfle encore, elle se lève, place l'œuf cuit entre les jambes de Sinturel. Puis elle se met à préparer la soupe de raves. Un peu plus tard, un rugissement sort de l'alcôve : l'homme se réveille et bâille. Soudain, une exclamation :

— Bondiou de bondiou !
— Qu'est-ce qui t'arrive, Sinturel ?
— M'en arrive une d'incroyable. Tu vas pas la croire.
— Forcément, pisqu'elle est incroyable.
— Devine un peu ce que je viens de trouver sous moi !... Un œuf !
— Un œuf ?
— Regarde !

Il le présente dans sa main ouverte, encore chaud. Il se promène pour le montrer à l'horloge, au dressoir, à la fenêtre, afin qu'ils puissent témoigner. La stupeur l'a retenu d'enfiler ses culottes, le pan de chemise flotte sur ses mollets poilus. Et Joséphine :

— C'est vraiment incroyable, en effet. Et comment donc que tu t'y es pris pour le pondre ?
— Je me le demande.

Elle saisit l'œuf, le fait toupiller sur la table.

— Mais il est cuit !
— C'est parce que je suis d'un tempérament très chaud.

1. Cachette.

Elle casse la coquille, elle le pèle :

— Il est tout dur. Je te conseille de le manger.

— N'y pense point ! Ça serait presque comme si je mangeais mon propre enfant !

— Ça serait bien pitié de le laisser perdre. Faudra demander conseil au curé. En attendant, tu peux toujours entrer dans tes culottes et manger ta soupe. Pendant ce temps, je m'en vas donner du grain aux poules.

L'œuf pelé reste sur la table, fascinant de blancheur et de mystère. Sinturel trempe la cuillère dans le bouillon. Dehors, Joséphine a retrouvé les *merveilles* dans le *cafergnon*. Elle grimpe sur le toit de la maison, à pas de chat. Elle atteint la cheminée, les laisse tomber dedans une à une. Quand elle redescend, son homme l'accueille devant l'âtre :

— Bondiou de bondiou ! C'est vraiment la journée des surprises !

Il raconte qu'une pluie de *merveilles* s'est produite dans la cheminée. Il les lui montre toutes cendreuses. Et Joséphine :

— C'est encore un effet de ma prière. Après la bourse, l'œuf dur. Et maintenant, les *merveilles* ! Rappelle-toi. C'est le bon Dieu ! C'est le bon Dieu !

— Moi, je dirais plutôt que c'est le diable. Faut que je me débarrasse de cette bourse maudite. Faut qu'on l'apporte à la mairie.

— D'accord, on la rapportera. Je te demande seulement quelques jours de réflexion.

— Marchons pour quelques jours.

Deux semaines plus tard, les voici en route pour la mairie de Bellenaves. Ils entrent dans le bureau du secrétaire-instituteur. Joséphine parle la première, comme il est normal dans un ménage :

— Avez-vous entendu dire, monsieur le secrétaire, que quelqu'un aurait perdu une bourse pleine d'argent ?

— Non, en vérité. Personne n'est jamais venu se plaindre d'une chose pareille.

— Vous dites bien qu'une bourse ne manque à personne ?

— C'est ce que je dis.

Et elle, un doigt sur la tempe :

— Figurez-vous, monsieur le secrétaire, que mon homme est devenu complètement jarjaud. Il raconte qu'il a trouvé cette bourse en chemin et il dit qu'elle lui appartient pas. Alors qu'elle est à nous depuis cent ans. C'est un héritage du grand-père. Sinturel a rien trouvé du tout. Demandez-lui seulement le jour de sa trouvaille, pour voir. Le jour et l'heure. Vous verrez le résultat.

Le secrétaire pose la question :

— Dites-moi quand, à quel moment vous l'avez trouvée.

Sinturel hésite. Il se gratte la tête, il parle à sa femme :

— Aide-moi un peu. Tu sais que j'ai pas bonne mémoire.

— Forcément, pisque t'es jarjaud.

— Attends... C'était la veille du jour que j'ai pondu un œuf dur et qu'il est tombé par la cheminée une pluie de *merveilles*.

— Vous avez pondu un œuf dur ? Il est tombé une pluie de merveilles par la cheminée ? fait l'instituteur en ouvrant des yeux ronds.

— C'est la vérité pure !
— Vous voyez bien qu'il jarjote ! fait Joséphine.
— Je vois, je vois. Vous pouvez repartir, monsieur Sinturel. Cette bourse est bien à vous. Faites-en bon usage.
— Si c'est vous qui le commandez, j'ai plus qu'à obéir.

Voilà comment ce semeur de raves devint riche sans le faire exprès.

Cette histoire fit bien rire tout le monde à Tunis. Lili s'en montra tout de même un peu offusquée :
— Cette Joséphine a dit un gros mensonge. La bourse ne venait pas du grand-père.
— Allez savoir ! C'est peut-être lui qui la fit tomber du haut du ciel.

Après avoir échangé des baisers et des adieux avec nos propriétaires corses, nous partîmes pour regagner notre pays de brouillards. Juste avant l'embarquement, notre petit Dominique fit une rechute de fièvre. Le médecin du bateau l'examina sur toutes les coutures. Pour déclarer enfin :
— Ce pitchoun, peuchère, je lui trouve rien. Ce qui s'appelle rien. De toute façon, sa température n'est pas inquiétante. Quand vous serez chez vous, s'il vous plaît, montrez-le à un médecin auvergnat si elle persiste. Sinon, veuillez m'informer, voici mon adresse. C'est sans doute l'air africain qui ne lui convient pas.

Nous promîmes. Miracle de l'anticolonialisme : la fièvre disparut sitôt qu'il eut posé le pied sur le sol bourbonnais.

A Clermont, comme à Tunis, je me mis en quête d'un logement. Je le trouvai sans trop de peine à Cournon, alors modeste village viticole, devenu de nos jours la seconde commune du département. Certains historiens y situent le grand camp de Jules César lorsqu'il se préparait à combattre Vercingétorix. *Cur non* [1] ? A bicyclette, je pouvais atteindre mon poste de travail en une demi-heure.

Au cœur du vieux Clermont, le lycée Blaise-Pascal occupait un ancien collège de jésuites. Sa façade en pierre de Volvic, couleur de fumée, surmontée d'une coupole et d'une horloge, laissait prévoir des études austères. Confirmées par la venue en 1883 d'un professeur de vingt-trois ans qui en paraissait quarante suivant un cliché du photographe Gendraud : Henri Bergson. Vêtu d'une veste d'alpaga aux revers très serrés, laissant à peine place au gros nœud de la cravate, sous les deux becs du col à manger de la tarte. Trois choses vieillissaient ce visage de clergyman : la moustache touffue, le front haut, une calvitie naissante. Une chose l'illuminait : le regard des yeux très clairs. On se demandait si ce philosophe déjà rendu célèbre par son *Traité du rire* riait souvent. Il s'intéressa sans doute au rire et à ses effets, non point en pratiquant, mais en pur observateur. De même, Blaise Pascal écrit des choses étonnantes sur l'amour sans l'avoir jamais expérimenté.

Cinq ans, il avait fréquenté cette sombre demeure. Chaque matin, il venait à pied de son domicile situé au n° 7 du boulevard Trudaine, face au grand séminaire devenu maintenant Ecole supérieure de commerce.

---

1. Pourquoi pas ?

Coiffé de son chapeau-tromblon ainsi que tous ses collègues, il passait sous l'horloge monumentale, arrivait dans la cour carrée à deux niveaux, dont un planté de marronniers. Tout autour, les salles de classe, sur trois étages. Celles du rez-de-chaussée voûtées comme des cryptes. Pendant les récréations, les profs déambulaient en s'entretenant de choses sérieuses. Ils avaient coutume — il l'a raconté dans ses Mémoires — de se promener tête nue pour aérer leurs pensées, tenant le chapeau gibus derrière leur dos. Certains potaches, passant à proximité, s'amusaient parfois à projeter dans ces pétases des plumes d'oiseau, des boulettes de papier, des pincées de cendre. Imaginez la surprise des dignes professeurs lorsqu'ils se recoiffaient.

En 1947, le lycée était encore chauffé par des poêles comme au XIIIe siècle. Cela autorisait le chauffeur à entrer dans chaque classe au milieu d'une leçon, à fourgonner dans le foyer, à le regarnir. Parfois, de la poche de son tablier bleu, il tirait un flacon et se regarnissait pareillement. Il avait le nez spongieux, la paupière lourde, les élèves l'appelaient Tomate.

Cette vieille maison était riche de surprises. En certains endroits, les planchers fléchissaient. Rapetassés çà et là par des plaques de fer-blanc, elles-mêmes fléchissantes. Un de mes collègues nommé Pélissier me donna ce conseil :

— Si vous n'aimez pas votre inspecteur général, arrangez-vous pour qu'il se tienne debout sur une de ces plaques, que vous aurez préalablement décloutée. Elle s'effondre, et l'inspecteur disparaît dans les oubliettes jésuitiques.

— Et l'enquête de police consécutive à cette disparition ?

— Vous n'avez rien à craindre. Quand un inspecteur général fait sa tournée, il lui est formellement interdit de communiquer à qui que ce soit son itinéraire. Il sera porté disparu, tout simplement.

— A ce spectacle, comme réagiront mes élèves ?

— Ils se désopileront. Trop contents d'être débarrassés d'un contrôleur parisien.

— Vous-même en avez déjà fait disparaître ?

— Plus d'un. Croyez-moi, faire disparaître un inspecteur général, c'est du beurre.

— Je vais y réfléchir.

Les profs changeaient de salle chaque année. Il m'arriva, comme le rappelait un rectangle de marbre scellé près de la porte, d'exercer mes fonctions dans la salle où Bergson avait enseigné de 1883 à 1888. Des effluves bergsoniens me traversaient alors l'esprit ; nous pratiquions le rire et le sourire.

Des étages, nous avions vue sur la rue Abbé-Girard. Au cours d'une lecture de Michelet, il nous arrivait d'être distraits par les miaulements d'un accordéon. J'octroyais à mes élèves une permission de cinq minutes. Ils se pressaient aux fenêtres pour admirer un des derniers chanteurs des rues. Un homme superbe, portant cape sombre, lavallière, chapeau à la Bruant. Il jouait les airs à la mode : « Les filles de Cadix », « Douce France », « Le lycée Papillon »… Repris en chœur par mes potaches. Ils lui jetaient des sous dont la pluie sonnait sur le pavé. Après quoi, nous retournions à notre *Histoire de la Révolution*.

Mes collègues des années 1947, 48 et la suite n'avaient rien de commun avec les porteurs de chapeaux-tromblons des années 1883, 84… Le sérieux ne paraissait point sur leur figure. Certains, comme

Pélissier, s'étaient fait une spécialité de raconter des gaudrioles ; et l'on voyait souvent dans la cour supérieure leur groupe se bidonner, aux regards stupéfaits des élèves occupant la cour inférieure. La bibliothèque était meublée d'ouvrages anciens dont personne ne dérangeait la vénérable poussière, et de quelques rares nouveautés. Les conversations portaient plus volontiers sur les bagnoles – Renault venait de lancer sa Quatre-Chevaux, Panhard sa Dyna – que sur l'existentialisme. Le bibliothécaire, lui, appartenait à tous les âges. Il avait vécu la guerre 14-18 et, par son père, celle de 1870. Il tirait de ses archives des dissertations corrigées par Bergson ou écrites par Paul Bourget, Emmanuel Chabrier, Joseph Malègue. Ses propos déviaient parfois vers l'acupuncture qu'il pratiquait en amateur, sans diplôme et sans émoluments. Il se vantait d'avoir parmi ses patientes plusieurs religieuses de Saint-Alyre. Je lui demandai s'il pratiquait les mêmes piqûres aux jeunes femmes et aux vieilles.

— Quand il s'agit d'une douairière, je la pique à l'épaule ou sur le dos de la main. Si c'est une jolie personne, je la pique plutôt sur la ligne bleue qui descend du nombril.

Le concierge filtrait nos entrées. C'était un Creusois bas du cul que les potaches appelaient Riquiqui. Il se grandissait en nous interpellant ainsi :

— Collègue, vous avez une lettre recommandée.

Ce terme familier indisposait beaucoup d'entre nous. Principalement ceux qui appartenaient au « cadre supérieur ». En fait, personne n'était sérieux dans ce lycée Blaise-Pascal, qui tenait fort du lycée Papillon.

Entre deux cours, j'avais parfois une heure de loisir. Je l'employais à mieux découvrir la ville. Remontant la rue Maréchal-Joffre qui longeait notre maison, je passais devant l'antique halle aux blés, devenue école des beaux-arts. Vis-à-vis, remarquable par une Vierge dans une niche, se dressait la ci-devant résidence de Georges Couthon, l'ami indéfectible de Robespierre. De sa fenêtre, il pouvait voir fonctionner la guillotine. Quand sa tête à lui fut tranchée aussi, les autorités municipales procédèrent à l'inventaire de son mobilier, et firent de surprenantes découvertes. A côté d'ustensiles ménagers, ils trouvèrent des jouets, un berceau, une guitare, une mandoline ; mais aussi un Enfant Jésus en cire, une Vierge d'ivoire, un reliquaire en cuivre émaillé, un prie-Dieu, de nombreuses images de piété. Tout cela chez Couthon, l'ennemi des clochers, le persécuteur des prêtres, celui qui voulait « refondre les âmes ». Mystère insondable du cœur humain.

Plus bas, le jardin Lecoq proposait ses parterres, ses allées, sa pièce d'eau, son kiosque à musique. Avec émotion, je franchissais la porte du château de Bien-Assis, sous laquelle Pascal était passé maintes fois. Des pensées fleurissaient justement les pelouses. La roseraie m'offrait ses bancs hospitaliers, son faune équilibriste, ses moineaux querelleurs. Plus bas encore, le lac permettait de patiner en hiver, de canoter en juillet. Cher jardin Lecoq, villégiature à la saison brûlante des vieux Clermontois qui ne pouvaient s'offrir la mer ni la montagne ! L'été s'y prolongeait souvent jusqu'en octobre. Tout le monde se laissait surprendre par la première gelée.

— Mais comment ! s'écriait-on. Il faisait encore si doux avant-hier !

L'automne, c'est comme les guerres, on s'y attend, mais on n'est jamais prêt. Jusqu'au dernier moment, on espère qu'on y coupera.

Le tramway m'emportait à Montferrand. Le chef-lieu du Puy-de-Dôme, la capitale des Auvergnes résulte du mariage sans amour de deux communes, Clermont et Montferrand. Voulu par Louis XIII et Richelieu. Pas encore complètement achevé.

Déposé place de la Fontaine, je gravissais la rue Jules-Guesde. Jusqu'au mont ferré que domine l'église Notre-Dame-de-Prospérité. Vierge bien digne de cette ville de marchands et de vignerons. J'atteignais la maison de l'Apothicaire, au carrefour des Taules (c'est-à-dire des tables à vendre). Avec ses pans de bois, son rez-de-chaussée devenu premier étage par suite de l'arasement de la rue. Et ses deux figures emblématiques, haut perchées, sous l'avancée du toit pour ménager la pudeur des passants. Celle de gauche représente un monsieur Purgon, armé du clystère. Celle de droite, le patient : il offre son derrière à la canule.

De nombreuses demeures médiévales montrent leurs pans de bois. Et quelques-unes le visage d'une certaine comtesse Brayère qu'on a dit rongé par la lèpre ; pour s'en soigner, elle se baignait dans le sang de nourrissons. La légende est due à la pierre ponce qui la représente, criblée de bulles. Pauvre comtesse si mal payée de ses bienfaits ! Car c'est elle qui fit reconstruire la ville brûlée par le roi de France Philippe Auguste.

Je n'ai pas eu le bonheur de connaître le Montferrand tout consacré au jus de la vigne. De participer à la fête des vignerons, où coulait une fontaine de vin à laquelle chacun pouvait gratuitement s'abreuver. Du moins ai-je eu le privilège d'être reçu dans sa cave par un vieil homme qui m'offrit du sien. Il ne s'exprimait qu'en patois. Je me crus transporté dans le siècle où les habitants de Clermont-Ferrand pratiquaient encore la langue de leurs troubadours.

11

Le mois de juillet amenait la distribution des prix. En 1948, m'incomba la charge de prononcer dans la salle du cinéma Capitole le discours traditionnel. Trop pauvre pour acheter une robe qui ne servait qu'un jour par an, j'empruntai la sienne à un collègue obligeant. Avec épitoge de soie orange, ornée de ma croix de guerre. Je choisis pour sujet : *Confidences d'un fils de chèvre*, laissant entendre que mon jeune âge avait été nourri de son lait. J'ai toujours eu cet animal en grande sympathie. Parce qu'il monte quand on lui commande de descendre. Parce qu'il refuse toute discipline injustifiée. La légende grecque raconte que Zeus enfant eut pour nourrice la chèvre Amalthée. Non seulement elle allaitait le futur Olympien, mais elle se prêtait à ses espiègleries. Au musée du Vatican, on peut voir une Amalthée en marbre de Paros. Le nourrisson a disparu, excepté une petite main qui serre les poils de cette barbe maternelle. Elle et lui ont inventé le petit jeu « Je te tiens, tu me tiens, par la barbichette ».

Commencé et poursuivi sur ce ton humoristique, mon discours recueillit des applaudissements. Parmi lesquels, naturellement, ceux de ma femme et de mon fils qui assistaient à la cérémonie.

Les distributions de prix sont aujourd'hui tombées en désuétude. Je le regrette vivement. Elles permettaient aux mères d'élèves de montrer leurs plus beaux atours ; aux orateurs de rivaliser d'éloquence ; aux proviseurs de se transformer en Père Noël ; aux potaches méritants de recevoir des couronnes ; aux cancres d'en ricaner et de se dire entre eux :

— Joseph Montgolfier, Jules Vallès, Beethoven, Coco Chanel enfants n'ont jamais reçu de prix.

Toutes les libertés étaient revenues, sauf la liberté de manger. Tout à coup, les mineurs du Massif central réclamèrent une augmentation de leurs salaires et une baisse générale des prix de l'alimentation.

— Vous n'y songez pas ! répliquèrent les maires socialistes installés par la Libération. C'est comme si vous demandiez en même temps le jour et la nuit, le froid et le chaud, l'amer et le sucré. Augmenter les salaires et baisser les prix sont économiquement inconciliables !

Mais les Polaks de Montceau-les-Mines, les Miladzeus [1] de Saint-Etienne n'entendaient mouche aux problèmes économiques. Le gouvernement leur envoya, pour les leur expliquer, des compagnies de CRS récemment mises en fonctionnement. Le ministre de l'Intérieur eut soudain une idée géniale :

---

1. Mineurs originaires de la Haute-Loire.

— Braves CRS, au lieu d'adresser des grenades lacrymogènes à la figure des manifestants, adressez-leur des bombes hilarantes.

Une invention récente, mise dans le commerce des farces et attrapes. On put assister à ce spectacle inouï : des affamés qui crevaient de rire en brandissant des pancartes vengeresses : HALTE AUX SALAIRES DE FAMINE. La révolte prenait l'aspect d'un carnaval. Les CRS se sentirent désarmés par cette hilarité. Il leur arriva même de se bidonner, voire d'en pisser dans leurs culottes. L'expérience ne fut pas maintenue. Les mineurs stéphanois redevinrent sérieux et menacèrent d'inonder les puits. Ceux de Montceau firent prisonniers cent trente-deux CRS, les désarmèrent, parlèrent de leur placer un pic entre les mains, de les faire descendre au fond, de les mettre au havage. Ce qui aurait été la pire des barbaries. En définitive, on eut pitié d'eux, on les relâcha.

Les travailleurs de Clermont ne restèrent pas immobiles. Les caoutchoutiers des usines Bergougnan, rue Fontgième, dressèrent des barricades, lancèrent des boulons, des pavés, des bouteilles d'acide sulfurique contre la police. La bataille déborda sur la ville entière. La fumée, les explosions mirent en transe les aliénés de l'asile Sainte-Marie qui menacèrent de dévorer leurs soignants. Plus de cent blessés furent reçus dans les hôpitaux ; beaucoup d'autres, non déclarés, regagnèrent leurs domiciles le nez en sang ou l'échine contuse. Toutes les fenêtres du quartier y perdirent leurs vitres. Le préfet y perdit sa place. La presse parisienne publia de ces événements des comptes rendus horrifiques. Ainsi, *L'Epoque* parla de l'intervention de soixante blindés, alors qu'il s'agissait de soixante ivrognes. *L'Aurore* titra : *Assaut du Kominform contre la démocratie occidentale*, et raconta l'arrivée de commandos arabes venus de Saint-Etienne pour prendre la tête de l'insurrection.

La liberté de manger dépend de la liberté de produire. Or la France avait besoin d'importer une part considérable de sa nourriture. Pour ce faire, elle devait tendre fréquemment la main à l'Amérique, lui emprunter un million de dollars par-ci, deux millions par-là. Les USA commencèrent à se lasser de cette tapeuse perpétuelle. Ils inventèrent le « plan Marshall » qui devait remettre à flot les pays européens détruits par la guerre, y compris l'Allemagne et l'Italie. Benoît Frachon, secrétaire général de la CGT, le repoussa énergiquement, affirmant qu'il nous placerait sous la dépendance économique des Etats-Unis. Le gouvernement français l'accepta tout de même, avec d'autant plus d'empressement qu'il s'agissait d'un prêt non remboursable. Ainsi fut restaurée la liberté de produire.

Au cours de cette année 1949, Henriette et moi profitâmes du plan Marshall pour produire un second enfant. D'un commun accord, nous décidâmes de ne pas raconter à Dominique les fadaises anciennes de bébé né dans les choux, dans les roses ou les salades. Il sut donc dès le premier jour que sa maman était en train de lui préparer un petit frère ou une petite sœur. Elève de l'école maternelle depuis deux ans, c'était un grand garçon capable de comprendre les mystères de la vie. A la fréquentation de ses copains-copines, il s'était fait une opinion sur les garçons et les filles :

— J'aimerais mieux un petit frère.
— Pourquoi ?
— Parce que les filles, ça pleure tout le temps.
— Ça pleure quand on leur fait du mal.
— Ça pleure même quand on en fait pas. Alors, je voudrais mieux pas une sœur.
— De toute façon, on n'a pas le choix. On ne peut pas commander comme on commande un pantin. C'est toujours une surprise.

Tous les matins, il considérait le ventre de sa mère, il faisait dessus toc-toc comme à une porte :
— Y a du monde là-dedans ? Y a du monde ou y a personne ?

Il y posait la main. Un tressaillement le rassurait. Il avait déjà trouvé un prénom au futur petit frère : Zidore. Avec aphérèse de la première syllabe.
— Zidore, protestait Henriette, ça n'existe pas.
— Si, j'ai un copain qui s'appelle Zidore.
— Sans doute Isidore.

Se rappelant les discours que je lui avais tenus dans les mêmes circonstances, il lui exposait des projets :
— Nous irons voir mémé Saint-André. Nous donnerons à manger à ses lapins et à ses chèvres. Elle nous donnera du chèvreton.
— Et mémé Rouchon ?
— Mémé Rouchon a des vaches, mais pas de chèvres. J'aime mieux mémé Saint-André.

L'accouchement se fit à la maternité clermontoise. Et ce fut une fille, prénommée Emilie. Tante Gervaise était venue nous secourir. Dominique se montra d'abord déçu de cette naissance ; puis il se résigna en répétant une formule qui lui était chère :
— C'est la vie.

Elle lui tendait ses menottes. Elle lui adressa son premier sourire. Il demandait souvent à la prendre dans ses bras, sous notre surveillance. Il l'aidait à découvrir le monde, la promenait dans la maison, lui nommait les choses. Quand il avait prononcé la lampe ou la chaise, il s'étonnait qu'en réponse elle ne produisît que des bredouillis.

— Elle parle pas ! constatait-il, fâché.

— Elle est trop petite. Laisse-lui le temps de grandir.

Ils couchaient côte à côte, dans deux lits à leurs proportions. Je me penchais sur eux, les effleurant de mes baisers, remerciant Dieu de nous avoir donné ce double bonheur. Quand nous allions nous promener ensemble sur les rives de l'Allier, il voulait qu'on lui confiât le soin de la poussette. Je protestais :

— Mais tu n'as pas ton permis de conduire !

Il s'en souciait comme de l'Alcoran.

Lorsque Dieu créa le temps, il en fit une grande quantité. Ce temps qui mûrit les nèfles, les fromages, les vins, les esprits. Les hommes se plaisent à le découper en tranches. En l'année 1950, il atteignit le milieu du XXe siècle. Nous aimons les dates rondes, les moitiés, les quarts, les trois quarts, les 15, les 20, les 100, les 1000, les nombres quinaires et décimaux, comme s'ils avaient une vertu spéciale que ne possèdent pas les 27, les 161 ni les 429. En l'honneur de ce demi-siècle, il y eut des festivités historiques, musicales, sportives, théâtrales. L'Auvergne croula sous les arcs de triomphe, les oriflammes, les pluies de roses et de confettis. Des chars fleuris défilèrent, des feux d'artifice enflammèrent les cieux. Le gouvernement fit le bilan de ces cinquante années d'action ou d'inaction.

Au cours d'une nuit d'insomnie, je fis le mien. Né d'un charron-forgeron et d'une gardeuse de chèvres, j'avais fait de brillantes études à Ferrières-sur-Sichon, à Cusset, à Moulins, à l'Ecole universelle. Spécialiste de l'histoire régionale, je m'étais efforcé de corriger deux injustices historiques : l'une pour réhabiliter le connétable de Bourbon, l'autre pour défendre l'honnêteté de Claude et d'Emile Fradin, les découvreurs de Glozel. J'avais combattu sans pouvoir la contenir l'invasion des troupes nazies, perdu un bras sur le *Siroco*, gagné la croix de guerre. Henriette Rouchon, ma femme-violoncelle, m'avait donné deux beaux enfants, m'avait encouragé à poursuivre mes études. Reçu à l'agrégation vingtième sur vingt, j'avais dû partir soutenir la cause du colonialisme en Tunisie. La paratyphoïde nous avait libérés de cette obligation. Depuis, je m'efforçais de donner à mes élèves le goût de la vérité souvent difficile à découvrir. En les préservant de la haine, du racisme, du fanatisme. Afin que l'Histoire serve à quelque chose, nonobstant l'opinion de Paul Valéry.

C'est à peu près à cette époque que j'appris le décès de Claude Fradin, en butte de son vivant à d'innombrables calomnies. L'abbé Léon Cote, témoin passionné de ses combats, lui décerna cette épitaphe :

A la mémoire de Claude Fradin
Paysan de France
Archéologue malgré lui
Combattant de la guerre des briques

Et qui mourut sans s'être demandé
Si l'archéologie des mandarins
Ne serait pas une science où l'on bafouille
Encore plus qu'on ne fouille.

    Autre bilan : celui de nos finances. Réunissant mes économies et celles d'Henriette, un prêt que nous consentit la famille Rouchon, nous eûmes la pensée d'acheter une voiture. Elle me permettrait de faire mes trajets Cournon-Clermont à l'abri de la pluie, de la neige, des grands vents. Nous pourrions l'utiliser aussi pendant les vacances pour sortir un peu de nos sabots. Depuis 1948, la Régie Renault fabriquait une voiturette guère plus grosse qu'une coquille de noix, dans laquelle elle avait réussi à introduire un moteur de quatre chevaux, quatre vitesses, quatre personnes. Capable de rouler à quatre-vingts kilomètres-heure dans les descentes ou par vent en poupe. Trop chère encore pour l'ouvrier, on la vit se répandre parmi les classes moyennes. Lesquelles, après l'avoir un peu usée, revendaient ses restes aux classes inférieures. Les patrons furent d'abord très choqués en reconnaissant au volant d'une de ces boîtes à roulettes tel ou tel de leurs ouvriers :

— Voilà qu'à présent tu vas en carrosse !

Ils durent cependant s'y résigner. De même que, douze ans plus tôt, ils s'étaient résignés aux congés payés et aux mers souillées par le prolétariat.

Je pris des leçons de conduite. Pendant deux mois, le moniteur m'abreuva d'injures :

— J'ai rarement vu quelqu'un d'aussi empoté… Sortez le bras, espèce d'abruti !… Accélérez, bougre de mollusque…

Je le payais pour cela. Vint l'épreuve du permis de conduire.

— Vous n'avez qu'un bras ? s'étonna l'inspecteur-examinateur.

— J'ai perdu l'autre sur le *Siroco*.

— Où ça ?

— A Dunkerque, en 40. Je dispose d'un crochet préhenseur.

— On va voir ce que ça donne.

Première épreuve : sur le tableau de bord de cette voiture inconnue, je n'arrivais pas à trouver le bouton de contact. Il dut mettre la main à la pâte. Nous avons divagué sans anicroche dans les rues de Clermont. Soudain, l'inspecteur exige que je fasse demi-tour dans l'avenue de la Libération. C'étais alors une manœuvre autorisée. Virage à gauche, marche arrière, virage à droite, marche avant. Je me crus sauvé. Point du tout :

— En reculant, vous avez touché le trottoir. Il vous faudra revenir.

Je revins trois semaines plus tard, après avoir payé six nouvelles leçons d'auto-école. Sans même me faire reprendre le volant, l'inspecteur me remit le carton rouge :

— Tâchez à présent de n'écraser personne.

La Quatre-Chevaux achetée d'occasion m'attendait chez Renault. Je roulai seul jusqu'à Cournon afin de la présenter à ma famille. Dominique n'en croyait ni ses yeux ni ses oreilles :

— Elle est à nous ?

— Entièrement à nous.

Je lui permis de faire fonctionner le Klaxon. Elle devint un jouet collectif. Au cours de nos promenades, j'asseyais mon gars sur mes genoux et lui laissais manœuvrer le volant, quitte à le corriger. Emilie s'en prenait plutôt à l'essuie-glace. Henriette conduisait le conducteur :

— Va doucement... Y a derrière un fou qui veut nous dépasser, laisse-lui le passage... Regarde devant toi, ne tourne pas la tête... Ne va pas si vite, ne dépasse pas le 60, je t'en prie, pense à ta famille !... Attention ! Je vois un char de foin qui veut te couper la route !...

A notre retour, Domi astiquait les glaces et les garde-boue.

Il fallait s'y attendre : j'eus un accident. Au cours d'une manœuvre hasardeuse, j'accrochai une borne kilométrique. Le pare-chocs avant changea de forme. Dominique fondit en larmes. Emilie fit de même. Henriette demanda :

— Qu'allons-nous faire ?

— Rien du tout. Je trouve que son profil est à présent plus original.

Cris d'horreur. Je dus recourir au carrossier. Peu à peu, j'appris réellement à conduire, avec une seule main et un crochet. Ma femme fit le nécessaire pour obtenir aussi le permis de conduire, afin de pouvoir me remplacer en cas de besoin. Dès lors, le monde fut à nous. Nous rendîmes de fréquentes visites à nos deux familles, à Ferrières et à la Ronzie. Mon père continuait de battre le fer pour les chevaux et pour les hommes. Je lui apportais des numéros périmés du journal *La Montagne* auquel nous étions abonnés. Il découvrait les nouvelles du monde avec deux ou trois semaines de retard. Il sut que nos armées se battaient contre les Indochinois qui prenaient à présent le nom de Vietnamiens. Il préférait les nouvelles rapprochées. Il sut par exemple que le député de Moulins avait rencontré les maires de Vichy et de Montluçon.

— Pour quoi faire ?
— Pour parler politique.
— Et surtout pour gueuletonner. Et qui c'est donc qui paye les gueuletons de nos députés ?

Je haussai les épaules.

— C'est nous ! se répondait-il en se frappant la poitrine, quoiqu'il ne payât pas un centime d'impôt sur le revenu. C'est nous !

Ma mère se portait mal, elle souffrait du foie où, semblait-il, un cancer s'était niché. Une sorte de crabe vorace qui mange les tissus jusqu'au moment où il atteint le cœur. Benoît ne croyait pas, ne voulait pas croire à cette maladie invisible.

— Si tu ressentais la moitié de mes douleurs, tu y croirais bien.
— C'est de la figuration, ma pauvre femme.

Il voulait dire qu'elle se la figurait. Il n'avait pas d'autre ressource pour la soulager que son refus d'y croire. Le médecin du Mayet-de-Montagne prétendait que, s'il y avait réellement cancer, une opération serait pire que le mal. L'évolution des cancers est très lente chez les vieilles personnes. Il prescrivait des analgésiques.

Au retour, je m'arrêtais à Molles pour saluer la famille de Maurice Dupuy, mon vieux camarade, disparu sur le *Siroco*.

— Qu'est-ce que ça veut dire, disparu ? me demandait sa mère.

— Qu'on n'a pas retrouvé son corps. Il s'est sans doute noyé, perdu dans les profondeurs.

— Impossible. Il nageait comme un poisson. Si vous l'aviez vu dans l'étang de Malforêt où il allait se baigner ! On ne l'a pas retrouvé, ça signifie qu'il est ailleurs. Sans doute en Angleterre, où il a trouvé une coquine. Un jour, il reviendra.

Jusqu'à son dernier souffle, elle espéra ce retour.

A la Ronzie, tout allait bien. L'herbe poussait dans les pâturages, les vaches engraissaient, les cochons faisaient du lard. Notre bagnole s'arrêtait dans la cour, je descendais en criant :

— V'là le gars Jacot, la gate Henriette et le *bouina* Dominique.

Tous les *bounhoumes* accouraient, le pé, la mé, les chiens aussi qui nous aboyaient aux talons pour nous dire bonjour dans leur langage incomprenable. Après quoi, on nous bourrait de fromage, de confiture et autres licheries. Nous repartions en fin de journée la voiture chargée de pommes de terre, de pain blanc, de volailles trucidées.

En 1954, nous reçûmes un second fils, Vincent. Après quoi, Henriette m'informa qu'elle arrêtait la production.

12

A Blaise-Pascal, j'enseignais l'Histoire comme je l'avais reçue de mes anciens maîtres et maîtresses, en commençant par mademoiselle Pirouette. Les dates, sans lesquelles le temps est pareil à une carte Michelin sans les distances. Les rois, les guerres, les victoires et les défaites, les constitutions, les républiques. Ce que les inspecteurs généraux nommaient l'« Histoire événementielle ». Mes élèves adoraient les événements que j'illustrais de gravures, de projections, de chansons. De lectures aussi, dont les auteurs avaient vécu ces époques ou les avaient bien imaginées : Chateaubriand, Stendhal, Michelet, Renan. Et aussi un écrivain auvergnat, Henri Pourrat, dans son *Gaspard des Montagnes* : « C'était, dit la vieille, au temps du grand Napoléon et quand on commença à faire la guerre en Espagne... Les gendarmes vinrent, harnachés de bufflèteries, de cordons, de ces aiguillettes qui les font appeler les "Chambalhàs", les hommes à jarretières, par les paysans... » Cet ouvrage me passionna et j'eus l'honneur de me le faire dédicacer par l'auteur en personne. Descendu d'Ambert à Clermont sur la demande collective et répétée des libraires, il recevait ses lecteurs dans un salon du Grand Hôtel. Il me consacra ces lignes modestes : *Au professeur Jacques Saint-André qui s'applique à faire aimer l'Histoire à ses élèves. Avec les amitiés d'un historien de raccroc. Henri Pourrat.* Je me rappelle son doux sourire, sa barbe grise, sa voix presque inaudible à cause d'une ancienne maladie qui le contraignait à la ménager. Je crois avoir lu et relu dix fois ce roman où vit et grouille l'Auvergne d'autrefois.

Tout à coup, un certain ministre dont j'ai oublié le nom – il ne mérite pas que je m'en souvienne – décida que les événements n'étaient qu'un fatras bon à jeter aux orties. Qu'il fallait enseigner une Histoire nouvelle, sans dates, sans batailles, puisque tout était à la nouveauté, les mathématiques nouvelles, la nouvelle philosophie, la nouvelle grammaire. En revanche, on étudierait des situations universelles. Ainsi : « L'emploi du cheval, du mulet, de l'âne dans la société civile au Moyen Age. L'avènement de la pomme de terre avant Parmentier. L'écriture de l'Antiquité à nos jours... » Tout cela était bel et bon. Mais, dans ces conditions, nos enfants ignoreraient à peu près tout de nos guerres de Religion, de nos diverses révolutions, de la naissance de notre République. Le grand-père ou l'arrière-grand-père deviendrait dans les familles le seul professeur événementiel de notre Histoire : il raconterait à ses descendants sa guerre de 14-18, sa campagne de Madagascar. Ses récits ne remonteraient pas plus loin. Nos potaches sortiraient du lycée sans savoir s'ils devaient ou non détester les Allemands, les Anglais, les Turcs, les Russes, les Vietnamiens. Obéissant aux instructions ministérielles, j'ai donc passé sous silence Charles Martel, Robespierre,

Clemenceau, de Gaulle, au profit du cocotier et de l'éléphant.

Jusqu'au jour où un autre ministre s'aperçut que les jeunes Français ne pouvaient vivre raisonnablement dans l'ignorance de leurs origines ; qu'ils avaient besoin de savoir qui étaient leurs amis et leurs ennemis héréditaires. Le récit des dates et des événements fut de nouveau autorisé. Il est difficile, nous dit Sénèque, de savoir où l'on va si l'on ignore d'où l'on vient. Il est encore plus difficile d'obéir aux fantaisies ministérielles.

Enseignée ou ignorée, l'Histoire se faisait par-dessus nos têtes. Après une IVe République, nous en eûmes une Ve. Sans doute une VIe se prépare-t-elle à l'heure où j'écris ces lignes. Les Républiques poussent sur le sol français comme les champignons dans les bois auvergnats.

Un nouveau lycée Blaise-Pascal fut construit sur l'emplacement de la caserne Gribeauval où j'avais appris à ramoner l'âme des canons. Il fut un temps où mes horaires partagés m'obligeaient à enseigner de huit à dix au vieux lycée, de dix à douze au nouveau. Sitôt que la sonnerie de dix heures grelottait, je m'élançais donc comme Achille aux pieds légers pour dévaler jusqu'au nouveau. En cours de route, je croisais des collègues qui en remontaient. Nous échangions des salutations comme font à la campagne des paysans qui se rencontrent :

— Alors, vous descendez ?
— Je descends un peu. Et vous, vous montez ?
— Je monte, tenez. Il le faut bien.

Un jour que j'allais trop vite, je trébuchai et m'étalai sur le trottoir devant la Caisse d'Epargne. Je me relevai, sans autre mal que des bleus aux genoux.

Le nouvel établissement était formé d'immenses parallélépipèdes. L'architecture des années 50 était foncièrement parallélépipédique. Ce qui explique les nombreuses dépressions nerveuses qui nous affligeaient. Car l'âme humaine a besoin d'encoignures, d'anfractuosités, de soupentes, de courbes et de replis. La moitié au moins des potaches qui devaient y circuler regrettaient les voûtes bergsoniennes du vieux bahut, les larges escaliers, les murs épais, les parquets gémissants, les oubliettes où l'on pouvait faire disparaître les inspecteurs généraux.

Le vieil immeuble jésuitique tient toujours debout ; mais quand je m'y aventure par hasard, je n'y reconnais que les espaces. Ils ont été alloués à cent associations culturelles ou humanitaires. On a transformé les classes en salles d'exposition ou de conférence. Il m'est arrivé deux fois d'y faire moi-même une causerie historique dans une pièce que j'avais autrefois fréquentée. Devant un auditoire d'adultes, de retraités chenus, un peu durs d'oreille, qui s'endormaient au bout de quelques minutes. Seul effet conservé : le dégoulinement de la chasse d'eau automatique ; il se déclenchait toujours avec régularité et entrecoupait mon discours, comme il avait jadis entrecoupé mes leçons. Le conservatoire a pris possession des étages. Les piétons, sous ses fenêtres, reçoivent des averses de doubles-croches.

En 1959, nous apprîmes le décès d'Henri Pourrat. Je décidai d'aller l'accompagner jusqu'à sa dernière demeure et pris l'autobus départemental. Près de moi, j'entendis des commentaires :

— Le père Pourrat s'est donc laissé mourir ?

— Pas très vieux. Soixante-dix ou douze.

— Malade de la caisse, il avait pourtant épousé une femme médecin.

— Les médecins ne font pas miracles.

Derrière le corbillard, tout Ambert semblait suivre. J'eus la surprise d'entendre un couple se parler en anglais. Comme j'entendais assez bien cette langue depuis que le *Widgeon* m'avait repêché devant Dunkerque, nous entrâmes en conversation. Lui, Ralph Stackpole, natif de Williams (Oregon, USA). Elle, Ginette, auvergnate de naissance et d'esprit, son épouse en secondes noces. Tous deux admirateurs de Pourrat. Ainsi, entre eux et nous, devait commencer une longue amitié.

Ils résidaient à Chauriat, en bordure de la Limagne. Tout le bois de leur maison, meubles, rampes, marches, solives, avait été remodelé par Ralph, sculpteur très connu en Amérique, principalement par sa statue, *The Pioneer*, qui orne une place de Sacramento, capitale de la Californie. Il nous raconta son existence aventureuse. D'abord comme chercheur d'or dans le Klondike, en compagnie de Jack London. Un jour, ils furent pris dans la mine sous un éboulement. Ils attendirent une semaine avant d'être libérés, se nourrissant avec le suif de leurs chandelles. Plus tard, *viborador*, chasseur de vipères au Mexique. Plus tard cow-boy.

— Au galop de mon cheval, je jetais mon chapeau par terre. Nous revenions sur nos pas à toute allure et je le ramassais en me baissant.

Cette amitié me permet d'affirmer avec orgueil : « Je n'ai pas connu Jack London ; mais j'ai connu quelqu'un qui l'a connu. »

Des trente années que j'ai passées dans les deux lycées, je garde une salade de souvenirs composée, où le doux se mêle à l'acide, la moutarde au marasquin. Si je devais en reprendre, j'éliminerais l'exécrable. Parmi ces derniers, la révolution soixante-huitarde au cours de laquelle je vis, comme durant les saturnales romaines, les gamins commander aux adultes, les élèves attribuer des notes à leurs profs, les inférieurs se promouvoir supérieurs, les dirigeants s'humilier, les étudiants dicter les programmes, les cours de récréation devenir des meetings, les facultés devenir des bordels. Durant ces journées chaudes, je fus envoyé à Paris pour vérifier des sujets de bachot. Alors que les jeunes révolutionnaires se rassemblaient au fond du boulevard Saint-Michel, les CRS – valets du capitalisme quoique fils de paysans ou d'ouvriers –, l'arme au pied, fumaient la cigarette sur le pont d'en face. Curieux d'assister à l'affrontement, je m'adressai à l'un de ces militaires :

— Quand est-ce que ça commence ?
— Quoi donc ?
— Le spectacle.
— On attend les premiers mouvements de ces fils de putes. Le premier jet de pierre. Mais si ça tarde trop, on lèvre l'ancre.

J'allai ensuite m'informer près des étudiants :
— Qu'est-ce que vous attendez ?
— Il nous manque encore du monde.
— Les CRS s'ennuient. Ils menacent de partir.
— Diable ! Retenez-les si vous avez ce pouvoir. Dites-leur qu'on y va dans un petit quart d'heure.

Je transmis en face le message.
— C'est bon. On patiente encore un peu.

Effectivement, l'instant d'après, les manifestants se mirent en branle, poussant leur injure favorite :
— CRS, SS !... CRS, SS !... CRS, SS !

Les pavés commencèrent de voler, les poubelles de flamber, les grenades lacrymogènes de fumer. Ce fut un spectacle son et lumière parfaitement réussi. Les touristes en eurent pour leur argent.

Je revins en Auvergne. Les événements du Quartier latin s'y répercutaient. Les lycéens clermontois m'enseignèrent que l'Histoire de France venait de commencer. Que le plus grand romancier français était Boris Vian. Le plus grand poète, Boris Vian. Le plus grand philosophe, Boris Vian. Que le baccalauréat était dû à tout le monde. Que dans les classes, pendant les cours, il était défendu de ne pas fumer. Que l'idée de patrie était un concept ringard. Que Blaise Pascal avait été un défenseur du capitalisme. Que les élections étaient des pièges à cons. Que le bonheur était sous les pavés.

Ce même Blaise Pascal, mon patron, m'avait enseigné que tous les hommes recherchent le bonheur, même ceux qui vont se pendre. Mais le bonheur joue à cache-cache avec nous, il nous appartient de le découvrir, souvent nous y renonçons. Je me rappelle l'exemple qui suit.

Un jour qu'Henriette et moi étions à la Ronzie, nous vîmes s'approcher une sorte de fantôme noir qui allait par routes et par prairies, légèrement titubant. Chargé d'un sac à dos, s'appuyant sur un bâton, on aurait pu le prendre aussi pour un de ces « pieds-poudreux », de ces colporteurs d'autrefois, marchands de fils, de mouchoirs, d'aiguilles, de tabatières, d'almanachs. Les chiens lui aboyèrent aux trousses comme le voulait leur métier. Mon beau-père les rappela. Quand le colporteur fut plus près de nous, il laissa tomber son capuchon, nous vîmes paraître une tête de femme. Les cheveux noués sous une sorte de bonnet, le visage encharbonné.

— Bonjour, dit-elle. Vous permettez que je me débarbouille ?

Elle s'exprimait bien, avec un joli accent. Elle s'approcha de l'abreuvoir, se mit au bout pour souiller le moins d'eau possible, se lava à deux mains, enleva son bonnet, vint à nous ruisselante. Un visage charmant nous apparut.

— Je suis américaine. Je m'appelle Janet Bright. Je viens du Havre et je me dirige vers Saint-Jacques-de-Compostelle en passant par Le Puy-en-Velay. Y a-t-il ici quelqu'un qui s'appelle monsieur Francis Rouchon ?

— Moi, dit le beau-père.

— J'ai une lettre à vous remettre. D'un de vos amis.

Un *bounhoume* de Gennetines lui recommandait la jeune personne qui entreprenait de faire ce long pèlerinage sans argent, se fiant à la charité des Français.

Accueille-la dans ta famille comme si elle en faisait partie. Ensuite, écris-lui de même une recommandation pour un de tes amis du Puy-de-Dôme ou de la Haute-Loire.

Ce fut à la Ronzie une soirée merveilleuse. Nous comprîmes la stratégie de Janet : s'enlaidir, se transformer en épouvantail afin de ne pas attirer la concupiscence des mauvais sujets. Comme avaient fait les femmes catholiques de Cognat au temps des guerres de Religion. Je présentai une supposition :

— Pour avoir entrepris une telle marche, vous devez avoir des sentiments religieux très profonds.

— Sans doute. Mais ce n'est pas mon vrai motif. D'après mes calculs, l'aller et retour doit durer un trimestre. Je l'ai entrepris pour m'offrir trois mois de bonheur. Sans argent, sans désirs, sans soucis, loin des villes pleines de vices et de péchés, ne rencontrant que des hommes et des femmes compréhensifs et généreux. Je traverse une sorte d'éden. Saint-Jacques lui-même m'importe peu.

Nous eûmes tous l'impression qu'elle voyageait dans un rêve. Je lui offris de la transporter quelques kilomètres dans ma Quatre-Chevaux. Pas question : elle cherchait un bonheur uniquement pédestre.

Elle reprit son camouflage antiviol, se charbonna de nouveau la face et s'éloigna avec une recommandation pour Gannat.

13

Je dépassai ma cinquante-cinquième année, Henriette sa cinquantième. Elle en paraissait quinze de moins, pas un seul de ses cheveux n'avait blanchi, ses éclats de rire faisaient toujours vibrer les vitres. Ses amies jalouses lui demandaient :
— Comment fais-tu pour rester si jeune ?
— Je ne fais rien. Je n'y pense pas.
Je vieillissais moins bien, ma moustache grisonnait, des lignes parallèles me sillonnaient le front. Le souci m'empêchait souvent de dormir. Il me venait de notre fils Dominique, tout près d'entrer dans son vingt-septième printemps. A la fac de Clermont, il poursuivait des études de sociologie qui devaient le conduire à un doctorat. Cette matière, qui n'offre que de rares débouchés, l'amenait à nous tenir des propos où je ne comprenais rien. Il y était question de matérialisme historique, de facteurs organiques ou inorganiques, d'institutions cérémonielles, d'investigations telluriques. Je voyais mal l'emploi de ces notions dans la société de notre époque, tout orientée vers la consommation et le profit. Henriette prêtait au contraire une

vive attention à ses conférences, pour arriver à cette conclusion :

— Il est plus intelligent que nous. Je n'ai aucune crainte sur son avenir.

De loin en loin, il m'arrivait d'entendre quelque chose à ses propos. Il affirmait par exemple que le groupe était appelé à succéder à la famille et à l'école dans leurs fonctions éducatrices ; qu'il était inéluctable que la loi du groupe jouât dans les esprits individuels le même rôle que la loi domestique. Il piochait là-dessus depuis des années. Je finis par perdre patience. Nous eûmes un matin un entretien de père à fils :

— A vingt-six ans, tu vis toujours chez papa-maman. Tu es toujours sans emploi de fortune. Tu ne prévois pas le terme de tes études et de ta thèse. Dis-moi un peu comment tu envisages ton avenir.

Il parut se concentrer, fronça les sourcils, se tira une oreille. Soudain, il explosa de rire :

— Je vais vous dire comment vous l'envisagez vous-mêmes.

— Ce n'est pas ce que je demande.

— Laisse-moi parler. Un bon petit boulot, en ville ou à la campagne. Chez Chibret ou chez Delbard. A produire des médicaments ou des roses. Sur le point de prendre femme. Si possible une jeune paysanne bourbonnaise ou auvergnate que j'aurai choisie d'après le nombre de ses vaches, selon la grosseur de son tas de fumier...

— Tu te moques de moi ?

— Est-ce que tu n'as pas épousé la tienne parce qu'elle était fille d'un *bounhoume* en une période de famine générale ?

— Tu es complètement fou ! Tu mériterais...
— Pète, papa ! Sinon, tu vas éclater ! N'est-ce pas toi qui nous as révélé ce détail ?
— Jamais ! Jamais je n'ai présenté les choses de cette façon !
— J'ai sans doute mal interprété. Je te présente mes excuses. N'en parlons plus.

Henriette intervint pour nous séparer. Elle nous servit deux orangeades. Emilie et Vincent étaient à Clermont. Dominique décida que la discussion reprendrait après leur retour, il avait une importante révélation à nous faire. Ce fut pour moi une journée d'angoisse.

Le soir, tous réunis, nous prîmes le temps de manger la soupe aux choux, le saint-nectaire, le *piquenchagne* d'Henriette ; de nous installer dans des fauteuils ; de nous considérer les uns les autres.

— Voilà, fit Dominique en se levant pour plus de solennité. Voilà... Ne soyez pas émus, ne soyez pas inquiets, tout ira bien. Continuez d'avoir pour moi de l'affection, si vous pouvez. Peu de gens choisissent réellement leur vie. Ils sont poussés par toutes sortes de nécessités, physiologiques, intellectuelles, sociales, politiques, religieuses. Personnellement, je veux vivre une existence hors de toute contrainte. J'ai deux révélations à vous faire.

Tous les yeux convergeaient sur ses lèvres qu'il avait charnues, comme celles de sa mère. Il ménagea un silence, il avait l'amour de la mise en scène.

— La première : je ne terminerai pas ma thèse, j'arrête mes études. (Nouveau silence.) Voici la seconde qui vous fera comprendre la précédente : je vais vous quitter. Dans quelques jours. J'ai un appartement à ma disposition, à Clermont. Je vous donnerai mon adresse, mon numéro de téléphone. Vous vous demandez, naturellement, étant sans emploi, comment je pourrai payer le loyer. Pas de problème : je serai hébergé par un ami. Quel ami ? Je vous le présenterai un de ces jours. D'origine espagnole, il est pourvu de toutes les qualités. Ingénieur chimiste, il supervise dans la Grande Maison la fabrication des pneumatiques. Nous avons décidé de vivre ensemble. En couple. Je m'occuperai du ménage, il subviendra aux dépenses. Chacun aura son livret de Caisse d'Epargne. Lorsqu'il déposera cent francs sur le sien, il déposera cent francs sur le mien.

Vincent – qui préparait son bac au lycée René-Descartes de Cournon – poussa un cri :

— Mais alors... tu es pédé ! C'est dégueu !

Henriette, moi-même, Emilie serions tombés sur le derrière si nous n'avions été assis. Un large sourire éclaira le visage de mon aîné :

— Si tu trouves que c'est dégueu, prends-t'en à ceux qui m'ont fabriqué. Ils m'ont d'ailleurs affublé d'un prénom qui n'a pas de sexe défini : Dominique.

— Ce n'est pas normal.

— Il est vrai que nous échappons à la norme. Les boiteux aussi. Les sourds-muets aussi. Les manchots pareillement.

— Ils essaient de se corriger. Papa porte un crochet au bras droit.

— Nous, aucun crochet ne nous corrige. J'aime Miguel de tout mon cœur. Il m'aime tout autant. Est-ce dégueu ?

— Miguel comment ?

— Miguel Bigote. Ça veut dire Michel Moustache.

— En plus, c'est un Espingouin ! Et grotesque !

De ma main gauche, je serrai la droite d'Henriette. Nous nous sentions accablés et coupables. Devant le visage épanoui de notre aîné, nos cœurs nous faisaient mal.

— J'ai honte de toi, poursuivit Vincent. Tu n'es plus mon frère.

— Pendant la dernière guerre mondiale, Hitler a raflé et fait mourir des milliers d'homosexuels qui n'étaient pas ses opposants. Est-ce que tu nous ferais mourir si tu le pouvais ?

— Peut-être.

— Il faudra, Miguel et moi, que nous nous aimions triplement pour ceux qui ne nous aiment plus.

Comme ses père et mère n'avaient pas desserré les dents, il s'adressa à eux pour leur demander ce qu'ils pensaient. Après un long silence, Henriette dit simplement :

— Je ne cesserai jamais de t'aimer.

Rien d'autre. Il me regarda à mon tour.

— Reste ici ou habite ailleurs, tu seras toujours notre fils. Tu as raison d'affirmer que ta mère et moi sommes responsables de toute ta personne, comme de ton prénom. Naturellement, nous ne compterons plus sur toi pour nous donner des petits-enfants. Ce privilège revient désormais à ton frère et à ta sœur, quand ils voudront bien.

Vincent intervint pour me demander mon opinion sur les pédés.

— C'est comme si tu me demandais ce que je pense des protestants. Ils vivent selon leurs idées et leurs goûts. Ils ne me gênent en rien, pourvu qu'ils ne cherchent pas à les imposer aux autres.

— Ils se parfument comme les nanas.

— Pas tous. Et je suppose qu'il vaut mieux sentir la violette que sentir le crottin.

— On se moque d'eux.

— Cela arrive. Un de mes collègues, homo avoué, m'a confié qu'il ne peut prendre deux jours de suite la même paire de chaussures. A côté de ça, il est d'une intelligence éblouissante, d'une culture monumentale, d'une sensibilité extrême. De très grands artistes le sont ou l'ont été : Michel-Ange, Marcel Proust, Montherlant...

— La religion, intervint Emilie, condamne les homosexuels.

— C'est vrai, elle les condamne à mort, comme Adolf Hitler.

Henriette osa demander quelques informations supplémentaires sur ce Miguel.

— C'est un grand sportif, il pratique le rugby à l'ASM. Il mesure près de deux mètres de taille et pèse quatre-vingt-dix-huit kilos.

Nous restâmes tous les trois bouche bée. Visiblement, nous pensions que les pédés sont tous des raffinés, plutôt gringalets, qui lèvent l'auriculaire lorsqu'ils consomment leur tasse de thé.

— Il possède un appartement à Clermont, poursuivit-il. J'y tiendrai le ménage, je ferai la cuisine.

— Mais tu ne sais pas enfiler une aiguille !

— J'apprendrai.

— En somme, dit Vincent, tu joueras le rôle de la femme.

— On peut voir les choses comme ça.

Notre débat dura jusqu'au moment où nous entendîmes le douzième coup de minuit sonné par l'église Saint-Martin. Dominique nous imposa un plébiscite :

— Je couche ici ce soir. Avant de vous endormir, je vous prie de réfléchir à cette question : souhaitez-vous que je revienne de temps en temps, que nous continuions à avoir de bonnes relations familiales ? Demain matin, vous me répondrez en levant une main ouverte pour oui, un poing fermé pour non.

Il disparut sans nous donner le baiser de paix. Nous restâmes quatre à nous considérer, chacun essayant de pénétrer les sentiments des autres. Henriette et moi eûmes entre nos draps une conversation qui aurait pu être longue, orageuse, et qui fut courte et paisible. Nous étions pour un double oui.

— A l'Evangile, dit-elle, il manque une parabole qui nous éclairerait. Est-ce que l'homosexualité n'existait pas chez les anciens Hébreux ?

— Elle est aussi ancienne que les hommes et que les femmes. Le poète Catulle la pratiquait. Et aussi Sapho dans l'île de Lesbos. Elle n'est pas une invention de notre époque.

— Bonne nuit.
— Bonne nuit.

Le lendemain, tout le monde se trouva réuni autour du pain frais, du beurre, de la confiture. Vincent avait digéré sa honte et il prit sa part de notre eucharistie. Dominique s'essuya la bouche, rappela son plébiscite, exigea que chacun levât une main ou un poing. Nous étions cinq votants. Il n'y eut que quatre mains levées, Emilie s'étant réfugiée dans l'abstention.

— Tu dois t'exprimer comme les autres, insista l'aîné. Je veux savoir ce que tu as dans le cœur.

— Je dis oui à mon frère, non à l'homosexuel.
— Ils sont inséparables.
— Je me rallie donc à la majorité.
Elle leva une main ouverte. Applaudissements.
Quelques jours plus tard, la visite de Miguel nous fut annoncée. Henriette interrogea Dominique sur les goûts culinaires que devait avoir son ami, d'origine espagnole.
— Il est né en France. Il voyage beaucoup pour Michelin, il aime toutes les cuisines du monde.
— Je préparerai quand même une *paella*. Et le vin ?
— Il boit du vin d'Auvergne. Du bon gros rouge.
Vincent revêtit sa tenue sportive. Dominique, son meilleur blue jean. Emilie roula sa queue-de-cheval en chignon. Je me nouai une cravate sous le menton, ce que je ne pratiquais plus depuis Mai 68. Henriette se fit si belle que nous faillîmes ne pas la reconnaître. Derrière une fenêtre, notre aîné observait la rue des Rivaux qui devait amener l'Espingouin. Une étrange émotion nous étreignait tous.
— Le voilà ! s'écria Domi.
Il avait reconnu le bruit de la moto comme le chien reconnaît la voix de son maître. Il courut à sa rencontre. Je le suivis par politesse. Miguel parut en vêtements de cuir. Il enleva son casque, me tendit la main. Je fis semblant de m'intéresser à sa machine rutilante :
— C'est une Terrot ?
— Les Terrot, ça n'existe plus. C'est une marque japonaise, encore rare en France, une Suzuki.
Considérant ce rugbyman, son cou taurin, ses mains épaisses, je me demandais comment un tel gaillard pouvait avoir des goûts efféminés. Le repas fut joyeux.

La *paella* complimentée. On parla de mille choses, de sport, de pneumatiques, de musique, d'histoire, de politique. J'expliquai pourquoi je n'avais qu'une main, ce qui ne m'empêchait pas de souffleter mes élèves insolents, après négociation.

— Négociation ?

— Je leur propose ce marché : quatre heures de colle ou la mornifle. Toujours ils choisissent la mornifle.

En ce temps-là, les punitions corporelles étaient encore tolérées. Qui aimait bien châtiait bien. Tout le monde y gagnait : le garnement, ses père et mère, l'enseignant, la morale, la réputation du lycée. A l'heure où j'écris ces lignes, plus personne ne respecte personne. Les élèves insultent les professeurs, les enfants terrorisent leurs parents.

Pendant et après le repas, on parla de tout sauf de sexualité. Miguel semblait n'être qu'un ami ordinaire. Il raconta comment ses parents, après avoir combattu le franquisme, s'étaient réfugiés en France en 1939. Diverses péripéties les avaient amenés en Auvergne, où Francisco, le père, avait trouvé un travail dans les pneumatiques. Né en 1940, Miguel avait été pris en charge par l'école Michelin, d'où il était sorti ingénieur et pilier de rugby.

Le sujet qui intéressa le plus notre Vincent fut celui de la « bécane ». Il voulut tout en savoir, son poids, sa puissance, sa cylindrée, sa vitesse, sa consommation, son prix. Voyant à quel point elle le passionnait, Miguel lui proposa de l'emmener faire une promenade. Enthousiasme du gamin. Nous le vîmes s'asseoir en croupe, étreindre le conducteur, nous dire au revoir de la main. Au premier coup de talon, le moteur tonitrua.

— Allez doucement ! cria Henriette.

Ils partirent à petite allure, laissant derrière eux une puanteur d'huile de ricin consumée. Nous n'avons pas bougé de notre place, attendant leur retour. J'ai consulté plusieurs fois mon bracelet-montre, me demandant jusqu'où diable ils étaient allés. Chacun dissimulait sa crainte. Des hirondelles criaient dans le cyprès, car c'était le printemps, elles jugeaient bon de nous le confirmer. Des moteurs de voiture ronflaient au loin ; mais pas de pétarade suzukiesque.

— Pourvu qu'il ne leur soit rien arrivé ! a fini par soupirer notre fille.

— Impossible ! a affirmé Domi. Miguel est un canon.

Ça ne nous a pas trop rassurés.

— Touchons du bois ! ai-je conclu en mettant une main sur mon front.

Le clocher de Saint-Martin a sonné quatre coups ; nos suzukistes étaient partis depuis trente-cinq minutes. Jusqu'où, diable de diable, étaient-ils allés ?

Enfin, enfin, nous avons perçu une série d'explosions lointaines, que Dominique a tout de suite reconnues :

— Ils arrivent ! Les voici !

La bécane se range le long du trottoir. Ils sont vivants ! Merci Sainte Vierge ! Embrassades.

— Raconte-nous votre itinéraire, et ce que tu as vu.

Vincent avoue n'avoir pas vu grand-chose, trop occupé à observer la route devant, derrière, par côté. Ils ont doublé tout ce qui roulait. Il s'est tout de même aperçu qu'ils traversaient l'Allier à Ponduche[1], puis une seconde fois à Joze, à moins que ce ne soit la Loire. Voyant mon intérêt, Miguel me propose de faire avec lui une nouvelle chevauchée. Je remercie, mais je refuse, n'ayant qu'un bras pour embrasser.

La visite de l'Espingouin se termina par une invitation en sens inverse :

— Venez me voir chez moi. Voici mon adresse et mon numéro de téléphone.

Il possédait le téléphone, et nous pas encore ! Il embrassa les deux dames, me présenta sa main large comme un battoir. Je recommandai :

— Ne serrez pas trop, s'il vous plaît.

Je crus presser un gant de velours. Il se remit en selle, recoiffa son casque, la Suzuki partit en flèche, semant la terreur dans tout Cournon. Et Dominique :

— Que pensez-vous de mon ami ?

Ce ne furent que compliments. Les plus chaleureux vinrent de Vincent.

Quelques jours plus tard, l'aîné procéda à un petit déménagement, en nous priant de garder sa chambre en état de le recevoir.

Très chers amis et parents, nous vous prions de venir partager avec nous le repas de l'Ascension en notre domicile, 80 bis, boulevard Gergovia, face à l'entrée principale du jardin Lecoq à Clermont-Ferrand. Nous vous attendons à partir de midi. Veuillez agréer nos salutations empressées et croire à

---

1. Pont-du-Château.

nos sentiments affectueux. Dominique Saint-André, Miguel Bigote.

Le ton cérémonieux de cette invitation nous impressionna tous les quatre. Le jour venu, nous nous présentâmes à l'adresse indiquée. Sur la boîte aux lettres, nous retrouvâmes les deux noms réunis. Afin de confirmer son rôle déclaré, Dominique parut avec un tablier blanc sur le ventre. Il nous embrassa. Miguel me tapota les omoplates comme on fait en Espagne.

— Aïe ! Aïe ! Aïe ! s'écria Henriette. Si tu t'es promu chef de cuisine, tu vas me nourrir d'inquiétude !

— Nous ajoutons nos connaissances, la rassura Miguel. Vous verrez le résultat.

Des reproductions de Velázquez et de Goya ornaient les murs. Il nous montra aussi sur un rayon des ouvrages spécialisés : *Manger à l'espagnole*, de Juan Bellveser ; *Cuisine portugaise*, par Agostinho Das Neves ; *Le Monde à table*, par Doré Ogrizek ; *Physiologie du goût*, par Anthelme Brillat-Savarin.

Je dois dire que le résultat de cette collaboration fut tout à fait satisfaisant ; charcuterie madrilène, où triomphait le *chorizo* au piment rouge ; *olla podrida* (dans laquelle je reconnus le pot-pourri des musiciens), où voisinaient poule, jambon, oreille de porc, pois chiches, haricots rouges ; tomates et oignons farcis ; pour finir, gelée de coing et tranches de pastèque.

— Tous ces ingrédients vous viennent d'Espagne ? s'enquit ma femme.

— Nous les trouvons à Clermont près du marché Saint-Pierre, rue du Cheval-Blanc, chez un marchand de produits exotiques.

Le repas fut suivi d'un pot-pourri de conversations sur divers sujets. A nous entendre, Vincent somnolait quelque peu. Soudain, il se réveilla, pour demander :

— Tu pourrais m'emmener faire un tour sur ta bécane ?

Je protestai, Miguel y consentit. Les deux amateurs de Suzuki disparurent. Nous restâmes en compagnie du seul Dominique, occupé à faire la vaisselle. Sa mère voulut l'y aider, il refusa. Mon cœur se serra un peu à la pensée que ce garçon avait fait de longues études universitaires pour finir dans la plonge ; les manches retroussées, il barbotait dans l'eau savonneuse comme un canard. La joie de vivre lui sortait par les yeux, par la bouche, par les oreilles. Nous ne pouvions rien faire contre tant de bonheur.

14

Nous prîmes notre parti de cette situation. En bon fils, bon frère qu'il était, Domi venait nous rendre visite à Cournon. Seul ou accompagné. Les deux amis nous recevaient aussi en leur domicile, ou bien dans un restaurant portant cette enseigne : *Chez G et G*. Tenu par un certain Georges et un certain Gabriel. La rumeur publique nous apprit qu'il s'agissait de deux gays. Ils recevaient tout le monde, des gens pareils à eux et des gens différents. Des costauds et des gringalets. Des raffinés et des vulgaires. Les deux G se montraient toujours dans leur langage et leurs manières d'une extrême courtoisie. Je me rendis compte d'ailleurs que la cuisine homosexuelle ne se distingue en rien de l'hétéro.

Pour faciliter nos communications, je fis installer le téléphone. C'était l'époque où Fernand Raynaud débitait son sketch « Le 22 à Asnières ». A tout moment, quand j'en éprouvais le besoin, je pouvais entendre la voix de mon fils aîné.

Emilie et Vincent poursuivaient leurs études. La première voulait depuis toujours devenir infirmière. Ayant décroché le bac en 1973, le second préparait le concours d'entrée dans les Ecoles supérieures de commerce. Quant à moi, né en 1915, j'approchais du jour où je serais admis « à faire valoir mes droits à la retraite », le 15 février 1975. Plus aucun lien, hormis le souvenir, ne m'attachait à Ferrières-sur-Sichon. Mon père et ma mère avaient fait valoir leur droit au paradis. Ni ma femme, ni moi-même n'envisagions, le moment venu, de nous retirer ailleurs qu'à Cournon où nous nous étions fait d'excellents amis. Ainsi Albert Brun, qui possédait encore quelques arpents de vigne et nous invitait chaque année aux vendanges. Il passait ses loisirs à écrire des vers bachiques. Sa poésie ne valait pas cher, mais elle lui procurait du plaisir et lui élevait l'esprit. Je ne manquais jamais de lui en faire compliment. Autre passe-temps : à la saison favorable, il allait cueillir des champignons dans les bois de la Comté. Il en rapportait de pleins paniers et nous faisait profiter de leur abondance. C'étaient souvent des espèces dont je ne connaissais ni le nom ni les vertus :

— Vous êtes sûr qu'ils ne sont pas vénéneux ?

— Je ne les connais pas plus que vous. Mais ils sont bons, de ça je suis certain. J'en ai fait l'épreuve.

— Quelle épreuve ?

— J'en ai donné quelques-uns à la bonne du curé. Ils n'ont fait de mal ni à elle ni à son maître. Donc vous pouvez les manger sans crainte.

Autre ami véritable : Maurice Neboit. Un de mes anciens élèves, devenu professeur d'histoire à son tour. Malgré son nom, il buvait un peu. Il venait m'exprimer sa gratitude en m'apportant un flacon de vin de pêche préparé de sa main. Recette : pour six bouteilles de 75 centilitres, il faut un litre d'eau-de-vie, quatre litres de vin rosé, deux cents feuilles de pêcher, cent cinquante morceaux de sucre ; faire macérer pendant un mois et demi ; on filtre, on met en bouteilles, on laisse mûrir six mois. Cette liqueur avait un goût d'amande amère chimique, c'était franchement dégueu, bon à jeter à l'évier. Naturellement, je me gardais bien de révéler mon sentiment à Maurice.

Près de Cournon, en bordure de l'Allier, nous avions acheté un lopin de terre légère où je cultivais des légumes. Henriette m'y aidait un peu. J'en profitais pour observer dans les eaux du fleuve-rivière la montaison des saumons à dos bleu et ventre rouge avec qui j'avais eu à Vichy des conversations intéressantes. Ils se dirigeaient vers les Couzes et vers l'Allagnon où ils comptaient déposer leur frai. Après quoi, ils pourraient redescendre. Epuisés, car la montaison se déroulait sans qu'ils prissent aucune nourriture. Ils y perdaient la moitié de leur poids et portaient dès lors le nom de bécards à cause du bec que formait leur mâchoire inférieure. S'ils réussissaient à échapper aux pêcheurs, ils reprendraient des forces seulement dans la mer. Les saumoneaux, appelés tacons, suivraient la même descente au cours de leur deuxième année. L'âge serait venu pour eux de faire des projets de voyage.

Henriette et moi en faisions pareillement. Nous n'avions pas quitté l'Auvergne depuis notre retour de Tunisie. C'est alors que notre fille Emilie nous en offrit l'occasion. Un matin, elle nous annonça brusquement que, sans renoncer à sa vocation d'infirmière, elle entendait la mettre uniquement au service des pauvres et des vieillards.

— Et les autres ? Pourquoi cette limitation ? Les enfants, par exemple, ne t'intéressent pas ?

— Je veux me faire petite sœur des Pauvres.

— Qu'est-ce que c'est que ça ?

— Une congrégation, sous la règle de saint Augustin, reconnue par l'Etat.

— Une congrégation ? Religieuse ?

— Naturellement. Fondée par une Bretonne, Jeanne Jugan, en 1842.

— Ainsi, tu veux prendre le voile ?

— Telle est mon intention, en effet.

— Tu n'as jamais manifesté des sentiments religieux très profonds !

— Ils se sont approfondis.

— Et nos petits-enfants, ceux que tu devais nous donner ?

— Mon jeune frère y pourvoira.

— Où résideras-tu ?

— Où l'on m'enverra. Les petites sœurs ont des maisons dans plus de trente pays et sur les cinq continents. Mais peut-être à Clermont. J'aurai d'abord à vivre plusieurs années de préparation à la maison-mère, établie à La Tour-Saint-Joseph, dans l'Ille-et-Vilaine.

— L'Ille-et-Vilaine, s'écria Vincent, c'est au bout du monde !

— Non, c'est en Bretagne.

— Comment seras-tu habillée ?

— Avant le concile Vatican II, nous portions une longue robe noire et un bonnet tuyauté. Maintenant, c'est une robe un peu plus courte et une petite coiffe blanche.

— Formidable ! L'Eglise se déringardise !

— Nous pourrons aller te voir ?
— Sans doute, de loin en loin.

Nous plongeâmes dans un silence accablé. Dans mon cœur, je m'en prenais à la trahison de mes gènes. Cette fille nous avait toujours montré des goûts singuliers. Enfant, elle répugnait à jouer avec ses copains-copines dans la cour de récréation. Elle se confinait dans une encoignure où elle comptait de menus cailloux qu'elle avait ramassés. Pour tout dire, elle s'intéressait peu aux autres, jeunes, adultes ou vieux. Pour se préserver de leurs éventuelles affections, elle prit un jour une précaution singulière. Il faut dire qu'une masse de publicités dégringolait chaque matin dans les boîtes aux lettres, destinées à la poubelle, car personne ne les lisait. Et tant pis si une lettre sérieuse s'était glissée au milieu. L'époque était au gaspillage : de l'eau, de l'essence, du bois, du papier. Emilie remarqua donc que, pour s'en garder, certains destinataires avaient collé au-dessous de leur boîte cette inscription : PAS DE PUB S'IL VOUS PLAÎT. Cela lui donna une étrange idée :

— Je voudrais s'il te plaît une tiquette.
— Une quoi ?
— Fais-moi une tiquette en papier.
— Une étiquette ? Pour quoi faire ?
— Tu verras.

Je lui donnai satisfaction. Avec stupeur, je la vis tracer, à l'imitation des placards antipub : PAS DE BISOUS S'IL VOUS PLAÎT. Puis s'attacher au cou cette prohibition.

— Voilà qui est gentil ! m'écriai-je, fort dépité.
— Je déteste les bisous.
— C'est ce que je vois.

— Pas les vôtres. Ceux qu'on veut me donner à l'école, les garçons, les institutrices, les gens qui passent.

Rien ne m'avait averti de l'homosexualité de mon fils aîné. Cette « tiquette » aurait dû me faire savoir que j'avais engendré une fille asexuée.

Mes derniers mois d'enseignant ne m'apportèrent guère de dérivatifs. A Blaise-Pascal, la tradition voulait qu'après une beuverie d'amitié, les partants fissent un discours d'adieu et de regret, au terme duquel chacun recevait un cadeau. Cela me donna l'occasion de composer et de lire un assez long poème dont je transcris ici trois strophes avant de les avoir toutes oubliées. Ça vaut ce que ça vaut.

Entre tableau noir et pupitre,
J'enseignais le bon, le mauvais,
Canillac et Fléchier, l'arbitre,
Bourgogne, Auvergne et Bourbonnais.
Quarante ans j'ai joué le pitre.
C'est assez. Voilà : je m'en vais.
Mais de ce jour, qu'on me regrette,
Qu'on pleure ou crie comme putois,
Ma province verte et violette,
Je n'aurai d'étude que toi.

Vous, compagnons de mes semaines,
Gentils, têtus ou renfermés,
Pauvres d'esprit ou phénomènes,
Mes doux, mes affreux, mes paumés,
Selon vos humeurs et les miennes,
Je vous ai haïs ou aimés.
Mais de ce jour, qu'on me regrette,

Qu'on pleure ou crie comme putois,
Ma province verte et violette,
Je n'aurai d'amour que pour toi.

Ce soir, demain, à la Sainte-Anne,
Quand je fermerai mes quinquets,
Sur un bon lit de pouzzolane,
Immobile comme un piquet,
Couchez-moi parmi les gentianes,
Et bien au sec dans mon paquet.
Car que la ville me regrette,
Qu'on pleure ou crie comme putois,
Je veux, ma montagne violette,
N'avoir de cendres que pour toi.

Après quoi, j'ai serré des mains, j'ai embrassé des joues, et je suis entré dans le dernier acte de ma vie : la retraite. Me demandant comment j'allais employer le temps qu'il me restait à traverser.

A Cournon, chaque fois que je me trouvais en compagnie de ma fille promise aux pauvres, je dévorais des yeux son beau visage auquel elle n'accordait aucun soin de coquetterie. Excepté à ses cheveux blonds noués sur la nuque en queue de cheval, qu'elle n'avait pas encore sacrifiés. Mes regards finissaient par l'agacer. Elle cherchait à les éloigner d'un geste de la main comme on chasse une mouche. Elle comprenait la signification de cette insistance, essayait de s'en défendre :

— Si je me mariais, si j'avais des enfants, ma nouvelle famille m'entraînerait sans doute bien loin de Cournon. Le monde aujourd'hui est une paroisse. Nous ne nous verrions pas davantage.

Je secouais la tête, mal convaincu.

En juillet, Vincent fut reçu à plusieurs Sup de co. Il choisit celle de Paris, la plus prestigieuse, qui lui garantissait un emploi après trois années d'études.

Fin août, la foire de Clermont-Cournon fit de son mieux pour nous distraire de nos chagrins. Elle exposait tout ce qui peut être exposé, articles ménagers, tapisseries, vins et liqueurs, lingerie, fruits et légumes, fromages, salaisons, voitures, téléviseurs… Une foule énorme s'y pressait. J'y entraînai ce qui me restait de famille. Nous allâmes de stand en stand, ouvrant les yeux et les oreilles, quelquefois notre bourse. J'eus l'occasion d'y rencontrer Albert Brun, mon ami le vigneron-mycologue, qui exposait son vin. Il me trouva mauvaise mine, m'offrit son remède préféré, un certain rosé que je bus de ma main unique et dont le velouté m'impartit quelque réconfort.

— Je te propose une chose, me dit Albert. Laisse les tiens s'égailler dans la foire. Et reste près de moi. Nous avons beaucoup de choses à nous dire. Ils te récupéreront en revenant.

La suggestion convint à tous. Je pénétrai dans son stand. Nous regardâmes passer les visiteurs qui parfois s'arrêtaient, parfois consommaient. Je racontai à mon ami les raisons de ma tristesse. Il me servit sa philosophie : les enfants sont conçus pour grandir, pour quitter le nid familial comme les oisillons, pour s'envoler à leurs risques et périls. Les parents sont faits pour les secourir en cas de besoin, s'ils le demandent, non pour les tenir en cage.

— A leur santé !
— A la nôtre !

Merveilleux rosé cournonnais. Quand ma femme et mes enfants reparurent, j'avais changé d'humeur. Albert Brun venait de me démontrer que, contrairement à ce que prétend l'Evangile, il n'y a pas d'inconvénient à mettre du vin nouveau dans une vieille outre.

Fin septembre, Vincent partit s'installer dans la région parisienne, Emilie dans la maison mère de La Tour-Saint-Joseph. J'ai inauguré ma retraite en remplaçant notre vieille voiture par une Aronde. Sur le conseil de notre fils, afin de roder ses soupapes, nous avons entrepris une tournée dans les départements voisins. Nous avons écumé l'Ardèche au beurre et l'Ardèche à l'huile. Frémi devant l'auberge sanglante de Peyrebeille. Au temps de la Toussaint, sur le haut Vivarais, l'automne est un ruissellement d'ors, de cuivres et de bronzes. Chaque arbre a sa palette personnelle : le hêtre vire du vert au pourpre, le chêne au brun, le saule et le bouleau au jaune canari, le mélèze au vieux rose. Pins, sapins, épicéas restent seuls imperturbés.

Nous avons poussé jusqu'à Conques, village de quatre cents habitants que je croyais, à cause de son nom, blotti au fond d'une cuvette et que nous avons trouvé à flanc de pente, au sommet d'une côte fort raide qui cause bien des suées aux cars des touristes. On se demande comment une si modeste bourgade a pu se doter d'une église aussi énorme. Il y eut jadis ici, paraît-il, jusqu'à dix-huit cents religieux. Au cœur de la basilique, règne la statue de sainte Foy, une vierge dorée au pays des vierges noires, avec une note de gaminerie dans sa raideur puisqu'elle représente une sainte de douze ans, une enfant martyrisée. Couronnée d'or, elle est aussi, de la tête aux pieds, constellée de diamants et de pierres précieuses, même s'il en manque quelques-unes. Le plus étrange de son histoire est qu'elle se trouve installée là sous bonne garde, à la suite d'un enlèvement. Au IXe siècle, les moines de Conques, se trouvant démunis de reliques intéressantes, en demandèrent au Ciel qui, au moyen de visions irréfutables, leur conseilla d'aller tout simplement chiper celles de sainte Foy qui accomplissaient dans la basilique d'Agen de merveilleux miracles. Frère Aronisde fut chargé de cette mission peu catholique. Il se rendit chez les Agenais, se fit bien accepter des clercs, demeura dix ans parmi eux afin d'endormir leur méfiance. Un jour, tandis que ses confrères prenaient ensemble le repas de l'Epiphanie, Aronisde viola le tombeau de la sainte, retira ce qui restait de son corps et procéda, comme écrivent pudiquement ses hagiographes, à son « transfert » vers Conques. Les émissaires lancés à sa poursuite, aveuglés par la Providence, se perdirent en route et ne surent le rattraper. Dans les années qui suivirent, d'autres moines voleurs enlevèrent les reliques de plusieurs saints de la même basilique, ne laissant aux Agenais que leurs pruneaux. Un orfèvre anonyme enferma celles de sainte Foy dans la statue que l'on révère actuellement.

Désireuse de récompenser ses ravisseurs, la sainte multiplia aussitôt ses miracles, tous dûment attestés sur parchemin. Elle ressuscita un mulet mort de fatigue en transportant son cavalier vers Conques. A l'évêque de Cahors, elle subtilisa deux colombes d'or qui lui pendaient au menton. Elle dépouilla plusieurs bourgeois de leurs bijoux, ordonnant qu'on en fît cadeau aux pauvres. On distingue dans ces prodiges un certain côté farce qui les a fait raconter par les chroniqueurs sous le titre *Jeux et badinages de sainte Foy*.

Nous sommes revenus à Cournon. Afin d'occuper notre maison vide, nous avons décidé de nous pourvoir d'un compagnon. A la SPA, après de longs et minutieux examens, nous avons choisi une chienne adolescente. Blanche parsemée de points noirs, elle ressemblait au double-six des dominos. Ses oreilles tombaient ; ses yeux attentifs n'avaient pas ce regard implorant des chiens abandonnés – « Gardez-moi ! Gardez-moi, s'il vous plaît ! » – mais une réserve prudente – « Je ne suis pas sûre de vouloir de vous. » Elle a accepté froidement le contact de ma main, les mots caressants de ma femme.

— C'est un colley, un berger écossais, a précisé la gardienne.

Je l'ai informée que nous ne possédions pas de brebis, que je parlais assez bien la langue anglaise, pas du tout l'écossaise.

— Vous lui apprendrez le français.

Nous l'avons emportée dans un carton à chaussures et l'avons baptisée Double-Six. Elle a changé notre vie. Il a fallu l'habituer aux moindres recoins de notre maison. Au siège arrière de la voiture. Aux rues de Cournon. A la fréquentation de nos amis. Elle a eu ses heures pour manger, pour boire, pour dormir, pour crotter, pour nous emmener en promenade. Elle a témoigné de goûts écossais difficiles à satisfaire, par exemple pour les *petticoat tails*, gâteaux à la farine d'avoine et à la mélasse. Nous avons eu pareillement de la peine à lui faire apprécier notre petit salé aux lentilles. En revanche, nous sommes très vite tombés d'accord sur l'essentiel, sur l'échange de nos affections. Elle nous léchait les mains, enfonçait son museau dans nos pantoufles. Elle m'en a dévoré deux paires. Nous n'avons plus eu besoin de sonnette, ses aboiements nous prévenaient de toute visite. Peu à peu, elle a mérité le titre de membre de la famille.

A Chauriat, nos amis Ralph et Ginette vieillissaient également. Il aimait encore sculpter la pierre de Volvic, affirmant qu'il n'y a pas de matériau plus noble et plus réjouissant pour le burin. Il en appréciait la dureté sans excès, le grain sans traîtrise. Mais après s'être fait connaître dans l'art figuratif à la manière de Rodin, il renonçait aux formes, il s'adonnait à l'abstrait, plus accommodant. Agé de quatre-vingt-cinq ans, il affirmait sans rire :

— Je fais partie de la jeune sculpture.

Souvent inachevées, ses œuvres parsemaient son jardin-atelier. S'attaquant par exemple à un bloc indéfini, chaque jour il y creusait quelque ligne, arc ou parenthèse, suivant ses inspirations de la nuit. Parfois une de ces pierres s'en allait vers une exposition parisienne, athénienne ou new-yorkaise.

Quand ses mains n'eurent plus la force de tenir le marteau, il se mit à peindre. Il s'usa encore, échangea le pinceau contre la plume, écrivit des poèmes, acharné à poursuivre la beauté, son gibier de toujours. De déchéance en déchéance, il fut enfin immobilisé sur son fauteuil, son foulard de cow-boy autour du cou. Il lui restait seulement les gestes. Ses mains modelaient dans l'air une glaise invisible. Il mourut en 1976, âgé de quatre-vingt-huit ans.

Pour nous consoler un peu de son départ, nous résolûmes, Henriette et moi, de faire une visite à Carrare où Ralph avait appris son métier de sculpteur. Il n'était pas question d'y transporter Double-Six. Albert Brun accepta de la garder. Je lui exposai le mode d'emploi.

— Bon, elle mangera la soupe comme nous. Cette bête, tu la gâtes trop.

— C'est une chienne écossaise.

— J'en ferai une chienne auvergnate.

Pressentant notre départ, elle se mit à gémir sur nos souliers. Je lui fis comprendre que dix ou douze jours d'absence seraient bien vite passés. Je promis de lui envoyer des cartes postales.

Je ne connaissais l'Italie que par l'enseignement de monsieur Burlaud-Darsile reçu à Moulins. Par le cinéma, par les on-dit. Je savais qu'en toutes choses c'est un pays binaire. Il y a la haute et la basse. La septentrionale et la méridionale. Celle qui, comme l'Ardèche, cuisine au beurre et celle qui cuisine à l'huile. La moderne et la traditionnelle. La futuriste et la rétrograde. Celle qui impose à tous les pays la mode de ses chaussures et celle qui marche pieds nus. L'intelligente et la stupide. Celle des triangles industriels et celle des quadrilatères agricoles. L'article premier de sa Constitution affirme : « L'Italie est une République fondée sur le travail »... Beaucoup d'Italiens proposent ce petit changement : « ... une République fondée sur la *combinazione* et sur la *canzonetta* ». Je me demande si la République française ne repose pas de nos jours sur cette même définition.

Nous voici en route pour Carrare. Vues au crépuscule de la plaine côtière, les Alpes apuanes ont l'air d'une chaîne de montagnes en carton-pâte dressée par un metteur en scène. Un carton rongé çà et là par les souris : on distingue les traces de leurs dents. De jour, le relief leur revient. Ce sont bien des Alpes, avec leurs cimes aiguës et d'éblouissants névés. En fait, il s'agit de marbre blanc, exploité par les carriers depuis trente siècles. Les débris s'éboulent lentement, en produisant le même craquement menu que le gros sel sous le pilon. Ils descendent en suivant de larges incisions faites dans la pâte de la montagne auxquelles on donne le nom de canaux : Canale del Rio, Canale di Ravaccione, Canale di Fantiscritti, et même Canal Grande. D'une année à l'autre, le profil de ces échancrures change à cause des détritus amoncelés. Mais la réserve du marbre est si énorme qu'on peut supposer que trois autres millénaires ne l'épuiseront pas.

A Carrare, il est partout. Non seulement les maisons en sont remplies – façades, escaliers, pavements – mais il borde les trottoirs, compose les murets des jardins, les fontaines, les églises. Autour des tailleries où on le débite à la scie en dalles, en lames, en cubes, en plaques de toutes dimensions, les routes, les arbres en sont enfarinés. Les scieurs se mouchent et crachent blanc, comme des meuniers.

— Pour comprendre notre besogne, nous dit l'un d'eux dans le nuage de poussière que soulève son burin pneumatique, allez d'abord là-haut à la source du marbre.

Nous n'avons que l'embarras du choix : quinze cents sources, quinze cents carrières. Chacune envoie ses blocs informes ou équarris. Les quinze cents ruisseaux finissent par se réunir en un torrent de marbre qui s'écoule vers les ateliers, vers les tailleries, vers la gare, vers La Spezia, d'où il atteindra tous les coins du monde. La chose est vite racontée, mais il faut préciser les manœuvres. Confiées à des camions Fiat dont tous les organes sont renforcés, le moteur, les essieux, les pneus, les bennes, les cabines.

— Ceux-là, me précise un aubergiste parlant des camionneurs, ces mecs-là, on les recrute au *manicomio*. A l'asile de fous. Qui d'autre voudrait faire ce métier ?

Tout en haut de la montagne, au-dessus des glaciers de marbre, on distingue une petite bête noire qui avance, qui recule, qui avance encore. On se dit : c'est un scarabée. Non pas, c'est un camion Fiat conduit par un de ces dingues. Aucune carrière ne leur est inaccessible ; il y va non seulement de leur salaire, mais de leur honneur. Quand, au prix de manœuvres acrobatiques, ils ont réussi à atteindre un chantier, ils entreprennent de charger le bloc en le hissant sur deux anciens rails de chemin de fer abondamment frottés de stéarine. Quelquefois, le marbre leur échappe, glisse tout seul sur la pente, va s'écraser au pied de la montagne. Faisant souvent des victimes. En moyenne, un mort chaque mois.

A midi, les camionneurs interrompent leur travail. De leurs mains blanches et rugueuses, ils tirent de la musette le pain, le saucisson, l'omelette froide, le poivron rouge dans lequel ils mordent comme dans une pomme. Ils boivent à la régalade le vin toscan, pourpre et fort. Après un quart d'heure de sieste, tout recommence.

Les voies qui descendent des Alpes marmifères sont bordées de moraines, de rocs bruts, d'éclats de toutes les tailles abandonnés par les transporteurs, sur lesquels besognent des hommes hâves et rudes de trente à soixante-quinze ans. Ils portent le nom de *Spartani* (Spartiates) à cause de leur maigreur. Ils ont le visage incrusté de grenaille. Etincelles de marbre qui se sont logées dans les pores de la peau. Quand la pierre abandonnée est assez volumineuse, le *Spartano* en forme un cube ou un parallélépipède ; il le vendra à une scierie pour quelques sous. A moins qu'il ne le sculpte lui-même, n'en tire un bénitier, une croix, un vase, un mortier, destinés aux touristes. Le cliquetis de tous ces burins ressemble à un concert de grillons.

Par privilège exceptionnel, parce que je baragouinais l'italien, nous avons été reçus dans un atelier de sculpteurs. Nous avons assisté aux métamorphoses du marbre. Le maestro mesure des yeux les blocs qu'on lui a livrés. Il décide : « Toi, tu seras mon christ 421... Toi, ma Vierge 71... Toi, mon ange Gabriel 203... » Ces images sont gravées dans sa mémoire, aussi précises que les traits de ses enfants. Vient ensuite le travail de trois artisans : le modeleur, le sculpteur, l'ornemaniste. Le premier dégrossit la pierre au ciseau traditionnel et au marteau. Bientôt, sous les formes vagues de l'ébauche, on devine la figure de l'ange, de la Vierge ou du christ, comme enveloppée d'un sac. Elle passe alors aux mains du sculpteur qui, à l'aide du burin pneumatique, lui donnera ses formes définitives. Il protège ses propres cheveux d'un calot de papier journal où l'on peut lire : *Grève dans les chemins de fer...* Le grignotement du burin rappelle la roulette du dentiste. L'ornemaniste ajoute les broderies, les franges, les boutonnières indispensables. Pour cette besogne minutieuse, il emploie toute la série des ciseaux, poinçons, ognettes, vrais scalpels de chirurgien. De temps en temps, il souffle au visage de la Vierge 71 pour enlever la poussière ; et la Vierge le poudre en retour.

Les murs de l'atelier sont tapissés de moulages, de dessins, de photographies. Et en bonne place, inévitable, une œuvre de Michel-Ange.

— C'est notre maître à tous. Non pas que nous cherchions à l'égaler. Personne ne l'égalera jamais jusqu'à la fin des siècles. Mais il est là, il nous encourage à bien faire.

C'est ici que notre ami Ralph Stackpole est venu apprendre son art. C'est ici qu'il a conçu les traits de son *Pioneer*.

Le maestro a étudié six ans à l'Académie des beaux-arts ; mais il s'est spécialisé dans la production des articles funéraires. Ses anges pleurent sur les tombes d'enfants. Ses Vierge, ses christs, les mains ouvertes, promettent des consolations éternelles.

— En somme, dis-je, vous vivez de la mort. C'est elle qui vous nourrit.

— Nous ne sommes pas les seuls. Pensez aux fabricants de cercueils, aux notaires, aux assureurs, aux prêtres, aux fossoyeurs.

— Combien avez-vous fait de christs cette année ?

— Des centaines.

— Croyez-vous, au moins, au Christ, à la Vierge, aux anges, aux modèles de vos sculptures ?

— Il faut bien que j'y croie puisqu'ils me payent. Aux modèles enseignés par les curés, non. Je suis communiste. Mais je crois au travail qu'on me fait faire. Voilà ma religion. Si au lieu de christs, de Vierges, mes clients avaient coutume de mettre sur leurs tombes des pastèques, je sculpterais des pastèques.

Je me tais. Entre eux, les trois artisans ne parlent guère. Dans le travail du marbre, il n'est pas bon d'ouvrir la bouche plus que nécessaire. Certains ouvriers âgés souffrent de silicose. On ne nous invite pas à rester davantage. Je repars en pensant à l'homme qui vend du Christ et qui ne croit pas en Dieu. Nous redescendons à pied jusqu'à la gare, par la route poussiéreuse. Comme promis, j'envoie à Double-Six une carte postale.

Je n'ai pas grand-chose à écrire de notre retour. Sauf qu'entre Livourne et Gênes, le train tomba en panne pour une raison inconnue. Les voyageurs ne savent jamais pourquoi leur train tombe en panne. Cela me donna l'occasion de vivre l'apologue du bon Samaritain. Ennuyé de cette interminable attente, je me levai, laissant Henriette dans son compartiment, je marchai dans le couloir jusqu'à son extrémité où je trouvai un groupe d'autres voyageurs réunis pour dire du mal de la République en général, des FFSS[1] en particulier. Par curiosité, par sympathie, je me mêlai à eux. Plusieurs allaient en France chercher du travail. Ils m'interrogèrent sur les us et coutumes de mon pays. Avons-nous l'habitude de manger des pâtes ? De boire du vin ? Combien gagne par jour un ouvrier maçon ? Je dus narrer en quelles circonstances j'avais perdu un bras. L'un d'eux voulut savoir si la France, comme elle le prétendait, était vraiment une sœur latine de

---

1. Ferrovie dello Stato : Chemins de fer de l'Etat.

l'Italie. J'expliquai que nos deux langues sont filles du latin ; que les lois romaines ont inspiré le Code civil de Napoléon ; mais que le fond de nos races était différent : latin et grec en Italie, celte et germain en France. J'en étais à cette précision, appuyé à la portière du wagon toujours immobile, lorsque tout à coup cette portière s'ouvrit derrière moi, quelqu'un voulait entrer. Le souffle coupé, je serais tombé à la renverse sur la voie, me brisant les reins, si trente mains ne m'avaient agrippé en même temps par les épaules, par mon bras, par ma ceinture. Vingt ans après, je suis encore ému au souvenir de cet élan, de cette unanime solidarité humaine.

« Allez donc, dit Jésus, et faites de même. »

15

A Cournon, nous avons retrouvé Double-Six. Elle nous a sauté au cou, nous a léchés comme du sucre. Je craignais qu'elle ne nous boudât pour l'avoir abandonnée une semaine ; mais les chiens n'ont pas de rancune. Nous avons retrouvé aussi nos deux fils. Pas notre fille, en exil dans l'Ille-et-Vilaine. *Ecrivez-moi quand vous voudrez. Mais ne venez pas me voir avant six mois. Il faut que je digère notre séparation, avec l'aide de Dieu. Ne venez pas perturber cette digestion.*

Notre jardin, au bord de l'Allier, mourait de soif et d'abandon. J'arrosai les plants de tomates, je cueillis les haricots encore verts, j'arrachai les secs dont je fis des bottes. Je remuai au bigot la terre libérée et je semai des raves. L'après-midi, coiffés de grands chapeaux de paille, nous nous promenâmes le long du fleuve-rivière. Ses rives montraient par endroits une couche de galets épaisse de deux mètres qui s'étendait fort loin du lit actuel. J'en déduisis que l'Allier, dans les lointains géologiques, avait été aussi large que l'Amazone. Les crocodiles s'y baignaient, on en a retrouvé des dents dans les sablières.

J'imaginais également les gabarres et les sapinières qui descendaient ses flots aux siècles derniers, leurs équipages d'hommes rudes, un peu barbares, brûlés par le soleil, que les terriens appelaient des « couillons rouges ». Ils chantaient ensemble dans leur patois :

Avem fouè una nau to le lon de noutro aigo.
La dama de Molin vendron po nou pimà,
Manco ma lo djento Audo, son paire ne vo pa[1]...

En période d'étiage, la navigation s'arrêtait, les bateliers s'employaient dans les chantiers ou redevenaient culs-terreux.

De nos vagabondages, nous rapportions des bouquets de centaurées ou de renoncules pour fleurir notre maison.

Emilie nous informa qu'après avoir été postulante et novice, devenue sœur Marie-Pauline, elle allait prononcer sa profession temporaire qui l'engagerait pour deux ans, avant de prononcer sa profession perpétuelle. Elle nous invitait à la cérémonie. *En attendant, je prie Dieu chaque jour qu'Il vous bénisse.*

Par des chemins sinueux, l'Aronde nous transporta jusqu'à La Tour-Saint-Joseph. Village appartenant à la commune de Saint-Pern, à vingt-huit kilomètres de Rennes. Avec une joie douloureuse, nous avons

---

1. Nous avons fait une nef tout le long de notre eau. / Les dames de Moulins viendront nous regarder, / Excepté la belle Aude, son père ne veut pas.

retrouvé notre fille en vêtements de nonne. Après nos embrassades et nos larmes, nous nous sommes longuement entretenus.

— Tu vas donc prononcer trois sortes de vœux ?

— Quatre sortes : d'obéissance, de pauvreté, de chasteté, d'hospitalité.

— Selon toi, selon les témoignages que tu as pu recueillir, quel est le plus difficile à supporter ?

— Quand on est jeune, le vœu de chasteté. Moins parce qu'il nous éloigne de l'amour profane que parce qu'il nous prive de maternité. Le vœu d'hospitalité vient après, il nous oblige à soigner des personnes âgées, malades, à assurer leur propreté corporelle. Au troisième rang, je place le vœu d'obéissance qui suscite bien des conflits entre les petites sœurs et celle qui les commande. Le plus léger est certainement le quatrième qui nous interdit d'avoir un sou en notre possession. Si je dois changer de chaussures, il me faut demander l'argent nécessaire à notre mère supérieure. Nous sommes un ordre mendiant : à tour de rôle, nous allons frapper aux portes pour implorer la charité, en pain, en vêtements, en bois pour notre chauffage. Certaines petites sœurs s'accompagnent d'un âne pour le transport des bûches. Pas toujours bien reçues. On nous enseigne qu'un jour, irrité par l'insistance de Jeanne Jugan à demander, un particulier lui envoya une gifle. Elle répondit : « Merci, ça, c'est pour moi. Maintenant, donnez-moi quelque chose pour mes pauvres, s'il vous plaît. » Vous le voyez, notre vœu de pauvreté est tout bénéfice.

Elle accompagna sa réponse d'un sourire rayonnant. Je restai longtemps silencieux et méditatif. Pour finir notre entretien sur une dernière question :

— Sais-tu ce que je regrette le plus dans ta tenue de petite sœur ?... Tes cheveux blonds, ta jolie queue-de-cheval que je me plaisais tant à tirer.

Que fit-elle ? Elle releva le pan du voile qui lui tombait dans le dos. Et je découvris qu'elle avait gardé sa queue-de-cheval, seulement raccourcie, dissimulée. Je faillis verser une larme.

Nous sommes restés, Henriette et moi, quatre jours dans la maison mère. Hébergés dans deux cellules séparées. Partageant les offices religieux et les repas des sœurs. Demoiselles de toutes origines et nationalités, blanches, grises, rouges, noires. Le dernier jour, un dimanche, nous avons assisté dans la chapelle à la profession temporaire de sœur Marie-Pauline, entourée de toutes ses collègues, un cierge à la main. Agenouillée devant la mère générale, elle a lu d'une voix forte les termes de son engagement : « En présence de la Sainte Trinité et de Marie immaculée, moi, sœur Marie-Pauline, je fais profession des Conseils évangéliques et promets à Dieu d'observer fidèlement les vœux de chasteté, de pauvreté, d'obéissance et d'hospitalité pour deux ans... »

Le lendemain, avant notre départ, ma femme a demandé à sa fille :

— Quand reviendras-tu nous voir à Cournon ?

— On nous accorde un congé de quinze jours tous les trois ans.

— Es-tu heureuse ? Ne regrettes-tu rien ?

— Je suis dans une joie parfaite.

Les choses se sont déroulées selon les règles congrégatives. Deux ans plus tard, sœur Marie-Pauline a célébré sa profession perpétuelle. Bénie par l'archevêque de Rennes qui a prononcé des paroles admirables :

— Il ne suffit pas de dire oui un jour. Ni même une année durant, ni même dix ou vingt. Il faut le dire toute une vie, jusqu'au bout et malgré tout. Jour après jour. Les jours de brouillard comme les jours ensoleillés, dans la maladie comme en pleine santé…

L'été suivant, elle est revenue à Cournon passer près de nous la quinzaine autorisée. Dominique et Vincent, d'abord fort impressionnés par le vêtement de leur sœur, l'ont ensuite serrée sur leur cœur. Vincent a même osé lancer un calembour :

— Voilà donc notre sœur Quiquête !

— J'ai entendu cent fois cette blague, a-t-elle répliqué.

Elle a revisité le rez-de-chaussée, les deux étages et le grenier de notre résidence. Sans manifester d'émotion. Si elle en éprouvait, elle la cachait bien. Elle est tombée sur un petit livre qui avait amusé son enfance : *La Marguerite et le Coquelicot*. Le second était amoureux de la première. Il ne pouvait la quitter des yeux, à tel point que parfois il en perdait l'équilibre. Profitant des caprices du vent, il se penchait à l'improviste sur son épaule, il lui frôlait la joue. Mais la blanche demoiselle, raciste comme il n'est pas imaginable, refusait ces avances :

— Vous devriez rougir de me zieuter ainsi !

De rouge, il en devenait cramoisi. Elle était d'ailleurs opposée au mariage, surtout au mariage mixte, et entendait préserver éternellement sa blancheur et sa pureté. L'été passa, décembre vint, avec ses brumes et ses neiges. Chacune des deux fleurs perdit ses ornements, se réduisit à un minuscule bouton noir.

Constatant ce qui leur restait, la marguerite comprit que toutes les fleurs appartiennent à une seule et même race. « Jusqu'à l'âge de treize ou quatorze ans, se dit sœur Marie-Pauline, moi aussi j'étais raciste. Je n'aimais pas les Espingouins. Cette fable m'a fait comprendre que, dépouillés de leur couverture d'étoffe et d'épiderme, tous les hommes sont frères. Tous fils de Dieu. »

Elle s'est promenée dans Cournon qu'elle a trouvé agrandi et transformé. Dans son costume de sœur Quiquète, personne ne la reconnaissait, mais chacun la dévisageait, elle était une curiosité. Lasse de ces regards importuns, elle a fini par renoncer à sortir. Par rester en notre seule compagnie mélancolique. Pas très heureuse elle non plus. Souffrant de se sentir peu utile dans la maison. Les quinze jours ont été un peu longs à passer. Vincent avait regagné sa Sup de co. Dominique son ménage homosexuel. Henriette et moi avons retrouvé notre solitude à deux.

Heureusement, nous restait le secours de Double-Six. Elle nous léchait les mains, nous regardait de ses yeux débordants d'amour. Je l'emmenais en promenade, sachant que les animaux de compagnie ont besoin de faire un peu de sport. Nous rencontrions parfois Albert Brun, qu'elle reconnaissait, qu'elle saluait d'un aboi joyeux.

— Alors, monsieur Brun, toujours en forme ? demandait ma femme.

— Il y a forme et forme, répondait-il, les mains sur le ventre. Autrefois, j'avais la forme haricot vert. A présent, j'ai tendance à prendre la forme potiron.

— Vous exagérez. A peine la forme courgette.

La chienne nous interrompait, tirant sur sa laisse. L'ennui était que deux fois par an elle avait ses chaleurs. Une horde de prétendants accouraient lui renifler le derrière. Je ne pouvais les chasser à coups de canne, ma seule main retenant la laisse. Je ne disposais que de mes pieds. Albert Brun me suggéra la castration. J'étais contre. Mutilé moi-même, je détestais toutes les mutilations.

Je cherchai, comme disent les jansénistes, une « occupation tumultuaire ». Un divertissement à notre ennui. Et je trouvai la peinture. Avant d'acheter des pinceaux, je consultai des volumes illustrés qui me présentèrent les tendances dont on parlait. J'essayai de comprendre ce que signifient dadaïsme, suprématisme, futurisme, cubisme, surréalisme, fauvisme, impressionnisme. Je m'intéressai particulièrement au pointillisme, l'école qui me semblait la plus accessible à mon incapacité. Conséquence des études de Chevreul sur le contraste simultané des couleurs. Le peintre pointilliste pose sur sa toile des taches de couleurs pures. C'est de leur juxtaposition que doit résulter le « ton local et le jeu des valeurs, dans une atmosphère de vibration lumineuse partout égale ». J'admirai les arbres blancs et verts de Gustav Klimt ; les roses d'Edouard Vuillard ; les nus de Seurat ; les campagnes de Van de Velde. Je constatai qu'un autre Van, Vincent Van Gogh, employait souvent la même technique, sauf que les points sont chez lui remplacés par des tirets ou des parenthèses. J'eus la présomption de croire que des effets comparables étaient à ma portée. M'étant procuré des palettes, des pinceaux, un pincelier, je commençai mon apprentissage sur papier Canson. Puis sur carton. Puis sur bois. Enfin sur toile, Henriette couvrait chacun de mes essais de compliments excessifs. J'achetai un chevalet et me mis à peindre en plein air : des maisons, des églises, des paysages, des eaux courantes. Retenue à un arbre, Double-Six prenait patience en happant des papillons comme font tous les chiens écossais. Parfois, des passants s'arrêtaient pour me regarder. J'entendais dans mon dos de petits rires, des réflexions désobligeantes. Le principal mérite qu'on me reconnaissait était que je fusse en mesure de peindre avec ma seule main gauche. Alors que j'avais eu tant de peine à lui enseigner la simple écriture scolaire, elle se montrait moins rebelle à la peinture. Il faut dire que rien n'est plus facile à déposer qu'un point de couleur. Une mouche peut s'en charger.

Il m'arrivait de peindre aussi de chic, sans modèle, des paysages imaginaires ou des souvenirs : les falaises de Douvres, les plages de Carthage, les *Spartani* de Carrare. Je peignis même le Fuji-Yama au soleil levant, que je n'avais jamais vu.

Bientôt, tous les murs de notre résidence furent tapissés de mes œuvres. J'en distribuai à mes amis et connaissances, mais personne ne me proposait de les acheter. Or l'artiste a besoin de vendre ce qu'il produit de sa plume ou de son pinceau ; faute de quoi, il se persuade que cela ne vaut rien, il finit par renoncer. Henriette me suggéra de participer à une exposition collective qui se tenait chaque printemps dans un bourg voisin portant le joli nom de Mirefleurs. Entouré d'antiques murailles dont on distinguait de loin la courbure. Une certaine tour prétendait y avoir reçu la visite de Blaise Pascal, invité par son ami Jean Domat[1]. Celui-ci possédait une maison entourée de vignes et de vergers, avec ladite tour d'où l'on a vue sur la Limagne et ses coteaux. Il orna les parois de ce réduit de graffitis à la mine de plomb. On y peut reconnaître le profil de l'auteur des *Provinciales*.

Mes toiles pointillées étonnèrent les Mirefloriens. A mon grand bonheur, il s'en vendit trois. Un cerisier couvert de fleurs blanches comme un bouquet de mariée. Des poissons en conversation dans un vase. Une baigneuse vue de dos dont les formes évoquaient un violoncelle. Les prix ? Je n'en ai aucun souvenir. La chose essentielle est qu'ils m'avaient été payés en monnaie sonnante et trébuchante. Preuve qu'ils valaient quelque chose. Lorsque Van Gogh se suicida, il devait penser que ses toiles ne valaient rien. Exposées dans un restaurant de Paris, *Le Tambourin*, elles furent ficelées par paquets de dix. Quand *Le Tambourin* fit faillite, elles se trouvèrent proposées par le commissaire-priseur à un franc le paquet.

Bonne nouvelle en 1978 : notre fils Vincent, sorti de sa Sup de co, puis établi à Toulouse dans une importante succursale bancaire, avait trouvé une âme sœur prénommée Alphonsine et préparatrice en pharmacie. Il nous annonça leur visite le 12 juillet si nous voulions bien les recevoir. J'allai les prendre en

---

1. Magistrat né à Clermont deux ans après Pascal. Son œuvre maîtresse, *Les Lois civiles dans leur ordre naturel*, prépara la rédaction du Code civil napoléonien.

voiture à la gare de Clermont. Alphonsine était une demoiselle charmante, un peu espagnole, foncée de peau, noire de cheveux, tout sourire, toute musique par son accent et les ruissellements de son rire. Entichés l'un et l'autre de sports d'hiver, ils avaient fait connaissance sur un champ de ski pyrénéen. Ils parlèrent de fiançailles, nous invitèrent à leurs prochaines noces. Après le repas du soir, l'organisation du coucher produisit un moment d'embarras. Henriette avait préparé deux lits séparés. Ils n'en voulurent qu'un seul.

— Mais comment ! s'écria ma femme. Vous n'êtes pas mariés !

— Oh ! maman ! Nous vivons ensemble depuis six mois. Mariés, nous le serons bientôt.

— Ton père et moi n'avons pas procédé ainsi.

Sans doute souffrait-elle de trous de mémoire. Je dus lui rappeler Gannat, en tout bien tout honneur. Elle accepta leur concubinage qui offrait l'avantage de ne salir qu'une paire de draps.

Trois jours plus tard, effectivement, nous prîmes le train en sens inverse pour nous rendre à Toulouse. Une grande ville que je ne connaissais pas, établie sur une courbe de la Garonne. Fière de ses maisons roses, de ses ténors, de ses violettes, de son cassoulet. Morceaux d'oie conservés dans la graisse, si doux qu'on leur donne le nom de « demoiselles ». La truffe, farouche fille souterraine, n'accorde ses faveurs qu'enrobée de pâte et cuite sous la cendre.

Nous avons admiré, naturellement, au milieu d'une place ovale et arborée, la basilique Saint-Sernin et son clocher à cinq étages. Les soixante fenêtres de la façade du Capitole où Jean Calas fut condamné au bûcher contre toute justice en 1762. Le jardin des plantes et son Grand Rond, les ponts sur la Garonne, le canal du Midi qui fait aujourd'hui le bonheur des pêcheurs à la ligne. A quelque distance, les usines où l'on venait de construire un immense oiseau, le Concorde, plus rapide que l'aigle et que le faucon.

A propos de faucon, les Toulousains ont l'habitude de s'interpeller par la seconde syllabe de cet oiseau. Ce qui n'empêche pas le respect ni l'amitié, car cette syllabe a la valeur d'un simple signe de ponctuation :

— Oh con ! Qui t'a dit que j'étais par ici, con ?

— Mais con, crois-tu donc que ma mère, con, m'a mis des boutons de manchette à la place des yeux ?

— Tout compte fait, con, je suis bien heureux de te rencontrer. Ça va me permettre de te réclamer l'argent que tu me dois, con !

J'aurais aimé – mais je n'ai pas eu ce privilège – surprendre un dialogue entre une personne d'importance, par exemple l'évêque, et un Toulousain ordinaire. Je l'imagine de telle sorte :

— Monseigneur, con, j'ai un fils qui souhaiterait devenir prêtre, con. Et je me demande, monseigneur, les démarches qu'il doit pratiquer, con.

Les habitants passent leurs loisirs à jouer au loto dans les cafés. Les vainqueurs gagnent des saucissons, des jambons, des pots de miel suspendus aux plafonds. D'autres jouent à la pétanque sous les platanes jusqu'au crépuscule. En fait, le rugby est leur véritable religion. J'ai pu me procurer le texte de leurs commandements :

Aux tiens la balle passeras
En arrière exclusivement.

*Dans la mêlée tu pousseras
Comme le bœuf ou l'éléphant.*

*Puis le ballon expulseras
En direction de l'autre camp.*

*L'adversaire tu cogneras,
Et l'arbitre pareillement.*

*Du poing, du pied tu frapperas
Pour leur saper le fondement.*

*Au croc-en-jambe recourras,
Mais toujours subrepticement.*

*L'injure point n'épargneras :
Hil de pute ! Pédé ! Boumian !*

*De confit tu te nourriras,
De cassoulet également.*

*Ton président honoreras
Afin qu'il subvienne aux dépens.*

Le mariage de Vincent et d'Alphonsine eut lieu dans Saint-Aubin, une petite église proche du Canal. Nous avons dansé et chanté en chœur. Nous sommes revenus émerveillés de l'accueil reçu. Persuadés que le jeune couple connaîtrait un bonheur ineffable et qu'il nous donnerait de nombreux petits-enfants.

Nous ne pouvions savoir...

Cette même année 1979, mauvaise nouvelle : après lui avoir survécu six ans, Ginette Stackpole a rejoint son mari Ralph. Aux obsèques religieuses de cette peu croyante, le curé de Chauriat a réuni la pensée de leurs deux âmes pour les recommander ensemble à leur Créateur :

— Lui était protestant. Elle catholique de temps en temps. Mais ils ont toujours vécu si près de la Beauté qu'ils ne pouvaient, sans peut-être le savoir, être bien loin de Dieu.

Né dans l'Oregon, Ralph a sans doute eu la surprise d'être reçu Là-Haut par un chœur d'anciens imagiers montés de Volvic, en sabots cerclés de fer sous la longue chemise de nuit dont sont vêtues les âmes éternelles. Ils l'ont conduit sur leur chantier, disant dans leur langage ni anglais ni français, mais langage angélique :

— Nous t'attendions, petit frère, pour mener plus avant notre ouvrage.

— A quoi travaillez-vous en ce moment ?

— A parfaire les portes du paradis.

SECONDE PARTIE

1

J'ai pensé arrêter là le récit que je me fais à moi-même de mes jours passés. Mais comme je sais qu'en vieillissant, la mémoire perd le souvenir des événements récents, ne se rappelle plus que ceux d'autrefois, en les brouillant quelque peu, je dois mener jusqu'au bout mon entreprise de sauvegarde. Je remets donc en marche ma plume chasseresse, à la poursuite du temps. Elle va coucher sur la paille des nèfles étonnantes.

De temps en temps, Albert Brun nous rendait visite avec un petit panier de champignons inoffensifs. Un jour, il vint en compagnie de son dernier descendant, un adorable blondinet de six ans aux yeux vifs, qui se présenta lui-même :

— Je m'appelle Théophile Brun. Mais c'est trop long. J'aime mieux qu'on me dise Théo.

— Ça me permet, ajouta le vigneron, de lui commander : « Théo, file dans ta chambre ! »

Ce gamin était déjà un bon dessinateur. Il s'intéressa tout de suite à mes ponctuations, voulut me voir à l'œuvre, chercha à m'imiter. En toute modestie, je lui révélai quelques secrets de mon art. Il barbouilla maintes feuilles de papier Canson. Henriette le récompensa, en le bourrant de chocolat aux noisettes, je les entendais craqueter sous ses vingt-huit dents. Il nous remercia en nous chantant une chanson patoise que lui avait apprise sa grand-mère. Je n'en compris que quelques mots parce que sa *Grande* était d'Aurillac et que les Cantaliens appellent le dimanche *dimmergue*, tandis que les Cournonnais prononcent *djiminche*.

— J'aime les langues, me confia Théo. Quand je serai grand, j'apprendrai le portugais.

— Pourquoi le portugais ?

— Parce que j'ai un copain portugais. Il s'appelle Antonio.

— Tous les Portugais s'appellent Antonio. Excepté ceux qui s'appellent Pedro.

— C'est facile.

— Oui, c'est facile.

Théo prit l'habitude de venir seul apprendre le pointillisme, il n'avait que la rue à traverser. Il n'arrivait jamais les mains vides, ce qui, en Auvergne, serait une incongruité. Il apportait un chou, une salade, une fleur, un dessin, un timbre-poste du Portugal. En termes choisis, il suggérait sa récompense, bien que ses parents lui eussent interdit de demander :

— Moi, je demande pas. Mais j'aime bien le chocolat aux noisettes.

Ma femme comprenait la musique et ne manquait pas de lui donner satisfaction. Une seule fois, elle en fut empêchée :

— Il ne m'en reste plus. J'ai oublié d'en prendre au Casino.

Et lui de s'indigner :

— Mais à quoi tu penses ! A quoi tu penses !

— Demain, je réparerai ça, promit Henriette.

Un mercredi, au lieu du chocolat Toblerone, il reçut un esquimau chocolaté. Ce qui me donna l'occasion de lui expliquer le sens de cette marque, de lui servir un petit cours sur les Esquimaux :

— Ils habitent le Labrador, au nord du Canada. Vêtus de peaux d'ours ou de renne, ils dorment dans des huttes de neige appelées igloos. Ils se déplacent sur des traîneaux tirés par des chiens.

Très attentif, il me posa cette question surprenante :

— Est-ce qu'ils ont chaud quelquefois ?

— Sans doute. Rarement. Un peu en été.

— Ils ont de la chance. Lorsqu'ils ont chaud, ils peuvent se lécher entre eux pour se rafraîchir. J'aimerais bien vivre chez eux.

— Tu pourras y aller quand tu seras grand.

— Est-ce que je pourrai y emmener ma fiancée ?

— Pourquoi pas ? Comment s'appelle-t-elle ?

— J'en ai deux : Jessica et Francine.

— Tu ne pourras pas en épouser deux, chez nous c'est interdit.

— J'ai pas encore fait mon choix.

— Rien ne presse. Prends le temps de réfléchir. Tu m'inviteras à ton mariage ?

— Sûrement pas.

— Pourquoi donc ?

— Parce que tu seras mort. Quel âge as-tu ?

— J'aurai soixante-quinze ans aux prochaines violettes.

— Fais le calcul. Si je me marie dans vingt ans, tu en auras quatre-vingt-quinze. Tu seras sûrement mort. Mon grand-père est mort à quatre-vingts, ma grand-mère à soixante-dix-huit.

— C'est possible, mais pas certain.

— Ou alors, tu seras tellement vieux que tu marcheras à quatre pattes. D'ailleurs, je vois bien que tu n'en as pas pour longtemps. Tu tousses comme une otarie.

— Tu as vu des otaries ?

— Oui, à Clermont, au jardin Lecoq. Mais ça ne fait rien, c'est pas grave que tu meures. Tu iras au paradis, c'est plein d'oiseaux et de fleurs.

— Ce qui n'est pas grave, c'est ma toux. J'ai un chat dans la gorge.

— Montre-moi ton chat. Ouvre la bouche... Menteur ! Y a pas de chat !

— Ça veut dire que j'ai un chatouillement au fond de la gorge, comme si j'y avais un chat. Quand on est vieux, on a la gorge fragile.

— Puisque tu es vieux, je veux te demander une chose.

— Je t'écoute.

— Est-ce que tu as connu les dinosaures ?

— Je ne suis pas vieux à ce point.

— Et les diplodocus ?

— Non plus.

— Dommage.

Nous nous sommes remis à pointiller, lui les coudes sur la table, moi devant mon chevalet. Après une heure d'application, il a relevé le nez :

— Quand tu seras mort, tu pourrais me donner ton chevalet. Ça te priverait pas. Je vais pas peindre toute ma vie penché sur une table. Les vrais peintres peignent debout.

— D'accord, je te le laisserai en héritage.

Afin de me remercier par anticipation, il me fit cadeau d'un de ses dessins, son préféré. Il était censé me représenter. J'y reconnus mes lunettes et ma moustache. Je lui dis qu'il devait signer. Il écrivit *THEO* en lettres majuscules.

— Tu t'appelles comme le frère de Van Gogh.
— Qui est-ce ?
— Un peintre célèbre.

Je ne me doutais pas que j'allais avoir prochainement avec Van Gogh une étrange parenté.

Un matin, comme je me réveillais, couché sur le flanc droit, la joue enfoncée dans l'oreiller, je vis notre chambre, à peine éclairée par la première lueur de l'aube, tourner autour de moi, entraînée par une force surnaturelle. En même temps, je sentis que je tombais dans un abîme sans fond. Ma première pensée fut que j'étais en train de mourir. Je fermai les yeux, le tourbillonnement s'arrêta. Je les rouvris, il reprit, je m'agrippai au matelas pour ralentir ma chute. Je me levai, m'assis au bord du lit. Ma femme continuait son sommeil. J'entrepris une marche chancelante, me posant cette question : « Qu'est-ce qui m'arrive ? »

Dans la cuisine, je mangeai mes trois tartines habituelles. Je me définis mon malaise : vertige. Mon *Larousse*, consulté, m'informa qu'il existe dix sortes de vertiges : gastrique, circulatoire, anémique, auriculaire, visuel, nerveux, épileptique, neurasthénique, parasitaire, voltaïque. Je n'avais que l'embarras du choix. Voulant vérifier s'il persistait, je m'allongeai sur le canapé, couché sur le côté droit ; aussitôt, le salon se prit à tourbillonner ; et moi de m'agripper à l'accoudoir pour ne pas tomber dans l'abîme.

Mon médecin généraliste vérifia ma tension artérielle, la trouva normale, me prescrivit des comprimés antivertigineux. Ceux-ci ne me produisirent pas plus d'effet, selon une expression auvergnate, que le coucou aux canes. Une amie bien informée me conseilla d'aller voir un oto-rhino. Il me fit un cours fort détaillé sur l'oreille interne, son limaçon, ses cavités remplies de liqueurs nommées endolymphe et périlymphe. Elles doivent circuler d'une cavité à l'autre. Il arrive qu'elles se trompent de parcours, ce qui occasionne les vertiges auriculaires. Le traitement consiste, par manipulation, à faire revenir les liquides dans leurs bons circuits. Dans ce but, il me fit asseoir sur une table d'examen, me renversa brusquement sur le côté droit. Ma tête heurta une tablette capitonnée.

— Restez un moment dans cette position.

O miracle ! Le cabinet de l'ORL ne se mit point à tourbillonner.

— Vous avez, docteur, des mains magiques !

— Si les vertiges reviennent, vous pouvez procéder vous-même à cette opération : cognez-vous le côté droit de la tête contre un obstacle capitonné, par exemple le plat d'une chaise. Si cela persiste, allez vous confier à un kinésithérapeute spécialisé.

Je repartis le cœur léger. Pas pour longtemps, les vertiges revinrent. Dès que je les percevais, je me cognais la tête contre le plat d'un siège. Ce qui m'obligeait, quand je sortais de mon domicile, à emporter une chaise sur mon dos. On me prenait pour un rempailleur.

Il est dur de passer pour ce que l'on n'est pas. Cela devenait insupportable. Je pris rendez-vous chez un kiné spécialiste des vertiges auriculaires. J'en trouvai un à Clermont, près du cimetière Saint-Jacques. Lui aussi me fit coucher sur une table. Côté droit, côté gauche. Il lisait dans mes yeux l'effet de ces manœuvres. Puis il sortit d'un placard un objet bizarre que je pris pour une sculpture moderne. C'était une représentation grossie de l'oreille interne. Lui aussi m'en exposa par le détail le fonctionnement. Je fis semblant de comprendre.

— Revenez demain. On procédera à la manipulation.

— Vous pensez me débarrasser de cette horreur ?

— Peut-être faudra-t-il deux ou trois séances.

Le lendemain, comme je patientais dans la salle d'attente, je lus un placard collé au mur : *Une erreur mortelle de diagnostic*. Il présentait le cas de Vincent Van Gogh. Atteint de vertiges épouvantables, il se mutila d'abord une oreille, croyant qu'elle en était la cause. Les médecins parlèrent d'épilepsie, puis carrément de folie. Vincent se fit lui-même interner à l'asile Saint-Rémy. Il n'en résulta aucune amélioration. Il ne trouvait un peu de soulagement que lorsqu'il peignait. Il vendit quelques toiles pour des sommes dérisoires. A Auvers, le docteur Gachet ne sut pas davantage la cause ni le remède de son mal. Erreur de diagnostic. Ne pouvant plus le supporter, Vincent se brûla la cervelle. Sa mort passa inaperçue. Dans les années qui suivirent, les marchands de tableaux ne se précipitèrent point pour acheter les siens. Erreur de pronostic.

Pour moi, j'ai été guéri en cinq minutes par mon kiné. Il m'a fait coucher sur le côté droit, puis sur le gauche. Pas de seconde séance. Je ne me suis plus promené dans les rues de Cournon avec une chaise sur mon dos.

Invité par Théo, j'ai pu de nouveau participer aux vendanges sans retenue. Ce sont des fêtes plus que des corvées. Hommes, femmes, enfants cueillent le raisin dans des paniers, qu'ils vident dans la *berte*, la hotte d'osier à fond de bois. Le *bertier* la vide à son tour dans les *bacholles* alignées sur le char. On éparpille dessus quelques miettes de pain propitiatoires. Toute la récolte s'en va finir dans la cuve. La nourriture prise en plein air au milieu des plaisanteries et des rires a la saveur des dons de Dieu. Le sang noir du gamay colore les lèvres des demoiselles. On entend « les cris aigus des filles chatouillées ». Dans le cuvage, le foulage est une affaire d'hommes. Hors la présence des femmes, deux ou trois gaillards tout nus entrent dans la cuve pour piétiner la vendange. S'ils ont précédemment oublié de se laver le corps, le jus des grappes les ablue.

Après cela, naturellement, vient la grande mangeaille. Récompense des corps et délices de l'esprit. Car on chante en chœur l'hymne des vignerons :

> *Si le vin met en colère,*
> *S'il rend l'homme écervelé,*
> *S'il sort de son caractère,*
> *C'est qu'il n'en boit pas assez.*
> *En perd-il la droite ligne ?*
> *C'est pas le vin qui a tort.*

*Cela provient de la vigne
Qui est faite de bois tors.*

REFRAIN

*Amis, levons donc nos verres.
Respectons la prescription :
Foutons-nous la gueule en l'air,
Mais avec modération.*

2

Henriette et moi vieillissions côte à côte pareils à un couple sans enfants ni petits-enfants, les nôtres étant presque inaccessibles ou pas encore nés. Théo faisait de son mieux pour charmer notre solitude ; mais il avait l'école à suivre, les copains à fréquenter, les fiancées à choisir et ne pouvait nous consacrer qu'une heure ou deux par semaine. En 1990, j'eus soixante-quinze ans, ma femme soixante-dix. Membre d'un club de veuves et retraitées, elle pratiquait les mots croisés et le Scrabble. Il lui arrivait de me réveiller au milieu de la nuit pour me demander :

— Je n'arrive pas à dormir. Je cherche un mot de treize lettres avec une seule voyelle.

— Ce n'est pas du français, c'est du polonais.

Le lendemain, ayant consulté ses amies cruciverbistes, elle me révélait la solution : *abracadabrant*.

— Quand je mourrai, se promettait-elle, je connaîtrai par cœur tout le dictionnaire Robert.

— Au paradis où tu iras, les bienheureux n'ont pas besoin de mots pour se comprendre. Ils communiquent par les yeux, rien qu'en se regardant. Il vous faudra chercher d'autres amusettes.

Etant sur le chapitre de la vie et de la mort, bien qu'il n'y eût point urgence, nous avons confronté nos souhaits respectifs concernant notre résidence éternelle. Personnellement, je désirais être mis en terre comme l'avaient été mes ancêtres auvergnats et bourbonnais. Par tradition. Par humilité. J'entendais rendre à la terre les sucs que j'en avais reçus.

— Pas moi, protesta Henriette. Je veux des obsèques écologiques.

Aussi bien que des mots croisés, elle était devenue une fana de l'écologie. Elle en mettait partout, nous alimentait de fruits et légumes exclusivement écologiques, quitte à les payer plus cher. Je devais la transporter parfois très loin pour rencontrer des producteurs qui prétendaient les cultiver sans engrais chimiques, sans poudres dérivées du pétrole, arrosés à la main, cueillis après bénédiction du curé. Je lui faisais remarquer que pour acheter ces marchandises lointaines, nous consumions de l'essence. Nous aurions dû nous y rendre à pied. Rien ne l'en détournait.

— J'ai choisi d'être incinérée. *Memento pulvis es et pulverem reverteris.*

Je lui rappelai la déduction d'Alexandre Vialatte : « L'homme n'est que poussière. D'où l'importance du plumeau. »

— Il n'y a pas de quoi rire sur un sujet aussi sérieux.

— En quoi la crémation est-elle plus écologique que la mise en terre ?

— Lorsque les corps pourrissent dans les caveaux ou dans le sol, ils répandent des germes morbides. Le feu purifie tout. Les anciens Romains la pratiquaient. L'Eglise l'a longtemps interdite. Elle l'admet à présent.

Un peu honteuse, elle me confia à l'oreille une autre raison de son choix : elle craignait d'être enfermée dans un cercueil sans être morte tout à fait. On racontait à ce propos des histoires à mourir de rire. Celle du bourgeois dont l'épouse allait descendre dans le caveau. Maladroitement, les croque-morts heurtèrent la caisse contre la chape de pierre, le couvercle fut arraché, on vit la bourgeoise soulever son linceul, se dresser sur son séant et engueuler tout le monde. On la rapporte à son domicile. Elle y vit encore plusieurs années. Or voici que le médecin, une seconde fois, la proclame décédée. On lui confectionne une autre bière, on la cloue dedans, on la retransporte au cimetière. Et le mari de recommander aux porteurs : « Surtout, prenez bien garde de ne pas cogner la caisse contre la chape ! » Cette fois, la bourgeoise ne se réveilla point.

Henriette m'en dit tant qu'elle finit par me convaincre : nous serions tous les deux incinérés.

— Et nos cendres ? s'enquit-elle.

— Je vois plusieurs débouchés. On les jette dans l'Allier, elles nourrissent les poissons. Ou bien nous les répandons sur notre jardin, elles engraissent les pommes de terre. Ou encore, nous construisons au cimetière de Cournon une petite résidence. Nos amis, nos descendants viendront de loin en loin se recueillir devant, verser peut-être une larme. Nul n'est totalement décédé tant qu'un vivant se souvient de lui.

La municipalité cournonnaise voulut bien nous céder au cimetière de la Motte un lopin pour l'éternité. Je dessinai les formes de notre futur placard. Un simple dossier de granit (je le préférais à la sombre pierre de Volvic parce qu'il est plus gai et ne se recouvre pas de lichen), portant cette inscription en majuscules dorées : FAMILLE SAINT-ANDRÉ-ROUCHON. Au-dessous, cinq portillons, deux pour nous, trois pour nos enfants. Devant, un parvis de dalles polies sur lesquelles nos visiteurs pourraient déposer leurs bouquets.

Nous prîmes contact avec une graniterie de Mazayes qui construisit ce monument. Lorsqu'il fut terminé et mis en place, nous l'admirions en prenant quelque distance, comme on admire les tableaux pointillistes. Et nous nous réjouissions dans nos cœurs, conscients que notre tombeau n'exigerait aucun entretien, aucune assiduité. Il ne faut pas que les morts importunent les vivants.

Restait à déterminer le déroulement de la cérémonie funéraire. Henriette n'émit aucune exigence, sauf qu'elle voulait des obsèques religieuses. Pas de problème : nous savions que le crématorium de Crouel, près de Clermont, offre une grande salle qui peut servir d'église ; qu'un prêtre vient à la demande y officier. Pour moi, qui ne crois en Dieu que par intervalles, sans m'opposer à une bénédiction, j'ai demandé qu'à un moment favorable un chœur de mes amis chante à pleins gosiers l'hymne des vignerons :

> *... Amis levons donc nos verres.*
> *Respectons la prescription :*
> *Foutons-nous la gueule en l'air*
> *Mais avec modération.*

Si possible accompagné d'un instrument de musique ancien, vielle ou cornemuse. Je me suis représenté l'assemblée pleurant de rire. Depuis que la mort existe, jamais un enterrement n'aurait été aussi joyeux.

De temps en temps, lorsque nos pas nous portaient aux environs de la Motte, je faisais à ma femme la proposition d'aller nous recueillir devant notre placard.

— Mais il est vide !

— Nous serons moins dépaysés lors de notre déménagement final.

Elle haussait les épaules. Je cueillais deux bouquets de violettes ou de pensées sauvages, selon la saison. Je les accrochais à nos portillons prédestinés. Nous restions un moment debout et silencieux, méditant sur la brièveté des choses humaines.

Une question demeurait : qui de nous deux y serait enfermé le premier ? L'idée de survivre à ma femme, de rester seul dans une maison où nous avions vécu à cinq me remplissait d'épouvante. La perspective de la laisser seule n'était pas moins horrifique. Maladroite de ses mains tel un cochon de sa queue, incapable de remplacer une ampoule électrique ! Elle devrait prendre pension dans une maison de retraités en compagnie de malheureux vieillards qui auraient oublié leur âge et leur nom ; où elle recevrait une visite, comme disent les Italiens, chaque fois que meurt un pape. Et notre résidence, que deviendrait-elle ? Aucun de nos héritiers n'aurait envie de l'habiter. Ils la bazarderaient avec son contenu, meubles, vaisselles, peintures, s'en partageraient le produit. Des inconnus s'y installeraient, chausseraient nos pantoufles oubliées.

Je fis dès lors chaque soir une prière avant de m'endormir : « Seigneur, faites que ma femme et moi mourions ensemble, d'accident ou de maladie. Ainsi soit-il. »

Mon Henriette, comme j'ai dit, était une personne craintive. Le journal local rapportait des violences de toutes sortes. Dans le monde entier, des brigades rouges, ou noires, ou vertes répandaient le sang des innocents pour faire le bonheur des peuples ou pour suivre les volontés de Dieu. Les divers éléments qui formaient la Yougoslavie se jetèrent les uns sur les autres afin de purifier la race. En Turquie, un père, un frère égorgeaient leur fille, leur sœur pour venger l'honneur familial. Des violeurs enlevaient, puis étranglaient des enfants. L'affaire du petit Grégory jeté dans une rivière mit le pays en transe. Ma femme exigea que fussent renforcées nos portes, nos fenêtres. On mit partout des barreaux, des verrous, des alarmes, en dépit de mes réserves :

— Rien n'arrête les malfaiteurs. Pas même la ligne Maginot, rappelle-toi.

Ces précautions finirent par perturber mon sommeil. La nuit, le moindre craquement me réveillait, je n'arrivais pas à me rendormir. Je demandai à mon médecin des somnifères. Il me les déconseilla :

— Leur usage prolongé est très mauvais pour les neurones. Ils les grignotent, vous arrivez à en perdre la mémoire. Lisez plutôt Marcel Proust. Son effet est immanquable. La Sécu y trouvera également son compte.

Proust est généralement considéré comme l'auteur le plus important de notre XXᵉ siècle littéraire. Je ne nie point sa dimension. Une espèce d'Himalaya que de rares alpinistes ont le courage de gravir. Chaque fois que je me plonge dans sa lecture, il m'est impossible de ne pas admirer un style aussi somptueux, les mots rares, les subjonctifs imparfaits, les phrases acrobatiques aux rebonds infinis. Voyez cette extase devant le tilleul de la tante de Combray : « Le dessèchement des tiges les avait incurvées en un capricieux treillage dans les entrelacs duquel s'ouvraient les fleurs pâles, comme si un peintre les eût arrangées, les eût fait poser de la façon la plus ornementale ; les feuilles, ayant perdu ou changé leur aspect, avaient l'air des choses les plus disparates, d'une aile transparente de mouche, de l'envers blanc d'une étiquette, d'un pétale de rose, mais qui eussent été empilées, concassées, tressées comme dans la confection d'un nid... » Je me disais que ces merveilles d'écriture ne sont destinées qu'à un nombre très réduit de lecteurs, pourvus d'une extrême subtilité d'esprit et de regard. Gens que le peuple appelle honnêtement des enculeurs de mouches. Ils disposent d'assez de temps et de loisirs pour lire et relire encore cette prose merveilleuse, mais ennuyeuse comme la pluie. Au bout de trois pages, j'obtenais le résultat espéré, le livre me tombait des mains, je glissais dans le sommeil.

Je savais que le malheur frappe à toutes les portes. Si elles sont blindées, il entre par les fenêtres. Nul ne l'a mieux représenté qu'Alexandre Vialatte, en la personne de monsieur Panado. Celui-ci pousse un « cri fondamental » qui exprime son essence même, « la violence de son néant, la raucité de son existence ; il provoque sans y trouver plaisir des catastrophes, des morts inédites, des épidémies inexplicables ; il change d'apparence mieux que le caméléon ; rien d'inhumain ne lui est étranger ».

Je fis l'atroce expérience de son pouvoir en 1994, lorsqu'un coup de fil d'Alphonsine nous vint de Toulouse. Elle pleurait dans son téléphone, j'eus quelque peine à la comprendre :

— Accident... Pyrénées... Trois de cordée... Balcon naturel... Effondrement... Ils sont morts tous les trois.

Ayant fait répéter, ayant mis ensemble ces syllabes décousues, ayant farouchement refusé leur sens, je dus enfin me résoudre à comprendre l'atroce message. Je n'ignorais pas que Vincent, mon jeune fils, avait le goût du risque. Il avait acheté une moto puissante et défiait les lois de la physique et du code de la route. Amateur d'alpinisme pyrénéen, il était tombé dans une crevasse attaché à deux compagnons. La cordée qui devait les sauver les avait entraînés ensemble dans l'abîme. Ai-je besoin de décrire notre douleur ? Dominique et Miguel étaient en Chine, inaccessibles. Sœur Marie-Pauline fut informée par télégramme. Henriette et moi sautâmes dans le train de Toulouse. Changement à Brive. Tout le long du voyage, nous prononçâmes seulement quelques mots, mais nos mains réunies communiquaient. A Matabiau, nous prîmes un taxi. Alphonsine nous attendait, toute raide dans son chagrin.

— Je suis enceinte, nous apprit-elle.

En conséquence, elle n'avait pas le droit de mourir de désespoir. Vincent nous attendait sur son lit, chaussé, cravaté, vêtu de son meilleur costume. La tête enveloppée d'un turban. Les yeux clos derrière ses lunettes de myope, il semblait plongé dans une profonde méditation. Nous avons baisé ses joues bleuies, ses mains jointes. Je songeais à ses études à

Sup de co, au brillant avenir qui lui avait été promis, comme directeur d'une banque privée ou nationale. Il eut des obsèques somptueuses à Notre-Dame-la-Daurade, auxquelles sœur Marie-Pauline s'excusa de ne pouvoir participer. Pensant à notre quintuple placard, nous proposâmes l'incinération. Alphonsine s'y opposa, elle voulait garder le corps à proximité.

Trois mois plus tard, elle donna naissance à un petit Valentin. La famille avait perdu un de ses membres, elle en avait gagné un autre. Le calcul arithmétique de monsieur Panado tombait juste.

Le pointillisme, Double-Six, la compagnie de Théo, l'Auvergne présente autour de nous avec ses montagnes et ses vallées, ses ruisseaux à truites, ses étangs à carpes, ses lacs à ombles chevaliers, ses forêts à myrtilles et à champignons firent de leur mieux pour nous distraire, sinon pour nous consoler. La perte d'un fils échappe à toute consolation. On est obsédé par son image. On le revoit quand il marchait à quatre pattes ; quand il apprenait à lire ; le jour où, se promenant dans un sentier, il voulut cueillir une plante d'ortie, où je lui suçai les doigts pour absorber le venin ; plus tard, en communiant ; en uniforme de parachutiste. Je repasse les grands moments de sa courte existence. Je lui parle, soir et matin, des lèvres ou de la pensée. Devant notre porte, poussait un tilleul qui fournissait des fleurs proustiennes à nos infusions. En juillet, toute la place en était embaumée. Les abeilles y puisaient leur nectar. A la tombée de la nuit, une multitude de passereaux y donnait un concert. Vincent se mettait à la fenêtre et répondait par des sifflements à leurs *cui-cui*. Je me gardais bien d'interrompre ce dialogue franciscain. Puis les fruits du tilleul – petites boules vertes insipides – succédaient aux fleurs. La place n'était plus parfumée que par les pots d'échappement.

Nous attendions la visite du petit Valentin. Alphonsine fit le voyage Toulouse-Clermont pour nous le présenter. Vainement, je cherchai sur son visage quelque trait de son père ; il ressemblait en tout à sa maman. Injustice.

Il grandit. Il sut parler et téléphoner. Il nous conféra les titres de *Pépi* et *Ménino* qu'on emploie à Toulouse. C'était un adorable petit gars que nous ne voyions que trois ou quatre fois par an. Il me suggéra d'acheter un train pour faire le voyage entre nos deux villes.

— Et qui le conduira ?
— Moi. Je suis cap.

D'autres années passèrent. J'eus quatre-vingt-quatre ans en 1999. Etonné de devenir si vieux, mes parents étant partis bien avant cet âge. L'an 2000 approchait, je craignis de l'atteindre, prévoyant les incommodités qui frappent les grands vieillards. Ma cadette de cinq ans, Henriette, fut atteinte de cette maladie qu'on évite de nommer. Sous l'aisselle gauche, une boule caoutchouteuse lui était venue. Les médecins conseillaient l'opération chirurgicale. Elle s'y refusait, prétendant que son cœur ne supporterait pas l'anesthésie générale.

— Je me laisserai opérer, concédait-elle, quand la boule me fera mal. Pour l'instant, je la supporte, je la garde.

Ses amies lui donnaient raison ; à soixante-dix-neuf ans, elle ne pouvait prétendre à l'éternité.

— D'ailleurs, me soufflaient ces dames à l'oreille et usant du vocable tabou, chacun sait que le cancer évolue très lentement ou n'évolue pas chez les personnes très âgées. Epargnez-lui un horrible charcutage qui ne ferait sans doute qu'accélérer le mal.

La boule se mit à couler, tout en restant indolore. Chaque jour, une infirmière venait la couvrir d'un pansement. Tout cela n'empêchait pas ma femme de rester active comme une alouette. Elle mangeait peu cependant, elle perdit quelque substance.

— Tant mieux ! Je me sens plus légère !

Le bras gauche se mit à enfler, jusqu'au bout des doigts. Le matin l'enflure diminuait légèrement.

Puis elle eut besoin de sommeils interminables. Lorsque nous partions visiter autour de Clermont un site, une curiosité patrimoniale – le château de Chadieu où avait vécu Pauline de Beaumont, maîtresse mal-aimée de Chateaubriand ; le château de Busséol, merveilleusement relevé de ses ruines ; la Vierge de Monton, composée d'un puzzle de pierres taillées –, elle restait dans la voiture, disant :

— Va voir ce que tu veux. Je me sens lasse.

Au retour, je la retrouvais profondément endormie, la tête renversée. Je tardais à la réveiller. Une pensée horrible me traversait : je l'imaginais dans la même posture sur son lit de mort, la bouche entrouverte, le nez pincé, les yeux clos. Après une longue attente, elle sortait de sa torpeur. Nous repartions sans qu'elle eût rien vu. Plus rien ne l'intéressait.

L'enflure du bras s'accentuait. Elle la rafraîchissait sous le robinet d'eau froide. Ou bien elle l'enveloppait d'une bande mouillée. Les médecins en tenaient toujours pour l'opération. Dominique était en Chine avec son compagnon. Informé du mal de sa mère, il nous téléphona :

— Laissez-la tranquille. Ne la torturez pas.

Sœur Marie-Pauline nous fit savoir du Mexique qu'elle priait pour elle tous les saints du paradis.

Henriette et moi avions de temps en temps des conversations singulières.

— Sais-tu pourquoi je t'ai épousé ? me demanda-t-elle un jour.

— Je n'en ai aucune idée.

— Parce que tu n'avais qu'un bras, le gauche. Parce que tu ne pouvais travailler la terre, faucher, moissonner, comme faisaient mes frères et mon père. Parce que je serais ton bras droit.

— Je jardine quand même un peu, avec mon crochet.

— Parce que tu aurais besoin de moi tout le temps. Parce que je te serais aussi indispensable que l'oxygène. Parce que tu n'irais pas chercher ailleurs, à cause de ton bras unique, des plaisirs que je ne te donnerais pas. Ce bras manquant, croyais-je, était pour moi une assurance contre l'infidélité.

— Et si je te révélais que j'ai été quelquefois infidèle ?

— Je ne te croirais pas.

— Tu aurais raison. Je n'ai aimé qu'une femme dans ma vie, Henriette Rouchon, devenue mon épouse légitime.

— Et toi, pourquoi m'as-tu épousée ?

— Parce que vue de dos, assise dans le lit, tu ressembles à un violoncelle.

— Ce n'est pas une très bonne raison.

— Je te laisse le soin d'en deviner une seconde.

Elle faisait semblant de ne pas trouver. Je devais la lui chuchoter à l'oreille :

— Parce que je t'aimais. Parce que personne ne t'aime, ne t'a aimée autant que moi. Ni tes père et mère, ni tes frères, ni tes enfants, ni tes tantes, ni tes ancêtres. Mets ensemble l'amour de toute cette parenté. Le total pèsera moins que celui que je te porte.

Elle souriait de bonheur. Parfois, je la surprenais en train d'écrire un poème. Elle refusait de me le montrer :

— Tu le liras quand je serai morte.

— Qu'est-ce qui te fait croire que je mourrai après toi ?

— Je ne le crois pas. J'en suis certaine.

Je m'agenouillais, je lui baisais les mains, je baisais l'ourlet de sa robe. Elle me saisissait par les cheveux, m'obligeait à me relever. Nous mélangions nos larmes.

Nous perdîmes Double-Six. Son âge canin de vingt-deux ans correspondait à un âge humain de quatre-vingt-dix. Avant d'atteindre cette vétusté, elle avait de loin en loin des chaleurs, ce qui m'interdisait, comme j'ai déjà dit, de la laisser vagabonder librement dans Cournon. Il est étrange comme les femelles animales gardent toute leur vie le pouvoir de procréer, alors que chez nos femmes il s'arrête en général peu après la quarantaine. Comme si le Souverain Créateur, après avoir dit « Croissez et multipliez », avait cependant instauré des limites à notre multiplication. Obéissant à cette réserve, Henriette et moi n'avions engendré que trois enfants.

Un triste jour, la pauvre chienne fut frappée d'une paralysie qui l'empêchait de marcher. Le vétérinaire parla de diabète. Elle se traînait sur le ventre, lamentablement, et souffrait d'une soif continue. Nous dûmes nous résigner à son euthanasie. Double-Six partit en fumée vers le paradis des animaux, ne nous laissant qu'un flacon de cendres que j'inhumai à la bêche dans notre jardin.

Après son départ, notre maison sans enfants nous parut encore plus grande.

Le 31 décembre 1999, de grandes festivités eurent lieu dans la plupart des villes françaises pour célébrer trop tôt la fin du XXᵉ siècle, puisqu'il ne devait s'achever que le 31 décembre 2000. Si l'on ne changeait pas de siècle, du moins changeait-on de millésime. Spectacles historiques, concerts, feux d'artifice. Par la même occasion, Clermont-Ferrand célébra ses deux millénaires d'existence. Peu de villes de l'ancienne Gaule chevelue peuvent se vanter d'une pareille ancienneté.

Un an plus tard, nous sommes donc entrés dans le XXIᵉ siècle. Je me suis demandé s'il serait aussi sanglant, aussi atroce que le XXᵉ. Deux inventions du moins laissaient espérer quelque bonheur : celle de l'aéroplane et celle du café soluble. Je n'en consomme pas d'autre. D'une seule main, je pourrais difficilement tourner la manivelle du moulin de ma grand-mère et de ma mère. Quant à l'aéroplane, il m'a permis de voir du ciel l'Auvergne nue et couchée, les rivières qui sont ses veines, les puys qui sont ses rondeurs, les lacs qui sont ses yeux. En revanche, le changement de siècle me procurait quelque embarras chaque fois que je devais écrire une date. Mais peu à peu ma main s'y habitua.

Malgré sa boule et son bras enflé, Henriette restait le capitaine de notre barque. C'est elle qui composait nos menus. Qui envoyait nos invitations. Qui chaque soir remontait le réveil, poussait les verrous, tournait les clés des serrures. Si par inadvertance, je prévenais un de ces rites, mon geste lui échauffait la bile. Je devais rouvrir les persiennes pour qu'elle pût les refermer. J'avais parfois la faiblesse de m'en irriter aussi, nous nous adressions des piques. Pour finir, j'arrivais à cette proposition :

— Je te demande pardon de mes impatiences. Cessons de nous chamailler. Pardonnons-nous réciproquement.

— Mais moi, je n'ai rien à me faire pardonner.

— N'en parlons plus.

Sa maladie sans nom était une excuse suffisante.

Peu à peu, elle perdait de sa vivacité. Souvent, malgré ses regrets, je devais de mon bras gauche mettre la main à la pâte. Je lui tins un langage diplomatique :

— Ma très chère femme, tu t'es bien fatiguée depuis qu'on t'a mise au monde. D'abord au service de tes parents. Puis à celui de l'administration. Puis au mien. Puis à celui de nos enfants. Presque toujours tu oubliais de prendre un peu de repos. Il est grand temps que tu te rattrapes.

— D'ici peu, je goûterai un repos éternel.

— Ce que je nous conseille, c'est de prendre une personne d'expérience et de bonne volonté qui te soulagera.

— Tu es lassé de ma cuisine ?

— Ne dis pas de bêtises. Naturellement, tu resteras la maîtresse de la maison. Tu guideras cette aide ménagère dans l'usage des casseroles, dans le choix des légumes. Je vous laisserai en tête à tête, vous pourrez bavarder tout votre soûl. Après quoi, tu n'auras plus qu'à te mettre à table, à te laisser gâter.

Il me fallut beaucoup de patience pour la convaincre. Certaines défaillances m'y aidèrent : des assiettes brisées, des viandes trop cuites, du lait mis à bouillir qui prenait la poudre d'escampette. Elle finit par consentir. Restait à trouver la perle rare. Une association, l'APS (Aide aux personnes seules) nous proposa une femme divorcée, mère d'un enfant adulte qui travaillait à Nice, immédiatement disponible. Une jeune quadragénaire au teint vanillé, aux cheveux sombres noués en chignon, aux dents blanches, au nez pointu. Nous fîmes connaissance dans le bureau de l'APS. Je lui demandai son origine :

— Je suis originaire d'un peu partout.

— D'un peu partout ? Je connais. Moi aussi.

— En fait, je suis une fille trouvée. La DDASS m'a promenée d'une famille à l'autre. On a voulu me faire épouser un bonhomme dont je n'ai pas voulu. Finalement – j'avais seize ans –, j'ai pris la poudre d'escampette. Et me voici, maintenant libre comme l'air. Je m'appelle Délènda.

— Comment ?

— Délènda. Mais je préfère Lènda, simplement.

— Vous savez ce que signifie votre prénom ?

— Non. Mais je le trouve joli.

— *Delenda est Carthago.* Il faut détruire Carthage. C'est une phrase latine que Caton l'Ancien, un politicien de cette époque, plaçait à la fin de chacun de ses discours lorsqu'il parlait devant le sénat. Si bien qu'il eut satisfaction. Carthage fut détruite. Il n'en reste que des ruines.

Après quoi, elle a fait la liste de ses capacités :

— Je sais faire la cuisine tunisienne, la française, l'espagnole, l'italienne, la maltaise. Je sais coudre, ravauder, tricoter, soigner les malades. Avant de m'intéresser à vous, j'ai servi dix ans chez un prêtre d'Aubière, aujourd'hui décédé.

Convaincu par tant de compétences, je donnai mon accord. Henriette, en revanche, se montra réticente :

— A vrai dire, je n'ai pas besoin d'aide. Je veux bien vous accepter cependant, à raison de deux heures par jour, pour faire plaisir à mon mari. Je ne compte pas, quand vous serez chez nous, toutefois, passer mon temps assise sur une chaise à vous regarder travailler. Je ne suis pas diminuée à ce point. Nous nous aiderons l'une l'autre. Vous laverez la vaisselle et je l'essuierai. Ainsi de suite.

Un contrat d'engagement provisoire fut signé sur ces bases. Après une période d'essai d'un mois, il deviendrait définitif. Délènda et Henriette firent bon ménage. Non seulement dans les épluchages, mais dans les conversations. Le sujet principal de leur commerce était l'horoscope du jour que ma femme, assise près du radiateur, lisait dans *La Montagne*. Par une heureuse coïncidence, elles appartenaient toutes deux au signe du Taureau, ce qui établissait presque entre elles un lien de sororité. « Les natives du Taureau devront se méfier des séducteurs professionnels qui chercheront à leur faire prendre pour du sentiment ce qui, chez eux, ne sera qu'un calcul intéressé. Principalement si lesdits séducteurs sont nés sous le signe du Verseau. » Comme moi-même !

Lorsqu'elle voyait sa maîtresse mélancolique, Lènda lui racontait une des histoires joyeuses qu'elle avait apprises d'une grand-mère de passage. Par exemple celle du bouffon Eddine qui avait cet emploi de faire rire le sultan Timous. Se moquant des ministres de ce sultan, parfaitement illettrés, il prétendait posséder un âne qui, lui, savait lire.

— Amène-le-moi, ordonna le sultan. Mais si tu m'as trompé, tu recevras trente coups de bâton.

Eddine va chercher son âne. Il l'avait dressé, à force de carottes et de patience, à braire dès qu'on lui ouvrait un livre sous les naseaux.

— Qu'on lui apporte le Coran ! ordonne Timous.

A peine le livre sacré est-il devant lui, le bourricot se met à braire. Son propriétaire lui tourne les pages. Et l'âne de redoubler ses *hi-han, hi-han !* Le sultan entre alors en fureur :

— Tu m'as trompé ! Fils de chien ! Ton âne brait comme tous les ânes du monde. Tu vas recevoir le bâton.

— Seigneur, ne commets pas d'injustice, répond Eddine. Je n'ai pas dit que mon âne parlait, j'ai dit qu'il savait lire. Seulement, il lit dans sa langue, pas dans la nôtre.

— Mais alors, comment pouvons-nous savoir s'il lit juste, puisque nous ne le comprenons pas ?

— Oh ! c'est tout simple. Pour le comprendre, il faut être un âne soi-même.

Dans la pièce voisine, occupé à mes pointillismes, j'entendais les éclats de rire des deux femmes. L'étrangère apportait une grande gaieté dans la maison.

Nous avions coutume, Henriette et moi, après le déjeuner un peu lourd que Lènda nous servait, de prendre place sur le canapé du salon et de nous offrir une sieste, main dans la main. Pendant ce temps, elle poursuivait silencieusement ses travaux. Lorsque nous sortions de notre somme, elle était partie sur la pointe des pieds, laissant une maison impeccable comme un sou neuf.

Les choses durèrent de la sorte cinq ou six mois. Jusqu'au jour où je fis une incroyable découverte. Dans une armoire de mon bureau, j'avais coutume d'entretenir une certaine somme en billets, confiée à une boîte métallique qui avait contenu autrefois des chocolats. Mes cinquante, mes cent francs en sortaient tout parfumés. Chaque matin, j'y prenais l'argent nécessaire à mes courses. Or je constatai – d'abord je n'en crus ni mes yeux ni mes oreilles, mais ensuite je dus bien constater – que cet argent fondait comme neige au soleil. Prenant une précaution de comptable, j'inscrivis sur un calepin, hors la boîte, la somme qui restait à telle date. Bientôt, je n'eus aucun doute : une main voleuse s'y servait. Elle n'emportait qu'un gros billet, de temps en temps, pensant que j'étais tellement riche que je ne m'en apercevrais point. Mais quelle main ? Celle d'un visiteur occasionnel ? Impossible à croire : elle aurait tout emporté. Il ne pouvait donc s'agir que d'une main domestique, la main de Lènda. Profitant de nos siestes et de la liberté que nous lui laissions de considérer notre maison comme sienne.

Je cherchai à la prendre en flagrant délit et fis semblant de dormir. Mais elle était assez fine pour se rendre compte de ma feinte. Les coupures cessèrent de s'envoler. Trop tard. Entre nous, la confiance était définitivement rompue. Elle nous avait trompés comme le bouffon Eddine.

Je consultai le directeur de l'APS pour apprendre comment je pouvais me défaire de ma voleuse.

— Avez-vous des preuves ?

— Quelles preuves puis-je avoir ? Elle ne prend que des billets.

— Il faudrait en relever les numéros, procéder chez elle à une perquisition. Et si on ne les retrouve pas ? Si elle les a déjà mis en circulation ou dissimulés ? Prévoyez-vous les conséquences ? Elle vous traînera devant le tribunal des prud'hommes, vous accusera de diffamation. Dépourvu de preuves, vous serez condamné à une amende très lourde.

— Je peux du moins la renvoyer ?

— En donnant une bonne raison. Mais laquelle ?

— Que puis-je donc faire ?

— La garder. Passer l'éponge.

Je dus m'y résigner, mais le cœur n'y était plus. Pour moi, elle restait une fripponne. J'eus l'idée de simplement lui faire la gueule. Je cessai de l'embrasser, de lui serrer la main, de l'appeler Lènda. Je lui dis « madame ». J'évitais même, autant qu'il m'était possible, de lui adresser la parole. A table, je parlais à ma femme sans jamais dédier à l'autre un mot ni un regard. Elle accepta deux semaines cette quarantaine sans un murmure. Au bout desquelles, elle finit par me demander pourquoi je la traitais avec tant de froideur.

— Vous le savez parfaitement. Mes explications sont inutiles.

Elle baissa la tête sans répondre. Soudain, elle changea d'attitude, se mit à pérorer seule dans le vide, à raconter son errance, à exprimer ses opinions religieuses, philosophiques, politiques.

— Vu mes origines, je suis de gauche. Je vote à gauche régulièrement.

Je la coupai pour émettre ce jugement abusivement général :

— Quand on est de gauche, on est honnête en toutes circonstances. On ne ment pas. On ne vole pas. Jésus-Christ était de gauche. Les faux témoins qui l'accusaient de vouloir détruire le temple étaient de droite. Le vol et le mensonge sont des spécificités droitières.

Mes paroles valaient une accusation claire et nette. Elle les avala sans broncher. Mais quelques jours plus tard, elle me donna sa démission.

Parenthèse sur moi-même : suis-je de droite ou de gauche ? Quoi que j'aie dit précédemment, je sais bien qu'il existe des crapules de gauche et d'honnêtes gens à droite. Toute règle a ses exceptions. Depuis 1789, les députés partisans de l'immobilisme ou du retour en arrière se plaçaient à la droite du président des Assemblées, laissant la gauche aux partisans du progrès social et politique. Par voie de conséquence, la droite est devenue l'élection des trop riches, la gauche l'élection des trop pauvres. Tous les pauvres aspirent à devenir riches, mais aucun riche n'aspire à devenir pauvre. Pour moi, mutilé de la main droite, je devrais pencher vers la gauche. En fait, je me tiens au milieu. Pourvu d'une pension de retraite modeste mais suffisante, je reste soucieux de conserver mon aisance, sans oublier, en qualité d'ancien pauvre, d'appuyer les revendications raisonnables de ceux qui le sont restés. Tantôt je vote à gauche, tantôt je vote à droite, tantôt je m'abstiens. Autant que je puisse être informé, je soutiens de préférence les candidats qui me semblent honnêtes. Sans oublier que plusieurs grands serviteurs de la France ont été de belles fripouilles : Mazarin, Mirabeau, Talleyrand, Bonaparte. L'homme politique devrait posséder trois qualités : l'intelligence, la probité, le dévouement au bien public. Réunion difficile à trouver. Si j'étais un élu, je ne siégerais ni à droite, ni à gauche, mais au plafond.

Je ferme la parenthèse.

Henriette se montrait indifférente à la politique. Elle employait ses forces et ses pensées à combattre son mal. Après le départ de Lènda, nous sommes restés seuls dans notre maison à deux étages. Dominique m'avait montré qu'un homme peut se consacrer aux tâches ménagères aussi bien qu'une femme. Suivant son exemple, avec l'aide de mon crochet, j'appris à éplucher les légumes. Les livres de recettes m'instruisaient. Je sus préparer la potée auvergnate, la soupe au fromage, la truffade, le coq au vin, le cantamerlou. Dans le domaine des desserts, j'osai entreprendre le cadet-Mathieu, la tarte aux pommes, les inévitables guenilles ou merveilles. Henriette restait cependant quelque peu dépitée de me voir prendre sa place.

Malgré ses efforts, elle montrait peu d'appétit. Aussi peu que Blaise Pascal devant les délicatesses de sa sœur Gilberte :

— Avez-vous aimé, mon cher frère, ce velouté au potiron ?

— Ma foi, ma chère sœur, si vous m'eussiez prévenu que ce devait être un agrément, j'y eusse pris garde. Je ne puis donc vous répondre.

Après être longtemps restée insensible, la boule de ma femme devint douloureuse. Elle avait promis de se laisser opérer dans cette circonstance, mais elle ne tint pas promesse.

— Mon mal me tient compagnie, affirmait-elle. Dieu me l'envoie pour que je pense à Lui. C'est à Lui que je demande, sinon de me guérir, du moins de me donner la force de le supporter.

L'infirmière venait toujours chaque soir changer le pansement. Elle repartait en secouant la tête d'un air désolé. J'informai par écrit et par téléphone de l'évolution du mal les deux enfants qui nous restaient et la veuve du troisième. Alphonsine nous apprit que le petit Valentin réclamait un papa afin d'être pareil à ses copains. *Pour lui donner satisfaction plus que pour ma satisfaction personnelle, j'ai choisi de vivre avec Rémy, un garçon que je connais depuis des années, car nous travaillons dans la même entreprise. C'était d'ailleurs un ami de Vincent. Valentin n'aura aucune peine à s'habituer à lui. Déjà, ils s'entendent d'ailleurs comme cochons. Pour le moment, nous n'envisageons pas de mariage, nous nous contentons de cohabiter...* C'était presque une invitation à les rayer du livret de la famille Saint-André.

Henriette se mettait au lit dès neuf heures du soir et s'endormait tout de suite. Je vaquais aux soins du ménage. Ensuite, pour me distraire de nous-mêmes, je lisais de Marcel Proust une ou deux de ces pages sans paragraphes qui finissaient par me tomber des mains. Le moment était venu de rejoindre ma femme. Je l'embrassais sur le front et me glissais près d'elle avec l'intention de ne pas la réveiller. En fait, très souvent, je réveillais sa douleur. Je l'entendais gémir. Je priais : « Seigneur, faites que demain matin elle aille un tout petit peu mieux ! » Le lendemain matin, elle allait un peu plus mal.

Un jour, s'exprimant avec peine, elle refusa de se lever, disant qu'elle n'aurait pas la force de se tenir debout. J'appelai le médecin. Il vint assez vite, l'examina :

— Elle souffre d'une phlébite. Je vous conseille de la faire hospitaliser.

Une ambulance la transporta à Cébazat, l'hôpital nord de Clermont, où l'on me dit :

— Rentrez chez vous. Confiez-la à nos médecins. On vous donnera par téléphone des nouvelles de votre malade.

Je l'embrassai, lui murmurant : « A bientôt, mon amour. » A Cournon, j'attendis les nouvelles promises. Elles tardèrent jusqu'au soir :

— La phlébite a provoqué une embolie pulmonaire que nous n'avons pu résoudre. Madame Saint-André est décédée à dix-huit heures.

— Décédée ?

— Décédée.

Je sentis mon cœur s'arrêter. J'eus quand même la force de demander ce que je devais faire.

— Venez demain matin. On vous expliquera.

Cela se passait le 8 octobre 2001. Je courus chez les Brun. Albert comprit sans que j'eusse besoin de parler. Il me serra très fort dans ses bras. J'inondai son épaule. Vinrent ensuite sa femme et son fils Théo, âgé de dix-sept ans.

— Vous restez ici. Vous mangez avec nous. Je vais préparer votre lit.

— Il faut que je téléphone à Dominique, à Emilie, à la famille de ma femme.

— Ne te gêne pas.

— Mais Dominique vit en Chine !

— En Chine ou à Clermont, ça n'a aucune importance.

Je fis comme il disait. De La Tour-Saint-Joseph, de la Ronzie, de Pei-Ping me parvinrent des sanglots.

— Laisse-moi le temps d'arriver, hoqueta Domi. Trois jours.

Madame Brun me fit avaler un comprimé de Stilnox qui prétendait m'assurer une nuit tranquille. En fait, elle fut remplie par les ricanements de monsieur Panado, l'absurde génie de ce monde, avec son ventre de notaire, son chapeau melon, ses pieds palmés, ses yeux globuleux qui me regardaient avec indifférence.

Au petit jour, je courus à Cébazat. Les bureaux de l'hôpital n'étaient pas encore ouverts. J'errai dans les couloirs où flottait l'odeur de la mort. Je rencontrai enfin une jeune femme à qui je me présentai.

— Je suis l'interne qui s'est occupée de votre épouse. Laissez-moi passer une blouse, attendez-moi.

Elle disparut. Elle revint en blouse blanche. La blouse blanche est indispensable au médecin, au chirurgien de service, de même que l'uniforme est indispensable au gendarme. Elle me confirma la phlébite, l'embolie pulmonaire, l'énorme caillot impossible à dissoudre.

— Que dois-je faire à présent ?

— Allez au guichet numéro 38 régler les formalités, notamment la date des obsèques. Désirez-vous voir une dernière fois votre épouse ?

— Non. Je veux garder le souvenir de ma femme vivante, pas de ma femme morte.

Au guichet, j'expliquai qu'un de mes fils vivait en Chine, qu'il lui fallait trois jours pour en venir. Je compris que cela ne présentait aucun inconvénient, que les tiroirs réfrigérés de la morgue étaient parfaitement fonctionnels.

Sœur Marie-Pauline arriva de l'Ille-et-Vilaine dans un imperméable qui dissimulait sa robe grise. Il pleuvait. Son visage était mouillé. Elle m'expliqua que l'âme de sa mère était à présent dans la maison de Dieu où tout est félicité.

— Elle nous attend. Un jour, nous nous retrouverons tous ensemble, avec notre cher Vincent.

Deux jours plus tard, l'avion de Pei-Ping, via Le Bourget, atterrit à Aulnat. Dominique avait eu la délicatesse de venir seul.

Au crématorium de Crouel, nous prîmes place avec les parents bourbonnais dans la salle de réception qui, plus qu'à une église, ressemblait à un théâtre, avec une scène, des coulisses, un micro. Je me trouvais au premier rang, entouré de mes enfants. Le cercueil fut apporté sur un chariot. Vint un jeune prêtre qui prononça un sermon et nous rappela que notre âme est immortelle. Il fit les gestes liturgiques, aspergea la bière d'eau bénite, nous invita à nous en approcher pour dire un adieu à la défunte. Je fus le premier à le faire. Je baisai le bois nu, je parlai doucement à celle qui avait vécu soixante ans à mes côtés. Je lui répétai mon amour et lui promis de l'aimer encore jusqu'à mon dernier souffle. Je traçai du pouce une petite croix sur le couvercle et cédai la place à sœur Marie-Pauline. Ce fut un long défilé au milieu duquel je reconnus plusieurs de mes anciens élèves, presque aussi chenus que moi-même.

Le brûle-mort s'empara de la caisse et alla l'enfourner. Nous avons erré dans le jardin qui entoure le crématorium. Toute la famille, naturelle ou acquise, se pressait autour de moi, m'accablant de questions sur la maladie d'Henriette, sur ses derniers instants.

Une heure et demie plus tard, nouveau rassemblement à Cournon dans le cimetière de la Motte. L'homme des pompes a présenté l'urne : une sorte de bouteille translucide dans laquelle on pouvait discerner une poussière brune. Ce qui restait de ma femme, cendres et ossements passés à la moulinette. Cérémonieusement, l'homme noir s'accroupit, tira le portillon de la première loge, introduisit la bouteille, referma.

— Toutes mes condoléances, dit-il avant de disparaître.

Alphonsine et Valentin prirent congé. Dominique et Emilie me ramenèrent chez moi. Ils me tinrent compagnie trois jours ; puis à leur tour, ils s'éloignèrent. La famille Brun me prit à sa charge une semaine. Il ne me restait plus qu'à vivre dans une maison peuplée de fantômes.

Le surlendemain, je reçus un coup de fil inattendu.

— Je vous exprime toute ma sympathie pour le départ de madame Saint-André. Si vous voulez bien l'accepter.

— De la part de qui ?

— De Lènda. De Délènda... Acceptez-vous mes condoléances ?

— Pourquoi pas ?

Je raccrochai. Condoléances accusatrices. Si Lènda s'était sentie innocente, elle n'aurait eu pour moi aucune sympathie.

3

Il y a ceux qui aiment les cimetières et ceux qui les détestent. J'appartiens à la seconde catégorie. Les fréquenter ne m'inspire aucun sentiment. Ai-je besoin de me transporter devant ce petit placard de granit où réside un flacon de poussière pour penser à mon Henriette ? Je pense à elle tout le temps. Je la porte dans mon cœur, dans ma tête, dans mes entrailles, elle m'occupe comme le lierre envahit une grange abandonnée. Excepté les rares moments où un ami, un parent me distraient d'elle. Je ne passe point ma vie à la pleurer, je réserve cette exsudation à des moments privilégiés, lorsqu'un vêtement, une chaussure, un foulard me sautent aux yeux, me laissent croire une seconde qu'elle va paraître pour s'en emparer. Puis je constate mon erreur. Un sanglot me noue la gorge. Parfois, je me mets à crier comme un perdu « Henriette ! Henriette ! » avec l'espoir qu'elle m'entend. Je lui reproche d'être partie sans moi. Chaque soir, dans ce lit que nous avons partagé plus d'un demi-siècle, où nous nous sommes réchauffés, disputés, réconciliés, détestés, aimés, je lui demande pardon de n'avoir pas su la protéger contre son mal, pardon de mes impatiences, pardon de mes infidélités.

Hors de chez moi, je reste sensible dans les rues à la beauté des femmes, des enfants, des fleurs. En amicale compagnie, je suis toujours apte à raconter des balivernes, à rire de celles qu'on me débite. Nos ancêtres paysans, qui étaient des hommes sages, étaient très capables de se désopiler au cours d'un enterrement, en se remémorant les exploits et les coquineries du défunt qu'ils accompagnaient. Vialatte, un autre sage, recommande de rire quand on est triste. Le bonheur ne sait être que béat.

Tout cela pour faire comprendre mon peu de goût pour les cimetières. Je ne me rends sur le tombeau d'Henriette que de loin en loin, pour vérifier si tout y est en ordre, pour déposer une rose le jour anniversaire de notre mariage, pour enlever les fleurs fanées et les herbes insinuantes. Je continue de vivre. Souvent, j'en éprouve du regret, presque de la honte : pourquoi suis-je encore là, les pieds dans mes chaussures, alors qu'elle est partie, alors que tant d'autres ont avalé leur langue qui me valaient bien ? La vie est-elle un cadeau, ou bien un châtiment ? Je donnerais un billet de dix euros pour avoir une bonne réponse. Ces questions m'embrouillent, je me sens quelquefois perdu comme une aiguille dans un char de foin.

Dès lors, voici à peu près comment se déroule ma journée. Lever à cinq heures. Parfois à quatre et demie. Sur ma radio de poche, j'écoute les dernières nouvelles du monde, comme si le monde m'intéressait encore. Je prononce à voix haute :

— Bonjour, mon Henriette. Encore un jour sans toi.

En apparence puisque, comme j'ai dit, tu ne me quittes jamais. Petit déj : café au lait, biscottes. Toilette. Pour le cas peu probable où quelqu'un viendrait m'embrasser, je me rase de près. Dans la boîte aux lettres, je trouve mon journal quotidien. Confirmation des nouvelles du monde : guerres, terrorismes, naufrages, tremblements de terre, accidents de la route, viols, assassinats. C'est trop, Seigneur, comment supporter tant de punitions ? Seigneur, je vous en prie, oubliez-nous, regardez ailleurs, que votre infinie miséricorde cesse de nous accabler.

Je m'habille, je prends mon chapeau de feutre pour pouvoir saluer de la main gauche dispendieusement. J'aime ce geste, presque à la mousquetaire. Au plus proche supermarché, je fais provision de viande, de légumes, de fruits, si possible dans la qualité bio, comme les voulait ma femme. Cuisson sans huile ni graisse, à la vapeur. José Bové, champion de l'écologie, condamne les manipulations génétiques ; mais il fume comme un sapeur et pollue l'atmosphère avec sa pipe.

Après le repas, sieste sur le canapé. Je m'assieds à la place qu'occupait ma femme habituellement, je respire l'air qu'elle aurait respiré. A mon réveil, je vais à pied – écologiquement – jusqu'à notre jardin. Je sarcle les carottes qu'elle avait semées, j'arrache un chou qu'elle avait planté. De l'éden où elle se trouve, elle me nourrit encore. Aux pommiers, j'enlève quelques branches gourmandes, elles couinent sous mon sécateur comme si je leur faisais mal. Je leur explique que je pratique ces mutilations pour leur bien.

Je reviens. Je m'adonne au pointillisme. Quand le jour baisse, je prépare ma soupe paysanne. Ma voisine, madame Brun, originaire de Lezoux, applique ce principe : « *Sem dé Lezù, oprè lo sopo y o re pu* ». (Nous sommes de Lezoux, après la soupe il n'y a plus rien.) Je m'autorise quand même un morceau de fromage et une poire. A la télé, nouvelles informations catastrophiques. Météo du lendemain. De loin en loin, je regarde un film, de préférence étranger et sous-titré, car je ne comprends pas les films actuels, dont je perds la moitié des dialogues. Les comédiens d'aujourd'hui ne savent plus prononcer. A moins que je ne devienne un peu dur d'oreille. A vingt-deux heures, je lis une page de Marcel Proust afin qu'elle me serve de somnifère. Je monte le réveil dont Henriette se réservait l'usage. Je raconte à ma femme les petits événements de ma journée, les lettres que j'ai reçues, le temps qu'il a fait. Je parviens enfin à m'assoupir. Je rêve d'elle. Nous sommes enfants tous les deux, nous jouons au cerceau. Ou bien nous nageons dans le Sichon pour essayer d'attraper des truites ; mais les truites nous échappent, elles remuent la queue pour se moquer de nous. Parfois, je pense à ma cousine Jeanne qui voulait baiser ma dent en or. Soudain, un bruit me réveille. Je pense : « C'est ma femme qui se lève. » Mais non, c'est un meuble qui craque en se refroidissant. L'effet Marcel Proust s'est évanoui. J'entends sonner les heures à Saint-Martin. Je songe à mon fils Vincent qui a perdu la vie dans les Pyrénées et qui peut-être me contemple de là-haut, près de sa mère. Salut, Vincent ! Je songe à son petit Valentin qui grandit loin de moi et ne gardera aucun souvenir de ce *pépi* inconnu. Je songe à ma fille Emilie, petite sœur des Pauvres, qui croit que je ne le suis pas. Je songe à mon fils Dominique que je suppose en Chine, et qui est peut-être au Brésil ou au Canada. A cinq heures, je me lève.

Je suis bien obligé de fréquenter ma maison. Chaque meuble, chaque bibelot me rappelle l'absente. Sur ce tabouret, elle avait l'habitude de s'asseoir, le dos contre le radiateur. Ces mouchoirs sont marqués de sa main. Elle levait la tête pour s'observer dans cette glace et compter ses rides. Elle se parfumait avec cette eau de toilette. Dans mon atelier-bureau, elle prenait place sur cette chaise en s'excusant :

— Je viens te déranger.

— Pas du tout. Tu m'arranges. Sans toi, je m'ennuyais.

Parfois, dans un tiroir, je découvre un souvenir récent : un morceau de marbre de Carrare, une photographie du Ponte Vecchio. Cet atelier-bureau est mon refuge, mon antre, mon musée, ma boîte de Pandore, mon catimini. Rempli de bouquins précieux ou sans valeur. Alignés sur des rayons depuis le parquet jusqu'au plafond. Le plus vénérable porte un titre un peu long : *Histoire ancienne des Egyptiens, des Carthaginois, des Assyriens, des Babyloniens, des Mèdes, des Macédoniens, des Grecs*, par M. Rollin, ancien recteur de l'Université de Paris, publié à Paris chez les frères Estienne, rue Saint-Jacques-à-la-Vertu, l'année MDCCLXXII, avec approbation et privilège du Roy. Je relègue au rez-de-chaussée ceux que je n'aime pas et que, d'ailleurs, j'aurais de la peine à atteindre à cause de mes genoux qui commencent à se raidir.

J'ouvre aussi ceux qu'Henriette m'a offerts à l'occasion d'anniversaires. Ainsi, cette collection de textes réunis par Jean Puyo et Jean Le Du sous le titre *Quand est venu le temps d'aimer.* J'y trouve Aragon, Marie Noël, Félix Leclerc, après cette dédicace : *Pour ton anniversaire. Peut-être en lisant ces pages évoqueras-tu toute notre vie : ce qui a été, ce qui n'a pas été ; ce qui aurait dû être, ce qui n'aurait pas dû être. Et ma tendresse indéfectible. Henriette.* Toutes les dédicaces qu'elle m'a accordées parlent d'affection, de tendresse. Jamais d'amour. Ce mot semblait lui faire peur. Ou peut-être le trouvait-elle indécent. J'ai découvert aussi ses poèmes cachés. Ils chantent les fleurs, les saisons, les oiseaux. Ils ne me concernent pas. Elle m'avait épousé par charité, parce que j'avais perdu un bras sur le *Siroco*.

Avais-je pris une épouse peu sensible aux délices charnelles ? Il me semblait que nos nuits cussétoises ne manquaient pas d'ardeur. « En histoire, me disait-elle, tu es licencié. En amour, tu es docteur ». Ensuite, elle a pu changer. L'usage efface la surprise. Toujours du poulet n'est plus du poulet. J'ai déniché une sorte de journal intime dans lequel elle raconte la naissance de nos enfants, nos voyages, nos chagrins. Dans une page, elle fait allusion à nos rapports amoureux. Pour s'en plaindre. *Je n'ai jamais trouvé grande satisfaction dans cette sorte de gymnastique ; mais je cédais aux exigences de Jacques pour lui faire plaisir. Uniquement pour lui faire plaisir. Et elles étaient fréquentes.*

Je me rappelle un conflit qui remonte à notre séjour à Tunis. Un matin, je me trouvais seul dans notre cuisine, occupé à préparer le cours que je devais faire sur les guerres carthaginoises. Henriette s'avance derrière moi, en chemise de nuit, tandis que dans la chambre voisine notre petit Domi dort du sommeil des anges. Elle s'approche, m'embrasse sur les cheveux. Et moi, dans un geste de tendresse un peu gourmande, je glisse ma main sous sa chemise, je lui caresse les joues d'en bas. Nous avions l'un et l'autre un peu plus de trente ans, mais je ne pensais pas aller plus loin. Voilà qu'elle s'écarte et s'écrie :

— Tu ne penses qu'à ça !

Dieu sait si, en compagnie d'Hannibal et d'Hamilcar, je pensais à autre chose. Cette rebuffade – et j'en ai essuyé bien d'autres par la suite, alternant avec des acceptations résignées – me fit comprendre que j'avais épousé une bonne ménagère, une bonne mère de famille, non pas une maîtresse. Sans doute avait-elle reçu de sa mère à elle, madame Rouchon, la veille de ses noces, les recommandations inculquées par les prêtres catholiques :

— Le mariage a pour but d'unir un homme et une femme afin de procréer l'espèce, non pas de les détourner au profit du plaisir de la chair.

Sans avoir jamais lu Blaise Pascal, cette belle-mère partageait l'opinion du célèbre janséniste : le mariage est la plus périlleuse et la plus basse condition du christianisme. Si à Gannat et dans les débuts de notre ménage Henriette s'était échauffée à mes ardeurs, cela tenait à la nouveauté de ces délices. Par la suite, ses maternités aidant, elle s'en était blasée, les avait presque prises en dégoût. De sorte que, rebuté, repoussé, il m'est arrivé parfois de succomber à des tentations dont j'affirme ici que je ne veux pas prendre note. Il n'empêche qu'en dépit de ses pudeurs mon Henriette possédait toutes les perfections féminines. Je lui demande pardon de m'être raconté cette histoire tunisienne.

Afin d'en trouver d'autres preuves, j'ai parcouru les livres qu'elle m'a laissés, dont la liste serait longue. Les paragraphes ou les strophes qu'elle a cochés, les lignes ou les vers soulignés. Tous démontrent sa qualité absolue.

Des amis m'encourageaient à voyager afin de confirmer à moi-même ma propre existence, ma propre nécessité. Je voyage, donc je suis. Impossible. Toujours j'ai eu en horreur les plaisirs solitaires. Je ne pouvais me résigner à faire des kilomètres sans ouvrir la bouche. Je voyage seul donc je m'emmerde. Je pouvais encore moins retourner sur les lieux que jadis nous avions fréquentés ensemble, ils me rappelaient trop les mots qu'elle avait prononcés, les gestes qu'elle avait faits. Mes sorties pédestres se limitaient à Cournon même et à notre jardin.

J'écrivais à ma fille Emilie et à mon fils Dominique : « Venez me voir. » Ils ne venaient pas. Ils me téléphonaient. Leurs voix m'arrivaient de l'autre bout de la terre aussi nettes, aussi reconnaissables que si elles avaient seulement traversé la porte du salon. L'une et l'autre me fournissaient d'excellentes, de saintes raisons pour ne pas venir. Un jour, je leur adressai cet ultimatum : « Venez me voir avant que je ne me pende. »

— Tu te moques de nous. C'est du chantage au suicide. Tu n'as pas le droit de penser, de dire, d'exécuter une chose pareille. Elle te conduirait en enfer. Prends patience. Dans deux ans, je reviendrai en Auvergne. Que Dieu te protège et t'inspire des résolutions dignes de toi.

Mes rejetons étaient, comme disent les Italiens, *figli da starnuto*. Des enfants d'éternuement dont la seule amitié consistait, dans cette circonstance, à me dire : « A tes souhaits. »

Chaque jour, je prenais un peu plus en horreur ma maison. Ce sépulcre vide dans lequel je faisais semblant de vivre ; qui n'entendait d'autre voix que celle de la télé, ou la mienne quand je criais mon chagrin. Quelques jours avant l'anniversaire du décès de ma femme, lassé de tout, même de l'espérance, je décidai de préparer mon suicide pour de bon. Sans en avertir personne. Naturellement, il n'aurait pas recours aux somnifères, aux tranquillisants massifs. Il serait écologique, non polluant, conforme à la bonne tradition paysanne et aux goûts d'Henriette. J'emploierais la corde, la bonne vieille corde inspiratrice des poètes mauvais sujets :

> *Je suis Françouès dont il me pouèse,*
> *Né de Paris, près de Pontouèse,*
> *Et de la corde d'une touèse*
> *Saura mon col que mon cul pouèse*[1].

Pour commencer, j'écrivis une lettre à mes lointains héritiers, leur expliquant que je ne pouvais plus vivre sans ma femme et que j'avais trouvé ce moyen pour

---

1. François Villon. Les paysans du Bourbonnais conservent l'ancienne prononciation du *oi*. Ils disent « bouère », « crouère », « avouène ».

aller la rejoindre. Car je ne me supprimais point par malice, comme ils auraient pu supposer, mais par amour. Saint Pierre ne pourrait me refuser de passer près d'elle mon éternité. Je leur demandais pardon des démarches désobligeantes que ma pendaison leur procurerait. « Faites-moi passer pour fou si vous voulez, l'homicide commis par un aliéné ne tombe pas sous le coup de la loi civile, pas plus que la loi canonique. Gardez ma corde, partagez-vous-la, elle vous portera bonheur. Je vous rappelle que, le jour de mes funérailles, un groupe d'ivrognes fraternels devra chanter en chœur l'hymne des vignerons. »

Je voulus ensuite me procurer une corde en chanvre véritable. Je ne trouvais sur le marché que des cordes en nylon qui ne me convenaient point. Je dus aller chez un brocanteur de Billom.

— J'en voudrais une d'environ trois mètres. Epaisse d'un pouce.

— J'ai ce qu'il vous faut. C'est pour quoi faire ?

— Pour me pendre.

— Vous, vous êtes un rigolo. Après tout, faites-en ce que vous voudrez, ça ne me regarde pas. Celle-ci est capable de tirer un poids de trois tonnes. Elle a déjà servi, mais elle est comme neuve.

Il l'enroula autour de son coude, la fourra dans un sac. Je la payai quinze euros, ce qui n'était pas cher pour l'usage auquel je la destinais. Une fois chez moi, non sans peine, je lui infligeai un nœud coulant. J'en huilai quelque peu les torons pour faciliter la glissade. Restait à déterminer à quel point je devrais l'accrocher. Je le cherchai dans toute la maison sans rien trouver de satisfaisant. Voyant mes persiennes fermées, les voisins me croiraient en voyage. Après quinze jours seulement, l'odeur les alerterait, ils appelleraient les gendarmes. Pourrir ainsi dans un grenier, mangé par les chauves-souris, ne m'enchantait guère. Je choisis de rendre mon âme en plein air, en bordure d'un bois. Les chasseurs, les pêcheurs me découvriraient tout de suite, leur tirant la langue.

— Mais c'est ce pauvre monsieur Saint-André ! s'écrieraient-ils. Il a pas pu supporter le départ de sa femme.

Ils me décrocheraient, encore chaud et bandant comme un hussard, il paraît que la pendaison fournit à son homme cette ultime jouissance. Ils reboutonneraient ma braguette et me transporteraient à la morgue sur leurs épaules en attendant l'examen du médecin légiste. Voilà comment se déroulerait ma fin, dans le plus pur esprit écologique.

J'envoyai des chèques à droite et à gauche, au boucher, au boulanger, au cordonnier pour régler de petites dettes. Le jour venu, je fis toilette, me rasai de près, revêtis mon meilleur costume, chaussai mes meilleurs souliers. Dans un cabas, j'enfermai la corde enroulée, mon portefeuille contenant mes papiers, mon trousseau de clés. Puis j'allai sonner à la porte voisine pour prendre congé de la famille Brun. Il n'est pas courtois de filer à l'anglaise, surtout quand on part pour l'éternité.

— Je vais en Bretagne, passer quelques jours près de ma fille Emilie.

— Tu t'en vas avec si peu de bagages ? s'étonna Albert.

— Dans mon cabas, j'emporte seulement mes papiers et un casse-croûte. A La Tour-Saint-Joseph, sœur Marie-Pauline ne me laissera manquer de rien.

J'embrassai toute la famille et je m'enfuis, sans jeter un dernier regard à l'immeuble que j'avais habité plus de cinquante ans avec Henriette et une année tout seul. Il n'était plus que le tombeau de mes souvenirs. Je ne pris pas la peine non plus d'aller faire une courte visite au cimetière de la Motte. Si nos âmes sont éternelles, la mienne allait bientôt rejoindre celle d'Henriette. Si elles ne le sont pas, nos fumées du moins se confondraient au-dessus du crématorium avec celles de milliers d'autres sans polluer la terre, l'eau ni les poissons.

J'avais à marcher plusieurs kilomètres avant d'atteindre la forêt alluviale de l'Allier qui en revêt la rive gauche, au nord de Cournon. Cela m'offrit l'occasion d'une promenade hygiénique fort agréable. Je fis donc adieu de la main et du regard à la place de la République (devenue de nos jours place Joseph-Gardet en souvenir d'un ancien maire) et à son cèdre de plus en plus expansif. Je suivis l'avenue de l'Allier, empruntai l'allée Pierre-de-Coubertin. Après quoi, je fus en pleine campagne. Un chien m'aboya aux trousses, à qui je débitai son fait :

— Si tu savais où va l'homme que tu embêtes, tu le laisserais à ses ruminations.

Car je ruminais en marchant. Remerciant ma défunte de m'avoir donné le goût de l'écologie. Imaginant les regrets probables de ma fille et de mon fils pour ne pas m'avoir aidé dans ma solitude. Je voyais l'une et l'autre verser quelques larmes, puis s'essuyer les yeux et retourner à leurs affaires interrompues.

Après une petite heure de marche, j'atteignis la forêt alluviale. Je soulevai quelque émotion parmi les passereaux, les pies, les merles occupés à picorer les dernières mûres. Allant d'arbre en arbre, je choisis un chêne pédonculé dont une branche m'offrait un support généreux. Je tirai la corde de mon cabas, l'enroulai provisoirement autour de mon cou, le nœud coulant formant pendentif. La grande difficulté était de me hisser dans le chêne avec un seul bras. Heureusement, des branches inférieures me servirent d'échelons. Après beaucoup d'effort, je réussis à prendre place à califourchon. J'attachai la corde à la branche choisie. J'allais enfiler ma tête dans le nœud coulant lorsque j'entendis des cris :

— Arrête ! Arrête !

Et qui déboula au pied de mon chêne ? Théophile Brun, mon successeur en pointillisme, brillant élève au lycée René-Descartes. Il me saisit les chevilles, me fit tomber par terre, la figure dans la mousse, me criant à la figure :

— Assassin ! Meurtrier ! Criminel !

Il finit par me relever, par me serrer dans ses bras :

— Je n'ai pas cru à ton voyage en Bretagne, avec un simple cabas. Quand tu es sorti de chez nous, je t'ai suivi de loin jusqu'au rond-point de la piscine. Là, j'ai constaté que tu ne prenais pas le bus de Clermont. Toujours te filant à distance, je t'ai rattrapé juste à temps. Tu n'as pas honte ? Tu n'as pas honte de faire ce coup-là à tes amis, à ta famille, à ton œuvre de peintre ?

— Ma famille n'a plus besoin de moi. Mes amis se consoleront. Tu continueras mon œuvre de peintre. Rappelle-toi ce qu'a écrit ce René Descartes que tu fréquentes quotidiennement : « C'est proprement ne valoir rien que de n'être utile à personne. »

— Comment peux-tu dire de telles horreurs ? Il faut que je refasse entièrement ton éducation !

Il me ramena à Cournon. Les Brun se montrèrent très choqués de ce que j'avais essayé de faire.

— Si tu avais réussi ton suicide, me dit Albert, nous ne serions pas allés chanter l'hymne des vignerons à tes obsèques. La prochaine fois que tu voudras te pendre, pends-toi plutôt au cou d'une jolie femme.

Voilà comment j'ai raté ma sortie. Théo, qui avait emporté la corde de chanvre, la fit brûler dans la cheminée où elle produisit une jolie flamme mordorée. De toute façon, elle n'aurait porté bonheur à personne, puisqu'elle n'avait servi à aucune pendaison.

4

Année 2003. Me revoici dans ma solitude de corps et d'âme. Mais souvent invité à la table des Brun ou d'autres personnes dont l'amitié va plus loin que l'éternuement. Exemple, Sophie Mas, qui connaît comme moi les charmes du veuvage. Egalement professeur retraitée. Elle me prépare de petits plats limousins car elle est corrézienne. A base de châtaignes, de poireaux, de graisse d'oie, de truffes. Sa spécialité est le gâteau creusois, riche de noisettes en poudre. Un délice. Nous nous tutoyons comme frère et sœur. Quand je vais chez elle, après un bon repas, elle s'aperçoit que mes yeux *parpelègent*, comme dit Marcel Pagnol.

— C'est le moment de ta sieste, m'encourage-t-elle.

Je tire ma chaise tout près du mur, j'y appuie ma tête renversée et je m'assoupis, les mains croisées sur le ventre. Pendant ce temps, elle reste immobile en face de moi, s'arrête de respirer pour ne pas déranger ma ronflette. Quand j'en sors, j'entrouvre à peine les paupières, je l'observe. Elle ne me quitte pas des yeux, mais ne bouge pas un cil. Je me demande si elle n'est pas un peu amoureuse de moi. Elle a gardé un beau visage, presque lisse, sous une épaisse toison blanche.

Nous jouons au rami. Ou bien aux mots croisés. Quand nous nous penchons sur la même grille, nos tempes se frôlent. Un matin, madame Brun ose me présenter cette suggestion :

— Cher Jacques, pourquoi ne pensez-vous pas à vous chercher une compagne ? Avec une insolente santé comme la vôtre, vous êtes parti pour devenir centenaire. Vous n'allez pas rester seul jusqu'à la fin de vos jours ! Quant à vous enfermer dans une maison de retraite, il n'en est pas question.

— Pas question non plus que je m'encombre d'une amie. Mon cœur est trop plein du souvenir d'Henriette.

— Elle ne vous demanderait pas de l'oublier. Entre deux personnes vivantes, un fantôme trouve aisément sa place.

— Vous avez peut-être quelqu'un à me proposer ?

— Pardi ! Pourquoi pas Sophie Mas ?

— Quand je songerai à prendre une concubine...

— Oh ! Concubine ! Vous ne seriez pas obligés de dormir dans le même lit !

— Quand j'y songerai, c'est vers elle que je regarderai. Mais je suis loin d'être prêt à cet engagement.

— A défaut, vous pourriez vous accommoder d'une aide ménagère.

— J'en ai fait aussi l'expérience. Rappelez-vous cette Lènda, perfide comme une vipère, voleuse comme une pie. Pas envie de répéter l'expérience.

— Toutes les femmes ne sont pas des serpents.

Chaque soir, je peinais à m'endormir. J'entendais sonner onze coups, douze coups au clocher de Saint-Martin. Je me tournais et retournais comme un poisson sur le gril. Je devais souvent me relever pour avaler un Stilnox. Lorsque je sombrais ensuite dans la torpeur, inévitablement, je rêvais d'Henriette. Presque toujours, dans une situation de conflit, pour une clé égarée, pour une goutte d'eau sur le linoléum, pour une tasse brisée. Cela me donnait un avant-goût de notre éternité. Comment les anges réagiraient-ils à nos chamailles ? Il est vrai que dans la maison du Père, la vaisselle doit être incassable. Je me réveillais tout ébouriffé.

De loin en loin, à l'occasion de mon anniversaire ou de ma fête, je recevais une carte postale chargée de vœux et de bisous, expédiée de Toulouse, de Pretoria, de Pékin.

— Vous voyez bien qu'on pense à vous, que votre solitude n'est qu'imaginaire ! s'écria madame Brun.

J'eus une conversation très grave avec Théo. Il avait, comme j'ai dit, entrepris de refaire entièrement mon éducation.

— Je sais ce qu'il te faut, me révéla-t-il. Non pas une nouvelle compagne, ni une nouvelle aide ménagère. Il te faut une nouvelle famille. Une famille d'adoption

— J'ai la famille Brun.

— La famille Brun possède déjà deux grands-pères. Elle n'a pas besoin d'un troisième. Il y a des couples improductifs qui cherchent un enfant d'adoption et qui finissent par le trouver. Toi, il te faut chercher et trouver une famille qui a besoin d'un papy. Une famille disposée à l'adopter 7 sur 7, 24 sur 24, 365 sur 365. Autrement dit, à l'adopter comme un papy véritable. Je suis certain que ça existe.

— Quelle étrange idée !

— C'est une bonne idée.

— Ça demande réflexion. Mais comment faire pour dénicher cette famille ?

— Je m'en charge. J'ai un site sur Internet : *www.theobrun.net*. Je le mets à ta disposition. On passe un message dans la rubrique *Amitiés Contacts*. Avec un titre très parlant. Par exemple : *Grand-père en panne*. Avec ta photo. Ton âge. Tes goûts. Ta religion si tu en as une. Tes ressources. Tu recevras sans doute beaucoup de réponses, que je te communiquerai. Peut-être dix, peut-être cent, peut-être mille. Ensuite, tu prendras des contacts. Tu feras un essai, deux essais, trois essais. Tu finiras bien par dénicher une famille satisfaisante, dévouée, affectueuse, désintéressée.

— Il faudra que je déménage ? Que je quitte Cournon ? Et tous mes amis ?

— Pas nécessairement. Si tu trouves la famille idéale, pas trop éloignée, tu pourras te permettre des absences, de temps en temps, seul ou accompagné d'un petit-fils, d'une petite-fille. Revenir donner de l'air à ta maison, revenir nous embrasser.

— Laisse-moi considérer la chose.

— Prends le temps de considérer. C'est un projet qui doit mûrir dans ta tête, comme les nèfles mûrissent sur la paille. Nous avons un arbre à nèfles. Elles sont immangeables quand on les cueille. Mais si on les laisse deux mois réfléchir dans un endroit frais, elles deviennent douces et savoureuses. Mon idée te semble bizarre aujourd'hui. Dans quelque temps, tu la trouveras géniale.

Je ne connaissais rien à l'Internet, à ce moyen d'entrer en communication avec le monde entier. Mais je me fiais à la compétence du jeune Théo. Son histoire de nèfles me plut. A Ferrières-sur-Sichon, ma grand-mère auvergnate nous en apportait. Je les trouvais dégueulasses.

— N'y goûte pas ! me recommandait-elle. Mets-les sur la paille et patiente. Les meilleures choses ont besoin de patience.

Il me fallut des jours et des jours pour mettre noir sur blanc cette proposition. *Grand-père en panne. Agé de 88 ans, professeur d'histoire retraité, pourvu d'une pension honorable, veuf depuis deux ans, je vis seul et supporte très mal ma solitude. Pratiquement sans descendance, je cherche une famille respectable pourvue d'un ou de plusieurs enfants qui m'adopteraient comme grand-père. Mon vieux cœur est encore capable de beaucoup d'amour. Je suis valide de la tête aux pieds, excepté que j'ai perdu la moitié de mon bras droit en 1940 sur le torpilleur* Siroco. *Je ne souhaite pas m'écarter trop de la commune de Cournon-d'Auvergne (Puy-de-Dôme) où je réside depuis de nombreuses années. Je n'accepterai donc pas les propositions qui me viendraient de départements éloignés. Prière de fournir un numéro de téléphone.*

Je soumis ce texte à mon jeune maître. Il me demanda une photo, celle que je donnai ne lui parut pas assez avantageuse, il me traîna chez un photographe pour en obtenir de meilleures. Dans ma proposition, il supprima « pratiquement », ajouta « agrégé » à mon titre de professeur et cette précision sur mes affinités : *Je pratique la peinture, j'aime la promenade et le jardinage.* Il aurait voulu supprimer aussi *Prière de fournir un numéro de téléphone*, sous prétexte que la communication téléphonique est payante et que la communication par Internet ne coûte rien. Je répondis qu'au téléphone, on entend la voix, l'élocution, le vocabulaire du correspondant ; que ce sont là des caractéristiques de première importance.

— Imagine un bégayeur ! Ou un accent chinois !

Il voulut effacer aussi la mention *pourvu d'une pension honorable*.

— Certaines personnes voudront te prendre pour ton argent.

— Je comprends ce risque. Mais j'ai voulu établir, inversement, que je ne m'introduirai pas en parasite dans la famille choisie, que je serai en mesure de payer mes frais de nourriture et d'entretien. Au surplus, je me sens encore très capable de gérer les biens que je possède.

Ainsi corrigé, mon texte et mon portrait furent lancés sur les ondes universelles comme on jette une bouteille à la mer.

Je n'eus pas besoin d'attendre longtemps. Trois jours après, parvinrent sur notre forum une dizaine de réponses. Deux semaines plus tard, ce fut une cinquantaine d'autres. Théo les imprima sur son ordinateur afin que je pusse les considérer avec soin. Nous les épluchâmes ensemble. Trente furent éliminées, envoyées de trop loin. Restait une dizaine. Elles présentaient des cas intéressants. Un couple très occupé par ses activités professionnelles et affligé de six enfants, venus de trois pères différents. Une grand-mère très moderne qui se déplaçait seule dans la campagne mais risquait de s'égarer. Une jeune femme professeur d'espagnol, célibataire, qui n'avait jamais connu ses grands-parents et qui aspirait à adopter un grand-père. Une femme dépourvue de passé qui cherchait à s'en faire greffer un. Un divorcé, pasteur de la religion gallicane, qui avait besoin d'une aide pour élever ses deux enfants. Une veuve, pourvue d'un grand fils et d'une voiture, qui cherchait un compagnon pour voyager avec elle en toute honnêteté.

Je passai quinze jours à réfléchir, attendant que les nèfles mûrissent, à prendre des contacts téléphoniques, à interroger et étudier mes correspondants. Les avertissant :

— Vous faites partie des sélectionnés de ma liste. Veuillez patienter quelques semaines encore.

Pour premier essai, je choisis le divorcé gallican, monsieur Octave Chassignet, en résidence à Chantelle (Allier), ce qui me ramènerait dans mon département d'origine. J'informai les Brun et quelques autres amis de cette expérience. Tous m'approuvèrent chaleureusement. Contents aussi, peut-être, de se délivrer d'une charge qui, au décours des années, risquait de se montrer pesante.

Je me préparai donc, non sans appréhension, à quitter Cournon qui, d'agrandissements en agrandissements, était devenu la seconde ville du Puy-de-Dôme après Clermont-Ferrand. Tout à coup, me revint à l'esprit le souvenir de Ralph Stackpole, le sculpteur, peintre, poète américain, ancien compagnon de Jack London dans les mines d'or du Klondike ; et de sa femme Ginette. Ayant salué mes amis vivants, je ne pouvais changer de domicile sans aller saluer mes amis défunts. En voiture, je me rendis à Chauriat, sur qui règne une belle église romane au fronton polychrome ; le blond des arkoses s'y marie au roux des tufs volcaniques et au sombre des basaltes. Je retrouvai sans peine la place et la fontaine près de laquelle je reconnus la maison de Ralph. Je le revis, un foulard de cow-boy autour du cou, dans sa grange remplie de totems et de divinités mexicaines. Une plaque de marbre signalait au passant : *Ici a vécu Ralph Stackpole de 1952 à 1973, sculpteur de renommée mondiale*. La rue adjacente portait aussi son nom. Près de la fontaine, un bloc de lave informe montrait ce beau titre : *Monument pour un palais de fougères*.

Le cimetière se trouvait à la sortie du bourg en direction de Vertaizon. J'y entrai. Je pensais avoir quelque peine à retrouver la tombe de Ralph et de Ginette. Un plan du champ des morts m'épargna toute recherche, je fus tout de suite devant le caveau où mes amis dormaient côte à côte. Je l'examinai avec stupeur et indignation. Aucune inscription, aucune plaque n'indiquait l'identité des occupants de ce parallélépipède de brique et de plâtre, tombé dans un délabrement lamentable. Aucune voix, aucun bouquet, aucun signe d'amitié. Si, un croissant de perles : *Leurs voisins*. Ils dormaient dans un anonymat honteux, tels deux condamnés à mort guillotinés. La ville de Chauriat qui affiche sa fierté d'avoir hébergé un « sculpteur de renommée mondiale » ne s'était pas souciée de mettre un simple nom sur sa tombe. Elle lui avait seulement épargné la fosse commune.

Chantelle est un bourg d'un millier d'âmes entouré de cultures et de prairies où paissent les blancs bovins charolais. Il fut jadis dominé par un château fort construit sur les gorges de la Bouble, d'où le connétable de Bourbon partit pour l'exil. La partie féodale a été rasée tant par la volonté du pouvoir royal que par la cupidité des *bounhoumes* environnants : ils se sont emparés de ses pierres pour bâtir leurs maisons. Les bâtiments encore existants sont occupés par un couvent de bénédictines. Afin de subvenir à leurs besoins, elles distillent et vendent des eaux de toilette dont les parfums se combinent agréablement à leur odeur de sainteté. A proximité, Charroux, vieille cité médiévale avec ses portes et son beffroi, et Valbois, la demeure de Valery Larbaud. A quarante-cinq ans, atteint de l'horrible maladie que devait plus tard nommer un certain Alzheimer, il y jouait aux soldats de plomb et organisait une grande revue de la garnison péruvienne par Blaise V, roi de la Thébaïde.

Monsieur Octave Chassignet, retraité de l'armée, avait eu l'astuce de naître entre deux guerres mondiales et de porter trente-cinq ans l'uniforme sans avoir combattu. Il s'était marié tardivement, la cinquantaine bien sonnée, avait eu deux enfants, un garçon et une fille. Sa femme l'avait quitté pour des raisons que j'ignorais. Le divorce lui avait laissé la charge du *ch'tit gat* et de la *ch'tite gatte*.

Ayant repris des vêtements pacifiques, il s'était converti, à la suite d'une illumination, à la religion gallicane. Je le croyais pasteur, il s'affirma prêtre et me montra la petite croix de métal qui ornait sa boutonnière. Je le trouvai seul, ses enfants âgés de neuf et de onze ans étant à l'école publique de Chantelle. C'était un homme robuste, porteur d'une moustache à la Charlot, et d'une paire de lunettes à la

Harold Lloyd. Mais il roulait les *r* en parlant comme tout véritable Bourbonnais. Sa poignée de main n'eut aucun égard pour ma gauche et la laissa pantelante. Plus jeune que moi d'un quart de siècle, il aurait pu passer pour mon fils.

Notre premier entretien porta sur ce gallicanisme que je croyais mort et enterré, après avoir autrefois opposé les souverains français à l'autorité du pape, soutenu par Bossuet contre les ultramontains. Il avait inspiré plus tard la « Constitution civile du clergé ». En 1870, le concile Vatican Ier avait promulgué l'infaillibilité théologique du souverain pontife et, par ce biais, frappé au cœur le gallicanisme. Monsieur Chassignet m'affirma au contraire que ce courant n'était pas éteint ; qu'il existait encore une Eglise indépendante du Vatican, un évêque gallican qui consacrait des prêtres non moins antipapistes. Lui-même avait reçu cette consécration après plusieurs années d'études.

— La doctrine gallicane est beaucoup plus libérale que celle des catholiques officiels. Héritiers de la Révolution française, nous admettons le mariage des prêtres et le divorce.

— Et maintenant, de quoi vivez-vous ?

— De ma pension militaire. Des produits de mon jardin. De certaines donations. Bientôt, j'aurai une chapelle et je pourrai recevoir les offrandes des fidèles.

— Comment ça, une chapelle ?

— Je la construis de mes mains. En utilisant des matériaux de récupération, comme ont fait les Chantellois pour bâtir leurs demeures. Voulez-vous voir à quel point j'en suis ? C'est à quelques pas d'ici.

Nous descendîmes dans les gorges de la Bouble. Sur la rive gauche, les murs du chantier sortaient déjà de terre. On devinait la forme de la future chapelle, orientée vers Jérusalem. A quelque distance, un monceau de matériaux divers, pierres, poutres, plâtras, pavés, débris indéfinissables, attendaient leur réemploi. Chassignet ajouta :

— Je fais le terrassier, le maçon. Le moment venu, je serai charpentier, menuisier, couvreur, paveur, plâtrier, serrurier, vitrier.

— Vous travaillez toujours seul ?

— De temps en temps, je demande l'aide de quelques amis, fervents gallicans comme moi-même.

— Quant à moi, je crains de ne pouvoir vous aider beaucoup, avec mon seul bras gauche.

— Vous vous occuperez des enfants. C'est le rôle principal d'un grand-père.

A onze heures trente, ils arrivèrent de l'école. Je fus tout de suite séduit par ces deux innocents au nez pointu, aux yeux luisants de curiosité. Leur père me les présenta :

— Voici Julia. Et voici Claude, dit Coco. Embrassez ce monsieur. Il s'appelle Jacques, il veut bien être votre grand-père, puisque vous n'en avez pas d'autre, si vous l'acceptez.

Je me penchai, je baisai leurs cheveux et leurs joues rondes qui sentaient la menthe du chewing-gum. Ils se prêtèrent à ce cérémonial, mais ne me rendirent pas mes bisous. On n'adopte pas un grand-père au commandement.

— Pourquoi tu n'as qu'un bras ? me demanda Claude.

— Parce que j'ai perdu l'autre à Dunkerque, pendant la guerre.

— Tu as fait la guerre ?

— En voici la preuve.

— You-pi !

— You-pi ! répéta la sœurette.

Ils attendaient de moi des récits horrifiques parce que l'homme, dès son premier âge, a dans le sang des germes de combat. Pour l'accompagner, la femme fait semblant d'être pareille.

— Tu nous racontes quelque chose ? demanda Coco.

— Déjà ? Laissez-le respirer. Il arrive à peine.

Le déjeuner nous réunit autour de la table de chêne, dans la salle à manger, dont les murs étaient tapissés de *ravauderies* (bibelots sans valeur), assiettes politiques, bénitiers, chapelets en noyaux d'olives, diplômes, portraits de famille, sabre chinois, photo en couleurs du maître des lieux dans son uniforme de lieutenant.

— J'étais dans l'intendance, expliqua-t-il.

Le repas avait été préparé par Gertrude, la femme de ménage. Au milieu de la table, trônaient une carafe d'eau et une carafe de saint-pourçain. Le vin préféré des papes d'Avignon qui l'appelaient *sanporciano*. Je fus sensible à cette boisson pontificale.

Chassignet prononça debout et en français un court bénédicité :

— Bénissez, Seigneur, le repas que nous allons prendre et faites qu'aucune créature humaine ne manque de pain ni d'amour.

Puis chacun prit place sur son siège. Tout se passa dans le silence de la plus parfaite éducation. On n'entendait que le tintement des verres et des fourchettes. Pour le dessert, Gertrude avait préparé des *merveilles*. Chacun en eut trois. Elles nous donnèrent la permission de nous lécher le pouce et l'index. Il n'y eut point de café, le maître en fournit cette explication :

— C'est un produit toxique, il provoque des accidents fort dangereux : palpitations, bouffées de chaleur, angoisses, oppressions péricardiales, abaissement de la pression artérielle, insomnies. Cependant, si vous avez coutume d'en prendre, malgré les risques qu'il comporte, Gertrude en préparera pour vous.

— Je peux très bien m'en passer. Que prenez-vous au petit déjeuner ?

— Du thé. Ou de la chicorée.

— Le thé me conviendra parfaitement.

Le repas terminé, Chassignet prononça l'action de grâces :

— Nous vous remercions, Seigneur, de la nourriture que vous venez de nous donner. Faites-nous la grâce de vivre saintement et de mourir dans votre amour. Ainsi soit-il.

Les deux enfants se levèrent et, s'étant lavé les mains, se rendirent à l'école laïque.

J'eus alors une conversation avec monsieur Chassignet concernant les conditions de mon éventuelle adoption grand-paternelle. Nous nous mîmes d'accord sur les points suivants qui furent couchés par écrit sur papier blanc, datés et signés. Bénéficiaire d'une pension de retraite, je verserais mensuellement pour mon entretien une somme dont le montant serait déterminé tous les six mois. Je ne recevrais aucune rémunération pour les services que je pourrais rendre. Ma voiture resterait mon bien personnel et je ne serais tenu de la prêter à personne. Je serais libre de disposer de tout mon temps, pourrais entrer et sortir sans demander permission, en tenant compte toutefois des besoins de la famille. Ma présence comporterait une période d'essai d'un mois, au terme duquel nous pourrions nous séparer ou rester ensemble. Au-delà de cette période, la rupture demeurerait possible après préavis de quinze jours.

Lorsque nous eûmes rédigé tout cela en deux exemplaires, Chassignet me proposa de redescendre à la chapelle :

— Si vous voulez bien, vous m'aiderez à déplacer les matériaux.

— Très volontiers.

Et me voici goujat de maçonnerie. Métier aussi honorable que celui de professeur d'histoire. Ne pouvant ni conduire une brouette ni soulever les grosses pierres, je mettais les moyennes dans un seau et les transportais à pied d'œuvre. Après deux heures de cette corvée, je demandai au maître :

— Vous avez dessiné le plan de votre future chapelle ?

— Naturellement.

— Pourriez-vous me le montrer ?

— Je l'ai dessiné seulement dans ma tête. Dans tous ses détails. Mais je ne cherche pas à construire la chapelle Sixtine.

On était en novembre, l'heure d'hiver raccourcissait les jours. Nous sommes rentrés avant la nuit. Gertrude s'occupait des deux mioches. Chacun eut sa tartine. Quand ils se furent pourléché les badigoinces :

— Tu nous racontes une histoire ? demanda Julia.

— Et les devoirs ? Et les leçons ?
— Après. L'histoire d'abord.
— Une histoire de guerre, insista Coco.
— Je déteste les histoires de guerre.
— Alors, une histoire qui nous fasse rire.
Je finis par céder.
— C'est une histoire de *merveilles*, comme celles que Gertrude nous a fait manger à midi.

Et je racontai comment Jean Sinturel, le *bounhoume* de Bellenaves, était devenu riche sans le faire exprès. Mon récit fit bien rire.

La chambre qu'on m'offrait était petite mais confortable. Avec un lit haut sur pattes, un édredon rouge, un pot de chambre par-dessous à toutes fins utiles. Je disposais aussi d'un lavabo, d'une glace et d'une douche. Sur un rayon, quelques livres d'inspiration spirituelle : l'*Essai sur l'indifférence en matière de religion*, de Lamennais ; *Histoire du catholicisme libéral en France*, de Georges Weill ; et en bonne place la Sainte Bible, traduite sur la Vulgate par Le Maistre de Saci. C'était un peu maigre. Heureusement, j'avais apporté quelques volumes personnels, parmi lesquels mon précieux Marcel Proust. J'en lus deux pages et je m'endormis.

Au milieu de la nuit, je me réveillai pour satisfaire un besoin naturel. Ne reconnaissant plus mon lit, ne sachant plus où je me trouvais, je me levai *à la berlututu* (à tâtons), mon bras et mon demi-bras écartés, cherchant des repères. Je finis par toucher un bouton électrique. Et la lumière fut. Tout me revint.

Agenouillé sur la descente de lit, je réussis à attraper mon jules par l'oreille. Quand je me recouchai, impossible de retrouver le sommeil. « Quelle idée absurde de quitter ta maison, tes souvenirs, tes habitudes, tes amis, tes voisins, pour t'installer chez des inconnus ! Henriette, ma très aimée, dis-moi ce que je dois faire, toi qui as toujours été bonne conseilleuse. Aide-moi à vivre au milieu de ces étrangers. Ce fanatique constructeur de chapelle m'inquiète. Pendant que tu y es, j'ai une douleur dans le genou gauche, je dois marcher avec une canne, si tu en as le pouvoir, soulage-moi aussi de cette incommodité. »

Vers sept heures, enfin, saut du lit définitif. Monsieur Chassignet nous sert du thé ou de la chicorée, au choix. Tartines à volonté. Il ajoute à sa part et m'en offre, mais je les refuse, des filets crus de hareng fumé, expliquant :

— J'ai pris ce goût au Danemark où j'ai vécu enfant. Mon père était consul de France à Maribo.

Comment peut-on déguster à sept heures du matin des filets crus de hareng fumé ? Dans quelle galère me suis-je fourré ?

Nous sommes mercredi ; les enfants ne vont pas à l'école. Le moment venu, ils s'installent face à face à la même table. Julia doit rédiger un « paragraphe libre » sur n'importe quel sujet. Elle manque d'inspiration. Je viens à son secours :

— Pourquoi ne pas raconter qu'un grand-père à l'essai est entré dans ta famille ?

— Génial !

Elle regarde le plafond, suce la queue de son Bic, trace enfin quelques lignes. Elle m'autorise à les lire. « Il sait beaucoup d'histoires. Il nous a raconté celle de

Sinturel qui a pondu un œuf et vu tomber des merveilles dans la cheminée. Nous avons beaucoup ri. »

De son côté, Coco transpire sur un problème de surface et de périmètre qui dépasse ses capacités. Je lui montre comment on peut découper le terrain en triangles, en rectangles, en demi-cercles. Unissant nos deux comprenettes, nous en venons à bout.

L'après-midi, j'emmène mes deux « petits-enfants » dans la campagne chantelloise. La saison est peu favorable à la cueillette des fleurs. Nous devons nous contenter de feuilles épineuses et de billes de houx dont nous composons un bouquet d'émeraude et de corail. Quand nous revenons chez monsieur Chassignet, je reprends à la chapelle ma besogne de goujat.

Je demandai à mon patron s'il était en mesure de célébrer une messe gallicane.

— Parfaitement. En plein air, tant que la chapelle n'est pas achevée. Je vous y invite dimanche prochain, à dix heures.

— J'y serai. Avez-vous prévu de donner un nom à votre future chapelle, de la placer sous la protection d'un saint ou d'une sainte ?

— Notre Eglise ne reconnaît aucun saint, ne prononce aucune canonisation. Dieu seul est saint. Ce coin de terre s'appelle familièrement les Ouches. Notre chapelle s'appellera simplement chapelle des Ouches. A dimanche.

Gertrude préféra rester à ses fourneaux. Claude et Julia m'accompagnèrent sur l'esplanade qui, un jour, deviendrait parvis. Plusieurs bancs attendaient les possibles fidèles. La *gatte* y prit place près de moi, tandis que son frère, vêtu de rouge, s'apprêtait à jouer son rôle d'enfant de chœur. Une table servait d'autel, un paravent de sacristie. Nous fûmes une douzaine, ouailles gallicanes ou simples curieux.

Claude agita une sonnette. Son père parut, enveloppé d'une aube de dentelle, un manipule sur le bras gauche. Il lança une bénédiction à l'assistance, non pas avec deux doigts joints, mais avec trois, à la manière des prêtres orthodoxes, prononçant en français :

— Au nom du Père, et du Fils et de l'Esprit Saint, ainsi soit-il.

Tout ce qui suivit fut récité dans le même langage :

— Je m'approchai de l'autel de Dieu... Seigneur, ayez pitié de nous... Gloire à Dieu au plus haut des cieux... Je crois en un seul Dieu... Dans tous les siècles des siècles... Saint, saint, saint est le Seigneur...

Et de même jusqu'à :

— Vous pouvez partir, la messe est dite.

La communion fut présentée sous les deux espèces : du pain et du vin. Non pas pain azyme, mais simples morceaux de pain ordinaire que les communiants prenaient dans une corbeille. Le sang du Christ fut offert dans un calice où chacun fut invité à boire une lichette, l'enfant de chœur prenant la précaution d'essuyer après chaque libation le bord du vase avec un linge blanc.

Dans son homélie, le célébrant recommanda aux dames et aux demoiselles de venir à la messe sans maquillage ; ou, si elles ne pouvaient s'en passer, d'employer le *Kiss Proof* qui ne laisse aucune trace. Avantageux également lorsque les assistants furent invités à échanger le baiser de paix et que je vis hommes et femmes s'appliquer de gentilles bisettes. Claude promena une autre corbeille afin de recevoir les offrandes. Pour finir, Octave se précipita vers ses fidèles avant leur éloignement pour leur serrer la main et les remercier.

Ainsi se déroula cette messe gallicane dans laquelle je flairais des senteurs orthodoxes ou protestantes. Comme j'allais quitter le terrain, je rencontrai une dame âgée qui secouait la tête pour exprimer son mécontentement. J'osai lui en demander la raison.

— Je n'ai pas aimé cette messe parce que je n'y ai rien compris.

— Comment ça ? Elle était toute dite en français. Est-ce que vous ne comprenez pas le français ?

— Dans mon enfance, j'ai entendu des messes toujours célébrées en latin.

— Vous connaissez le latin ?

— Non pas. Mais je sais très bien ce que veulent dire *Credo in unum Deum, De Profundis*, et tous les beaux cantiques. Je comprends tout à fait ce qu'ils chantent. En français, ils ne me parlent pas.

A vrai dire, je partageais un peu son point de vue. Essayez donc de chanter le *Dies irae* en traduction française !

Mes relations avec la famille Chassignet, avec Gertrude étaient excellentes. Les mioches adoraient mes histoires. Je leur parlai de ma grand-mère à moi, qui était toute petite et vivait à Châteldon dans le Puy-de-Dôme. Un jour de foire, il y avait tant de monde, tant d'animaux sur le foirail qu'elle se trouva bloquée.

Devant elle, se tenait un grand gaillard qui lui barrait la route. Que fit-elle ? Elle se baissa, se fit encore plus petite et réussit à lui passer entre les jambes. L'étonnement du bonhomme fut tel qu'il ne trouva rien d'autre à dire que s'écrier :

— Et alors ?

Mais la petite grand-mère était déjà loin.

Imitant ce tour de passe-passe, j'écartais aussi les jambes, Julia ou Coco se glissaient au milieu, et je m'écriais d'un ton bien surpris :

— Et alors ?

Ils se tordaient de rire.

D'autres fois, je pressais l'un ou l'autre contre ma personne. Il ou elle plaçait ses pieds sur les miens et nous avancions ensemble du même pas, comme des automates.

Dans un pré, je me mettais à quatre pattes, Claude montait sur mon dos, Julia sur celui de son frère, je me redressais, non sans peine, portant cette pyramide, jusqu'au moment où nous nous écroulions tous les trois. Le soir, à peine couchés, ils me réclamaient une bise comme Proust réclamait une madeleine. Julia me tendait sa poupée pour que je l'embrasse aussi.

Sur son chantier, Octave me faisait travailler tel un nègre manchot. Mais je ne me plaignais point. Il m'arriva de l'interroger sur son ancienne épouse. Il me répondit seulement qu'à présent elle ne comptait plus ni pour lui, ni pour ses enfants. Je ne coûtais rien à personne, selon les termes de notre contrat. Au contraire, il m'arrivait d'offrir aux petits des livres, des jouets, des friandises, comme doit se comporter tout grand-père digne de ce nom. Octave possédait une belle voiture grâce à laquelle il nous faisait découvrir les environs. Nous sommes allés jusqu'à la forêt de Tronçais, qui fut jadis un village de charpentiers, de merraindiers, de forgerons, parcouru de larges allées. Les carrefours s'y appellent des ronds. Des étangs permettent des activités nautiques. Quelques-uns de ses plus beaux chênes, plantés sur ordre de Colbert, portent en hommage, taillés dans l'écorce, les noms de personnalités locales : chêne Emile Guillaumin, chêne Charles-Louis Philippe, chêne Jacques Chevalier. Il y eut même un chêne du Maréchal. A la Libération, il fut criblé de balles. Il s'en est remis.

Je pensais me faire adopter définitivement par les Chassignet lorsque je découvris, avec une stupeur terrorisée, une activité d'Octave que j'ignorais. Un mercredi soir, nous rentrions de notre promenade, les deux petits et moi-même. Arrivés devant la maison, nous fûmes accueillis par des cris épouvantables. Des cris d'assassinée.

— C'est rien du tout, m'expliqua Claude. C'est un diable qui sort d'une cliente.

Poussant le battant de la porte, je perçus ce dialogue ébouriffant :

— Asmodée, esprit de l'amour impur ! Sors du cœur de cette femme et retourne d'où tu viens ! Je te l'ordonne au nom de Jésus-Christ cloué sur la Croix pour le salut des humains !

— Haaa !... Haaa !... Haaa !...

— Belzébuth ! Pars avec ton compagnon Asmodée et ne rentrez plus dans cette personne !

— Haaa !... Haaa !... Haaa !...

— Lucifer, prince des démons ! Mané ! Thécel ! Pharès !

— Haaa !... Haaa !... Haaa !...

Je demandai aux petits ce que signifiaient ces barrissements.

— Papa chasse les mauvais esprits. Il est magique.
— Et vous n'avez pas peur ?
— On a l'habitude.

Ils m'encouragèrent à entrer tout à fait. Ils gagnèrent leur chambre, je gagnai la mienne. Les vociférations se prolongèrent une demi-heure encore. Peut-être davantage, j'avais perdu le sens du temps. J'entendis enfin, montant du rez-de-chaussée, les adieux que se faisaient le prêtre et sa patiente. Il me rejoignit pour me fournir des explications :

— Je pratique l'exorcisme sur des personnes envoûtées.
— Exorciste ? Vous êtes exorciste ?
— Je le suis.
— Qui vous a conféré ce pouvoir ?
— Mon évêque gallican, monseigneur du Roc.
— Comment agissez-vous ?
— Je chasse les démons qui possèdent mes clientes. Car ce sont toujours des femmes. Je combats principalement Asmodée, l'esprit de l'amour impur qui les pousse à commettre la fornication, l'adultère, la masturbation, parfois l'homosexualité. Cela exige généralement plusieurs séances.
— Combien ?
— En moyenne, dix ou douze.
— Vous vous faites rétribuer ?
— Naturellement, comme tous les guérisseurs. Je suis un guérisseur de l'âme.
— A quel tarif ?

— C'est variable. Selon la fortune de mes malades. Si elles sont pauvres, je ne demande rien... Pourquoi secouez-vous la tête ?

Avant de répondre, je me posai la question à moi-même. J'avouai enfin que je ne croyais ni au diable, ni aux démons. Lui avec ses cornes, ses yeux obliques, sa queue et ses sabots de bouc, avec son rire satanique. Eux dérivés du précédent, verts, rouges ou noirs. Un spécialiste flamand du XVIᵉ siècle en a dénombré 7 405 926, grands et petits, « tous immondes ». J'ai affirmé qu'il s'agissait là de pures inventions de faibles en esprit, terrorisés par les catastrophes naturelles ou par la perversité d'autres hommes, même si les livres sacrés mentionnent leur existence. L'Ancien Testament parle du Serpent : « Or le Serpent était le plus fin de tous les animaux que le Seigneur Dieu avait formés sur la terre. » Si donc le diable, selon ces textes, est une créature de Dieu, qu'Il s'en prenne à Lui-même de ses méfaits. Dans les Evangiles, Jésus chasse deux mille démons qui occupaient l'esprit d'un possédé et les transfère dans les corps de deux mille pourceaux, qui vont immédiatement se noyer dans la mer. J'ai demandé à Octave s'il possédait aussi des pourceaux afin d'y loger Asmodée et ses confrères.

— Je vois, m'a-t-il répondu, que nous ne nous entendrons point sur ce sujet. Il n'importe. Vous n'êtes pas venu ici pour me convertir à la raison. La raison que Luther appelait « la putain du diable ».

Je lui ai servi une petite histoire par laquelle j'exprimais bien mon scepticisme.

Le Bourbonnais possède une commune où le diable ne fréquente jamais. Il s'agit de Lalizolle, pas bien loin d'ici.

— Vraiment, elle a ce privilège ?

— Dans cette commune, on prononce le « guiable ». Le jour du marché, vous pouvez entendre les paysans qui s'écrient : « Que le guiable s'écorche vif si mes vaches sont pas des plus viandeuses ! Que le guiable s'estrangouille si mes œufs sont pas frais ! Que le guiable se patafiole si ma poulaille est pas tendre ! Que le guiable s'étripe... Que le guiable se décervelle... Que le guiable se marmitonne... » Effrayé par ces imprécations, le diable ne fréquente plus Lalizolle. Les habitants sont des vertueux.

Ce jour-là, nous n'avons pas poussé plus loin notre controverse démonologique. Je me suis persuadé que les clientes d'Octave Chassignet avaient plutôt besoin d'un médecin psychiatre. A moins qu'Octave lui-même... Je n'ai pas eu longtemps le courage de tolérer les cris et vociférations qui chaque semaine montaient de son cabinet. A croire que Chantelle, contrairement à Lalizolle, était une possession du guiable et de ses créatures.

J'avisai mon patron que je ne pensais plus pouvoir me faire le complice de ses bruyantes activités.

— Complice ?

— Je le serais si je restais. En conséquence, selon les clauses de notre contrat, je vous informe que je quitterai dans deux semaines mon emploi de grand-père. Veuillez avoir la charité de ne pas en faire mention à vos enfants tant que je dormirai sous votre toit. Ils se sont déjà un peu attachés à moi et chercheraient peut-être à me retenir. Je m'en irai un matin de bonne heure sans les embrasser.

5

Je suis revenu à Cournon, heureux de retrouver mes amis, ma maison, mes tableaux, mes armoires, mes tapis, les souvenirs de ma chère épouse. Elle cuisait des confitures dans cette bassine. Elle faisait de petites lessives dans ce moulin à manivelle. Elle grattait les cordes de cette mandoline. Elle arrosait les capucines de cette jardinière. Pas trop pressé de me lancer dans une seconde expérience, j'ai passé l'hiver chez moi, peignant de chic des toiles pointillistes, car je ne sais pas me renouveler. Je me faisais livrer mes repas à domicile. Le printemps venu, tiraillé entre mes meubles qui voulaient me garder et mes amis qui m'engageaient à repartir, j'ai fini par céder à la pression des seconds et me suis engagé dans la fréquentation d'une autre famille.

Elle m'a conduit près de Randan, jolie bourgade limagnaise en bordure d'une vaste forêt où les Riomois, les Clermontois, les Vichyssois ont coutume d'aller cueillir du muguet les jours qui précèdent le premier mai. Naguère, Randan s'enorgueillissait d'un magnifique château où la cuisinière du duc de Praslin eut l'idée de faire rissoler des amandes dans du sucre bouillant et d'inventer les pralines. Après avoir été habité par madame Adélaïde d'Orléans, sœur et conseillère de Louis-Philippe, le château fut victime d'un incendie en 1925 et n'a jamais été relevé. Il n'en subsiste que des ruines et la chapelle.

Non loin de là, un certain chirurgien retraité dont il n'est pas nécessaire que je répande le nom occupe un manoir de belle figure, en compagnie de diverses personnes. Dont sa belle-mère, qui est pour tout le monde madame Adèle, une ancienne institutrice octogénaire, veuve depuis quinze ans. Chez son gendre et sa fille aînée, elle ne manquait de rien, excepté de compagnie. Seule, elle se perdait dans ses promenades. On avait dû plusieurs fois lancer les gendarmes à ses trousses. Il me fut proposé de lui servir de chaperon, un peu dans le manoir, beaucoup à l'extérieur. Ce rôle n'était pas tout à fait celui d'un grand-père ; mais je l'acceptai par curiosité.

Il me fallut d'abord gagner la sympathie de ma pupille. Ce ne fut pas trop difficile, puisque nous avions tous les deux un long passé pédagogique. Ayant enseigné dans les campagnes et dans plusieurs villes, elle résumait sa carrière en termes abrupts :

— Je suis désolée de le dire. Mais ma longue expérience m'oblige à affirmer que la moitié de la population scolaire, et par voie de conséquence la moitié des parents dont elle est issue, manque d'intelligence. Cela peut aller de la faiblesse d'esprit jusqu'au crétinisme complet. Je parle du tout-venant, pas des élèves sélectionnés du secondaire et du supérieur. La moitié des Français sont des imbéciles. Je suis certaine que la moitié des Anglais, des Allemands, des Russes en sont aussi. A force de temps et de patience, j'apprenais quand même à mes minus la lecture, l'écriture, le calcul. Les crétins sont d'ailleurs très précieux dans un pays. Ils travaillent la terre, ou dans les mines, ils bâtissent les maisons. Ils font les révolutions, ils meurent dans les guerres en Algérie, en Indochine, en Palestine. Embrigadés par des individus qui se croient très intelligents. Erreur : les très intelligents sont des hommes pacifiques, ils ont horreur de toute violence, ils cultivent des roses, ils n'assistent pas aux rencontres de foot.

Je lui demandai s'il fallait être crétin pour devenir un bon paysan.

— Pas du tout. Mais il y a une manière crétine de travailler la terre et une manière intelligente.

— Par exemple ?

— Je connais un spécialiste des fraises sous serre. A leur pleine saison, il emploie des cueilleurs temporaires. C'est une besogne fatigante, qui endolorit l'échine. Alors mon fraisiculteur s'est mis à produire des fraisiers suspendus, dans des cagettes remplies de terre et de tourbe, bien arrosées, accrochées à la voûte des serres. Les fraises mûrissent à la hauteur des épaules d'un homme. Les saisonniers les cueillent trois fois plus vite que s'ils devaient s'accroupir.

— Est-ce qu'on peut rendre un crétin intelligent ?

— Non. Mais on peut l'empêcher, à force d'explications, à force d'amitié, de commettre des crétineries. J'ai adoré mes petits crétins, mes petites crétines, qui étaient parfois des enfants charmants. Quand je les retrouve adultes, ils viennent à moi, ils me remercient, ils m'embrassent.

Ainsi j'ai eu avec madame Adèle, quand la pluie fouettait nos vitres, de longues conversations d'intérieur sur les sujets les plus variés. En somme, je lui servais de dame de compagnie. Par temps soleilleux, nous partions à pied en promenade autour du manoir, dans les bois de Randan. Bavardant, chantonnant, sifflotant avec les merles, caquetant avec les pies, cueillant un bouquet de perce-neige, de violettes ou de muguets suivant la saison. Absorbée par le décours de ses souvenirs, sans trop prendre garde au chemin qu'elle empruntait, elle me racontait sa vie, son enfance, ses études, ses amours, son mariage, ses bonheurs, ses chagrins. Elle s'embrouillait parfois dans les dates, dans les lieux, dans les patronymes. Et moi à qui elle était confiée, je prenais des repères parmi les sentiers ; je cassais des branches, je remarquais des cailloux à la manière des Mohicans de Fenimore Cooper. Nous avons de la sorte erré maintes fois sans nous perdre. Jusqu'au jour exécrable où monsieur Pañado s'est mêlé de nos affaires.

Oserai-je fournir les détails ? Ma main gauche rougit de confusion en traçant ces lignes. Avant de sortir du manoir, je ne manquais pas de prendre la précaution des paysans : ils vont à l'étable vidanger leurs entrailles sur le tas de fumier. Ils savent d'ailleurs qu'aucun engrais n'enrichit mieux la terre que l'engrais humain. Si vous êtes invité à partager le riz, le poisson ou le nid d'hirondelle d'un agriculteur chinois, la politesse exige qu'avant de prendre congé vous alliez lui rendre au cabinet une partie de ce que vous avez consommé. Bref, tout cela pour amener ceux qui par hasard pourraient me lire à comprendre que, ce matin-là, pour je ne sais quel motif, j'avais oublié de me précautionner avant de partir. Or voici qu'au milieu du bois, j'éprouve tout à coup un impérieux besoin. Aux côtés de madame Adèle, très embarrassé, j'explique ma situation ; je lui recommande de ne pas s'éloigner du point où nous nous trouvons. Et je prends du large en me dissimulant sous les broussailles. Ayant accompli ce que Jean-Paul Sartre appelle dans *Les Mots* la « grosse commission », je cherche autour de moi ce que Rabelais appelle, lui, une herbe « torcheculative ». Il en cite plusieurs : sauge, fenouil, aneth, marjolaine, feuilles de courge, de chou, de bette, de guimauve, d'épinards. Je dois me contenter de quelques herbes forestières. Après quoi, je retourne à l'endroit convenu. Point de madame Adèle ! J'eus beau regarder alentour, je n'aperçus ni son bonnet sombre et plissé, ni sa longue robe claire qui la faisaient ressembler à une morille mitrophore. Aucun doute, monsieur Panado était passé par là et lui avait soufflé une mauvaise pensée. Affolé, je courus plusieurs sentiers, m'époumonant à crier : « Adèle ! Adèle ! » Il me fallut peut-être une heure de zigzags avant de la trouver assise au pied d'un hêtre.

— Où étiez-vous passé ? me demanda-t-elle froidement. Je vous ai cherché partout !

Elle me montra sa robe déchirée. A notre retour au manoir, elle expliqua à sa façon le peu de soin que j'avais pris d'elle. Il me fallut, malgré ma confusion, raconter mon histoire malodorante et rectifier. Sans mentionner monsieur Panado pour ne pas aggraver mon cas. Le fils et la belle-fille me crurent sans peine.

— J'ai une idée pour empêcher ces égarements, dit le chirurgien.

C'était un homme de science. Quelques jours plus tard, il me présenta une boîte magique pourvue d'un petit écran.

— Savez-vous ce que c'est qu'un GPS ? Un *Global Positioning System* ?

— Aucune idée.

— Une invention américaine qui, utilisant un satellite, permet de connaître l'emplacement exact d'un objet mobile, bateau, avion, voiture. Il permet aussi de diriger l'objet en question en lui fournissant des indications sur son itinéraire à suivre. Miniaturisé, le GPS peut maintenant servir de guide à une personne. Naturellement, l'itinéraire doit avoir été choisi au préalable par le lanceur. En l'occurrence, moi. Je connais parfaitement les chemins et sentiers qui parcourent la forêt de Randan. Je puis donc fixer dans cette boîte la route que vous devrez suivre ensemble lors de vos promenades.

Emerveillé par cette liaison ciel-terre, je le fus davantage encore lorsque j'entendis sortir de la boîte magique une agréable voix féminine donnant des instructions :

— Marchez environ deux cents mètres... A présent, tournez à gauche... A trois cents mètres de là, vous vous trouverez devant un carrefour de trois voies. Empruntez celle de droite qui est la moins boueuse. A six cents mètres, asseyez-vous sur un banc de pierre et reposez-vous...

En somme, madame Adèle n'avait plus besoin de mes services de guide. Tout au plus me souhaitait-elle encore pour ses besoins de conversation. Nos dialogues étaient d'ailleurs fréquemment interrompus par la petite dame de la boîte :

— Vous pouvez repartir. Bientôt, vous tournerez à droite...

Chaque soir, le chirurgien disposait le GPS pour une excursion nouvelle. Il arriva un incident. Au lieu de nous ramener au manoir en fin de parcours, la petite dame nous dirigea vers Saint-Sylvestre-Pragoulin, à plusieurs kilomètres de notre résidence. Je lui débitai un certain nombre d'invectives qui ne l'émurent aucunement, car c'était une voix de synthèse.

— C'est nous les coupables, dit madame Adèle. Nous avons dû mal suivre les instructions, tourner à gauche quand il fallait prendre à droite. Ou bien mon fils a commis une erreur.

Il nous fallut marcher cinq kilomètres, avec l'aide des paysans de rencontre, ces demi-crétins qui nous permirent de retrouver notre manoir. Madame Adèle arriva si épuisée qu'elle dut se mettre au lit.

— Les mécaniques ne se trompent pas, conclut le chirurgien. Ceux qui se trompent, ce sont les mécaniciens.

A quelque temps de là, il me confia une mission plus délicate encore. Il s'agissait d'accompagner sa mère jusqu'à Paris où nous serions reçus chez un fils à lui, petit-fils à elle. Il viendrait nous attendre à la gare de Lyon et nous garderait une quinzaine.

— *No problem*, répondis-je avec assurance.

— Si fait, il y en a un. Vous devrez en même temps tirer une valise roulante et retenir madame Adèle près de vous. Et vous n'avez qu'un bras.

— *No problem*. J'emploierai les services d'un porteur. Quant à monter la valise dans le filet, je demanderai ce service à un voyageur de bonne volonté. On en trouve toujours.

Il nous transporta à la gare de Vichy où nous prîmes le train Corail. Assis face à face dans notre voiture de première classe, en compagnie d'autres voyageurs, nous avons en silence regardé un moment défiler la campagne bourbonnaise, ses prés verts, ses vaches blanches, ses clochers pointus.

— Vous êtes sûr, m'a demandé soudainement madame Adèle, que nous allons dans le bon sens ? Je ne voudrais pas me retrouver à Béziers.

— Tout à fait sûr.

Pour plus de précaution, elle ouvre son sac, en tire son GPS.

— Je l'ai chargé, m'expliqua-t-elle. C'est tout simple. Il suffit d'indiquer le point de départ, Vichy, et le point d'arrivée, Paris, gare de Lyon. La petite dame se charge du reste.

J'essaie de lui faire comprendre que le train suit des rails et ne peut en conséquence se tromper de route. Elle secoue la tête, elle ne me croit pas. La petite dame de la boîte commence à donner de la voix. Et comme cette voix s'entend mal, mon Adèle répète ses ordres avec force :

— *A Saint-Pourçain, tournez à gauche.*

Et moi :

— Mais nous ne passons pas par Saint-Pourçain !

— Taisez-vous donc. Le GPS sait mieux que vous le chemin que nous devons suivre... *A Chemilly, conservez la ligne droite. Dans dix minutes, nous atteindrons Moulins.*

C'est vrai, malgré le détour. Nos compagnons de voyage pouffent derrière leurs mains. Quelques-uns se préparent à descendre. Arrêt de trois minutes. D'autres montent et prennent leurs places. Le train repart. Mon Adèle remet en marche son GPS :

— *Dans une demi-heure, traversée de Saint-Pierre-le-Moûtier. Prenez la route de droite.*

L'ensemble des témoins rigole sans retenue. Et elle de protester :

— Nous n'avons pas pris la route de droite. Nous filons sur la gauche. Je me demande où nous allons atterrir !

Et moi :

— Faites-moi confiance. Nous atterrirons à Paris.

Il en fut ainsi pendant les trois heures du parcours.

— *Tournez à droite* !... A droite, je vous ai dit, pas à gauche ! Ce train se trompe ! Il nous emmène à Béziers !

Elle ne se convainquit qu'elle arrivait bien à Paris que lorsque son petit-fils, sur le quai de la gare de Lyon, la serra dans ses bras.

Madame Adèle était une femme charmante. Pleine d'opinions originales, de sentiments exquis, de souvenirs merveilleux. Même si tout cela s'embrouillait un peu, comme j'ai dit, dans ses propos. Prenant souvent un mot pour un autre. Ainsi, au retour de Paris, elle voulut à Saint-Germain-des-Fossés se rendre au buffet et demanda à un employé de la SNCF où se trouvait le passage sous-marin. Je serais volontiers demeuré à son service. C'est elle qui nous quitta. Un matin, par inadvertance, elle oublia de se réveiller. Je baisai sa main froide, je l'accompagnai au cimetière et je regagnai Cournon.

6

Troisième expérience.

Elle me conduira cette fois à Riom chez une mère de famille qui élève seule ses quatre enfants. Riom, capitale judiciaire de l'Auvergne. Ses habitants ont jugé spirituel d'appeler boulevard de la Liberté une rue qui conduit à la prison centrale. Les églises sont noires comme la suie. Quoique sévère dans sa figure et ses fonctions, la ville offre à qui sait les voir nombre de curiosités qui justifient son surnom de Riom le Beau. Ainsi la Maison des Consuls avec les cinq arcades de son rez-de-chaussée, l'élégante frise du premier étage et ses quatre bustes romains, sans doute proposés en exemples aux magistrats de notre époque. L'hôtel Guimoneau, orné intérieurement de belles sculptures représentant la Force, la Justice, la Prudence, la Tempérance, vertus éminemment riomoises. Dans les murs qui entourent la cour intérieure, des médaillons montrent le maître et la maîtresse des lieux à des lucarnes ; de sorte que vous avez l'impression d'être attendus par ces marchands du XVe siècle, qu'ils vont descendre l'escalier pour vous accueillir.

Il faut voir encore la Sainte Chapelle, seul reste du château que fit construire le duc Jean de Berry [1], Auvergne et Berry formant à l'époque une même province. Une demeure gracieuse, paraît-il, dentelée, crénelée, hérissée de flèches et de clochetons. Dans une immense salle où pouvaient se restaurer deux cents convives, le duc traitait avec faste ses favoris, ses poètes, ses musiciens, ses bouffons, ses putains. Ce château traversa guerres et révolutions sans grands dommages. En 1824, il était encore intact. A ce moment, on le démolit pour faire place au palais de justice actuel. On aurait pu sacrifier un champ de pommes de terre, l'espace ne manquait pas. On préféra jeter bas la seule chose mémorable qu'eût laissée Jean de Berry. On conserva toutefois la Sainte Chapelle, moins sa flèche. Le visiteur peut encore lire aux clefs de voûte la mystérieuse devise de Jean : *Oursine le temps venra*. Quelle Oursine ? Le temps de quoi ? Depuis plus de dix siècles, les historiens s'arrachent les cheveux sur cette devinette.

Et encore l'église Notre-Dame-du-Marthuret, non pour l'édifice lui-même, quoiqu'il ne soit pas sans intérêt, mais pour la célèbre Vierge à l'Oiseau dont une copie en pierre noire orne la façade, l'authentique, en pierre blanche coloriée, résidant à l'intérieur, ainsi préservée des fumées. Marie porte son enfant sur le bras gauche et soutient les petits pieds dans les doigts de sa main droite. Lui retient de ses deux menottes un oisillon aux ailes ouvertes et le tend vers sa mère.

---

[1] Fils du roi Jean le Bon, il avait fui à Poitiers devant les Anglais, « préférant ses aises à la fatigue de se battre ».

Entre leurs deux sourires, entre leurs deux regards passe un courant d'infinie tendresse.

Voilà donc un résumé de la ville où j'acceptai de m'installer, chez madame Maureau, prénommée Muguette, rue Croisier. Veuve d'un premier mari, divorcée d'un second, elle ne me cacha point que ses quatre enfants avaient eu quatre pères différents. Et moi, éberlué :

— Comment avez-vous fait ?

— Considérez, me répondit-elle sèchement, que ces quatre gamins appartiennent à moi seule. Mon père est aussi décédé. Vu la diversité de leurs origines, ils n'ont aucun grand-père naturel. Voilà pourquoi je cherche à leur fournir un grand-père d'adoption.

— Puis-je vous demander votre âge ?

— Que voulez-vous en faire ?

— Pardonnez mon indiscrétion. Dites-moi du moins si vous exercez une profession.

— Je suis greffière à la cour d'appel.

Son aspect, sa haute taille correspondaient bien à ce métier judiciaire : le visage nu de tout maquillage, les cheveux séparés par un sillon blanc, puis roulés en macarons sur les oreilles, le regard dissimulé par des lunettes bleutées, les vêtements sombres aux plis verticaux. Je me demandai comment elle avait pu séduire quatre compagnons. Ses deux filles et ses deux garçons de cinq à treize ans semblaient lui obéir au doigt et à l'œil. Je devinai qu'ils tremblaient devant ses fonctions de justice ; qu'elle devait les menacer de prison à la moindre incartade. Ils ne fréquentaient pas l'école laïque, mais l'école du Sacré-Cœur. C'étaient d'ailleurs d'excellents élèves, je m'en aperçus lorsque j'eus à vérifier leurs tâches écrites.

Les quatre pères ne semblaient manquer à aucun des quatre enfants, qui les avaient peu connus. Sans doute oubliés. Je demandai à Muguette Maureau de me fournir des précisions sur le rôle qu'elle m'attribuait.

— Leur parler du passé, de celui que vous avez vécu, de celui que vous avez enseigné. Jouer avec eux. Les emmener en promenade.

— Jouer à quoi ?

— A ce que vous voudrez. Aux cartes, aux quilles, aux charades. Mais surtout, apprenez-leur à chanter, à danser, à plaisanter, à rire. Cette demeure manque de gaieté. Je compte sur vous pour que vous lui en fassiez une transfusion.

Je m'efforçai de suivre ces instructions. Souvent, je prenais Sandrine, la plus petite, sur mes genoux, les trois autres s'asseyant autour, sur la moquette. Et je devenais leur bouffon. Je leur donnais des leçons de grimaces. A la manière de Voltaire qui, autour de Ferney, s'amusait à grimacer devant les enfants. Mais il était si laid naturellement que lorsqu'il grimaçait, il l'était moins. Je me sentais bien récompensé lorsque les miens éclataient de rire. On dansait rondin-picotin, la bourrée, la valse, la polka, la farandole, la sabotière.

Comme dans mes précédentes expériences, je n'avais pas à m'occuper des repas, confiés à une jeune domestique. J'étais entré chez Muguette un lundi matin. La semaine s'était déroulée de façon satisfaisante pour tous. Le week-end m'apporta une découverte des plus inattendues.

— Chaque samedi soir, m'annonça la greffière, je m'évade. C'est pour moi plus qu'une habitude. C'est un besoin absolu.

— Quel genre d'évasion ?

— J'ai besoin de m'alléger l'esprit, de rencontrer du monde, des gens connus, des inconnus. En général, je rentre vers deux heures du matin. Mais il peut m'arriver de ne rentrer qu'au petit jour. Veuillez ne pas me poser de questions à ce propos. Il fait partie de mon jardin secret. Je vous demande aussi de ne pas le commenter devant mes enfants.

— Que ferai-je d'eux pendant vos absences ?

— Vous veillerez sur eux en véritable grand-père. Après le repas du soir, vous leur raconterez une de vos auvergnateries et ils iront se coucher très détendus.

— Si l'un d'eux a un malaise ?

— Vous alertez notre médecin traitant. Voici son nom, son adresse, son numéro de téléphone. J'ai signé avec lui une sorte d'abonnement. Il viendra au premier appel. En cas de nécessité absolue, il me contactera sur mon portable. Etes-vous d'accord sur tous ces points ?

— D'accord à titre d'essai. On verra à l'usage.

Muguette partagea notre potage, nos spaghettis, notre tarte Tatin. Puis elle disparut.

— Elle va se déguiser, me souffla Victor, l'aîné des quatre, une main devant sa bouche.

Après de longs préparatifs, elle reparut, en effet métamorphosée. Une perruque blonde sur la tête, les lèvres peintes, décolletée, vêtue d'une jupette bleue, chaussée de souliers plats qui diminuaient sa taille. Je crus ne pas la reconnaître. J'osai à peine émettre un souhait :

— Passez une bonne soirée.

De ses cinq doigts réunis, elle lança un baiser collectif à ses enfants, me salua de la main et disparut, laissant derrière elle un sillage parfumé. Plus rien ne restait de son emploi de greffière en cour d'appel. Où allait-elle ? Où sa voiture la transportait-elle ? J'avais promis de ne pas commenter. Je demandai quand même :

— Elle se transforme comme ça tous les samedis ?

— Pas toujours de la même façon. Elle porte tantôt une perruque blonde, tantôt une rousse.

Je ne demandai pas ce qu'ils en pensaient.

— Passons aux choses sérieuses.

Et je racontai l'histoire de Jeannot et Jeannette, variante auvergnate du Petit Poucet. Si habiles, ces deux-là, qu'ils réussissent à échapper à l'ogre. Ils s'enfuient sur sa charrette, dans laquelle ils découvrent le trésor volé par cet ostrogoth.

— Qu'est-ce que c'est, un ostrogoth ?

— Quelqu'un qui ne vaut pas cher. Capable de commettre tous les crimes. Il s'élance derrière le frère et sa petite sœur, demandant à toutes les personnes de rencontre : « N'avez-vous pas vu Jeannot et Jeannette, / Mon cheval et ma charrette, / Mon or et mon argent ? » Et toutes les personnes lui répondent de travers et l'envoient au diable vauvert.

— Qu'est-ce que c'est le diable vauvert ?

— Un endroit très éloigné, où l'on n'arrive jamais. Si bien que Jeannot et Jeannette sont rentrés chez eux. Il est neuf heures et demie, le conte est fini, chacun va au lit.

Je couchais au second étage, eux quatre au premier. Comme il était un peu tôt pour moi, j'ouvris *A l'ombre des jeunes filles en fleurs*. Je restai en extase devant cette parenthèse : *(il est vrai que s'il l'eût fait, je ne me fusse peut-être pas aperçu tout de suite de sa vanité, car l'idée qu'on s'est faite d'une personne bouche les yeux et les oreilles ; ma mère pendant trois ans ne distingua pas plus le fard d'une de ses nièces que s'il eût été invisiblement dissous dans un liquide ; jusqu'au jour où une parcelle supplémentaire, ou bien quelque autre cause amena le phénomène appelé sursaturation ; tout le fard non aperçu cristallisa et ma mère, devant cette débauche soudaine de couleurs, déclara comme on eût fait à Combray que c'était une honte et cessa presque toute relation avec sa nièce).* Tout en apercevant une certaine similitude avec les fards de Muguette, j'allais obtenir l'effet soporifique désiré quand tout à coup ma porte s'ouvrit. Presque silencieusement. Une forme blanche s'avança, celle de Sandrine, dite Sandrillon. Elle vint à moi, me souffla au nez :

— J'ai peur de l'estrogo.

— L'estrogo, ça n'existe pas. C'est une invention, un conte pour amuser les enfants.

— Est-ce que je peux entrer dans ton lit ?

— Si tu veux. Je te préviens que je ronfle. Je t'empêcherai de dormir.

— Ça ne fait rien.

Elle se blottit contre moi. Sur ma poitrine, je reçus sa tignasse crêpelée, autour de mon cou ses bras dodus. Heureusement, le lit était assez large. Lorsqu'elle sombra dans le sommeil, je pus me dégager et m'éloigner un peu. L'estrogo nous laissa dormir ensemble.

Je commençais à m'attacher à Muguette Maureau et à ses quatre innocents. Tout alla bien durant plusieurs semaines. Tout à coup, alors que la mère s'était évadée, deux incidents déplorables se produisirent. Le premier vint encore de Sandrillon qui soudain, au milieu de la nuit, se plaignit de douleurs hypogastriques.

— Mal au ventre !… Mal au ventre !…

Gémissements, sanglots. J'appelle le médecin de famille. Il accourt comme promis. Il veut palper la fillette. Mais dès que ses mains l'approchent, elle redouble de hurlements. Il lui fait tirer la langue, lui touche le front. Il me regarde, secoue la tête :

— Je ne trouve rien. Nous avons là une petite simulatrice.

Il sort cependant de sa trousse une fiole remplie d'une liqueur rosâtre, lui en fait boire une cuillerée. Sandrine y prend goût, en demande une seconde, qu'il veut bien lui accorder.

— Recouche-toi. Demain tu seras guérie.

Il me dit au revoir en me lançant un clin d'œil complice.

— Placebo, me souffla-t-il.

Effectivement, notre Sandrillon dormit comme un ange.

Le second incident, quinze jours plus tard, fut à peu de chose près la répétition du premier. Momo, le plus jeune des garçons, se plaignit pareillement de douleurs intestinales. Accompagnées cette fois de fièvre et de nausée. Nouvelle intervention du docteur. Palpations des zones sensibles. Cette fois, le mal semblait sérieux. Je pus entendre le médecin, après avoir tapoté sur son portable, décrire à la mère les symptômes et le diagnostic :

— Obstruction intestinale. Jadis appelée « colique de miséréré », parce qu'on n'avait pas d'autre remède que l'imploration au Créateur.

A l'autre bout du fil, madame Maureau évoqua la petite comédie de Sandrillon.

— Non, Muguette, insista-t-il, je ne crois pas à une autre simulation. Le petit a le front brûlant et la douleur est bien localisée dans la fosse iliaque. Il faut opérer... Non, il n'y a pas une urgence extrême, mais le plus tôt sera le mieux... Comme vous voudrez. Vous êtes la mère de cet enfant. Je reste près de lui, d'accord.

En fait, Muguette ne rentra qu'à l'aube suivante. Les yeux brillants, la perruque ébouriffée. Entre elle et le docteur, je perçus une très vive discussion. Dès que j'en eus le loisir, je lui donnai mon congé. Et je quittai la demeure de la greffière dans la quinzaine qui suivit, selon les termes de notre contrat. Par la suite, j'appris que le jeune Momo avait été heureusement opéré de son obstruction et s'en était bien remis.

Aucun de ces quatre enfants n'a pu garder le souvenir d'un grand-père d'emprunt qui, à sa manière, était aussi une espèce d'estrogo.

7

Quatrième expérience.

Elle me ramena presque chez moi : à Billom, non loin de Chauriat où dorment anonymement Ralph et Ginette Stackpole. Pendant des siècles, cette petite ville entre Limagne et Livradois fut une sorte de Sorbonne auvergnate, riche de milliers d'étudiants. Au XVIe siècle, son université reçut le premier collège ouvert en France par les Jésuites. Il devint plus tard une école d'enfants de troupe, avant de finir en collège d'Etat.

Les Billomois, jeunes ou vieux, présentent souvent – pas tous –, comme le roi Henri IV, un défaut d'haleine. C'est qu'ils vivent au centre d'une région agricole qui produit, bon an mal an, des tonnes d'ail chaque année. Ils le consomment cru ou cuit de toutes les façons possibles : saucisson à l'ail, fromage à l'ail, soupe à l'ail, pommes de terre à l'ail, poudre d'ail, pâte d'ail, bonbons à l'ail, médicaments à l'ail, ail tout nu. Les enfants portent autour du cou un collier de gousses qui a des vertus vermifuges. Ils ont gagné à leur goût le chanteur Mariano : « Tchicatchica-tchic-ail ! ail ! ail ! » Bref, ils en mettent partout. Leur souffle s'en trouve également assaisonné, ce qui les rend difficilement abordables. Toute conversation avec des Billomois typiques est impossible au-delà de trois minutes.

Je connaissais depuis longtemps cette particularité. Elle ne me retint pas, sachant aussi que Billomois et Billomoises ont le sens de l'humour, d'envisager un projet d'adoption chez madame veuve Thècle Régis, professeur d'espagnol, mère d'un garçon de quinze ans prénommé Barthy, abréviation de Barthélemy. Ils résidaient rue des Boucheries, une voie étroite, pavée de cailloux pointus et de bonnes intentions, sans trottoirs, la rigole au milieu telle qu'elle était au Moyen Age. Je les rencontrai un dimanche, mère et fils, après la messe à Saint-Cerneuf. On me servit une quiche à l'ail, du gigot à l'ail, des haricots verts alliacés. Je supportai vaillamment ces épreuves, récompensé par une délicieuse tarte aux prunes.

Madame Régis me découvrit alors ses pensées et ses opinions :

— Mon père, maître Choupin, avocat au barreau de Riom, avait un frère prêtre et une sœur religieuse. J'ai reçu une éducation profondément chrétienne que je me suis efforcée de transmettre à mon fils. Mon mari était lui-même tertiaire de Saint-François, protecteur des pauvres et des malades. Ce qui n'était pas très facile car il travaillait pour les banques. Si vous n'avez pas, cher monsieur, de sincères sentiments religieux, nous ne pourrons vivre ensemble.

— Je crois, madame, en un Créateur souverain à qui je suis disposé à manifester tous les dimanches mon adoration.

— Parfait, pourvu que ce soit sincère. Nous verrons cela à l'usage. Mes études m'ont conduite à l'agrégation d'espagnol. Je sais que vous-même avez été professeur d'histoire. Nous sommes donc collègues. Mes sentiments, ma formation nous ont amenés, il y a vingt ans, mon époux et moi, à faire à pied le pèlerinage de Saint-Jacques-de-Compostelle.

— Vous aussi ?

— Que voulez-vous dire ?

— J'ai rencontré autrefois une jeune Américaine qui avait entrepris cette marche. Comment peut-on venir de si loin ? Elle avait tout de même dû traverser l'Atlantique en bateau.

— Il est vrai que, dans certains milieux, pour des motifs plus sportifs que religieux, le pèlerinage de Saint-Jacques est devenu un *must*. Mais nos raisons à nous étaient purement spirituelles.

— Je n'en doute pas.

— Aimez-vous l'Espagne ?

— Je n'y suis jamais allé. Je ne connais d'elle que ce que j'en ai lu, ce que j'ai vu à la télévision.

— Personnellement, elle me passionne. Je l'ai parcourue de nombreuses fois, de la Navarre à l'Andalousie, de la Galice à la Catalogne. Je caresse le projet d'y retourner prochainement, non pas à pied, mais en voiture, vous confiant la garde de Barthy qui, lui, n'a de goût que pour les mathématiques et l'économie. Profitant des relations de son père, il veut entrer dans la banque.

— Je serai très heureux de lui tenir compagnie, s'il en est d'accord.

— Tout me captive en Espagne. La foi profonde du peuple. Ses grands mystiques, saint Dominique, sainte

Thérèse d'Avila, saint Ignace. Les plaines et les montagnes. La littérature. La musique. Les danses populaires. La cuisine. La tauromachie. Je vous aiderai à connaître ce que vous ne connaissez pas.

Il y eut entre nous un long silence. Elle me considéra, étonnée de mon mutisme, de mes lèvres serrées. Elle questionna enfin :

— Qu'en dites-vous ?

— Vous aimez vraiment la tauromachie ?

— Je l'adore, comme tout le reste.

— Les courses de taureaux ? Le sacrifice de ces bêtes, les tortures qu'on leur inflige, la fureur de la foule, le plaisir qu'elle crie de voir étriper les chevaux, le sang couler dans l'arène et, plus rare, plus exceptionnel, mais plus désiré encore, l'encornement des toréadors ? Vous adorez cette barbarie qui me rappelle, à Rome, les combats du cirque ? Vous aimez cette boucherie ?

— La tauromachie fait partie des traditions, du tempérament, de la culture des Espagnols.

— Croyez-vous que le spectacle de ces horreurs convienne à des chrétiens véritables ?

— Ne pas aimer la tauromachie, c'est ne pas aimer l'Espagne.

— Madame, veuillez me pardonner, mais je ne peux accepter d'entrer dans une famille aussi sanguinaire.

Je pris congé. Cette quatrième expérience fut la plus courte. Quand je fus arrivé chez moi, je me préparai quand même une soupe à l'ail.

Ces quatre échecs me découragèrent, je songeai à ne pas persévérer. C'est ma chère Henriette qui me poussa fermement, comme elle l'avait fait bien d'autres fois, à ne pas abandonner mes recherches. Revenu à Cournon, je la revis en rêve et nous eûmes un débat proche de la dispute, selon notre ancienne coutume.

— Tu le vois, ma très aimée, j'essaie vainement de me distraire au moyen d'une adoption aléatoire. Ma pensée retourne obstinément vers toi, comme l'aiguille de la boussole retourne toujours vers le nord. Tu es une vraie casse-pieds !

— Qui a dit – je ne m'en souviens plus – « Quand on vit seul, on est en mauvaise compagnie » ? Tu n'as pas le droit de rester seul, cela te pousse à commettre des bêtises. Rappelle-toi le chêne pédonculé.

— Si Théo ne s'en était point mêlé, je serais aujourd'hui près de toi.

— Tu déraisonnes. Prends quelques jours de récréation. Fréquente des restaurants, des cinémas. Cherche d'anciens collègues.

Renseignements pris, je constatai que la plupart des collègues que j'avais connus à Blaise-Pascal se trouvaient à présent au paradis. Il en restait deux encore vivants et accessibles. Le premier, jadis agrégé de philosophie, cultivait son jardin, pratiquait la peinture à l'huile et élevait des chats à Orbeil, près d'Issoire. Sa maison sentait le pipi. Il m'accueillit bien, me pressa sur son cœur en me disant :

— Ce cher Levrel !

— Je m'appelle Jacques Saint-André, ancien prof d'histoire. Levrel était prof de musique. Je le crois décédé depuis deux ou trois ans.

— Excuse-moi. Ma vue devient de plus en plus faible.

— Cela doit bien te gêner pour peindre.

— Je ne peins plus. Mon œuvre me suffit. Qu'en penses-tu ?

Il me désigna des toiles suspendues à ses murs. J'y remarquai des couleurs pures employées sans mélanges ; une perspective réduite au minimum ; la suppression des ombres ; des contrastes très brutaux, accentués souvent par des traits noirs. Je lui en fis des compliments, rappelant que moi-même j'avais pratiqué le pointillisme.

— Le pointillisme, me lâcha-t-il crûment, c'est de la merde. Je le juge d'une façon générale sans connaître ce que tu as fait.

— Tu connais Maximilien Luce, Georges Seurat ?

— De la merde pure, confirma-t-il.

— Comment te qualifies-tu ?

— Personnellement, je me situe entre Vlaminck et Matisse. Je suis un Fauve avec une majuscule. Je rugis du pinceau.

— Pourquoi pas ?

— J'attends la Légion d'honneur. Le ruban rouge. On me l'a promis. Actuellement, je suis encore peu connu. On me découvrira après ma mort.

— Comme Van Gogh ?

— Comme Van Gogh.

Il prit le temps de respirer profondément. Puis, pointant l'index sur sa poitrine, il proclama d'une voix forte.

— Je ne sais si tu te rends compte, mon cher Levrel, que tu es en présence d'un des plus grands peintres français de notre siècle ?

Je lui concédai que je m'en rendais compte. Il me promena devant ses toiles, accompagnant chacune d'un long commentaire. Quand nous en eûmes fait le tour, nous échangeâmes une accolade et je le quittai parce que je ne pouvais plus supporter la puanteur des chats, sans promesse de revenir.

Je rendis visite à mon second collègue pascalien, Arsène Jourdan, ancien prof de lettres, originaire du Cantal, retiré au Cendre, à quelques encablures de Cournon. Il voulut bien me recevoir, lorsque je lui annonçai que j'apportais une bouteille de saint-pourçain. Je le trouvai dans un fauteuil roulant, en compagnie de sa fille célibataire. Il me reconnut difficilement, je dus évoquer un signe particulier : mon bras unique.

— A-t-on idée de devenir si vieux, se reprocha-t-il. Oui, oui, maintenant je te remets, tu as perdu l'autre sur le *Siroco* avec un seul *c*.

— Exact.

Il récita soudain un quatrain qui le décrivait exactement :

Je touche de mon pied le bord de l'autre monde,
L'âge m'ôte le goût, la force et le sommeil.
Et l'on verra bientôt naître du sein de l'onde
La première clarté de mon dernier soleil.

— Tu connais l'auteur de ces vers ? me demanda-t-il.

— Je ne crois pas.

— François Maynard, un poète auvergnat, natif d'Aurillac, un élève de Malherbe. Il habitait rue d'Aurinques, en face de la maison qui fut plus tard celle de Vermenouze. Protégé par l'évêque de Saint-Flour, Charles de Noailles, qui disposait de vingt carrosses, il eut quelque temps, auprès de la reine Margot, le titre de « secrétaire de la musique et des commandements », comme chef d'orchestre. A soixante ans passés, il tomba amoureux d'une certaine Cloris, pas beaucoup plus jeune que lui, à qui il consacra un poème : *Ode à la belle vieille*. Elle resta sourde à ses avances. Baudelaire le récitait par cœur. Est-ce que tu connais le Cantal ?

— Quelque peu.

— Pas assez. Des quatre départements qui composent la région Auvergne, c'est celui, à mon point de vue, qui offre les plus beaux paysages. Va faire sa connaissance approfondie avant de mourir. Garde-toi de mourir idiot. Sinon, tu mériteras l'enfer.

Je suivis son conseil et entrepris ma cinquième expérience dans le département de mon ami Jourdan et de François Maynard. En fait, je n'avais jamais mis les pieds dans le Cantal. Sans mon collègue, je serais mort idiot.

8

La cinquième épreuve m'emmena dans une très belle demeure de la haute Auvergne. Murs de granit, couverture de lauzes, cheminées télescopiques. On pensera que je suis attiré par les maisons seigneuriales. Point du tout. Je me laissais guider dans mon choix d'abord par l'insistance d'Arsène Jourdan, comme je l'ai écrit précédemment. Ensuite, par la proximité géographique. Le confort, l'aisance qu'on me laissait deviner arrivaient en troisième position. En quatrième position, la composition de la famille, le nombre et l'âge des enfants. En dernière, les raisons explicites pour lesquelles on souhaitait un grand-père d'adoption.

Tous ces points me donnèrent l'occasion de fouler le sol du Cantal que je ne connaissais que de réputation et par son excellent fromage, appelé fourme. Je me suis mis dans la tête que le nom de ce département dérive du joli tintin que font les cloches des vaches dans leurs pâturages : « Cantal... cantal... cantal... » Ce qu'il y a d'étrange dans la région, ce sont les hommes et les femmes accrochés à cette terre bossue. Et cela en dépit du bon sens. Quelques-uns partent, vont s'établir à Paris où ils vendent à boire, à manger, à dormir, à se chauffer. A moins qu'ils ne dévient vers la politique, le fonctionnariat ou la religion. L'archevêque de Paris, monseigneur Marty, ex-évêque de Saint-Flour, se promenait un jour sur les terres de son ancien diocèse. En pleine campagne, il rencontre un paysan qui engage avec lui, en patois, une conversation sur les vaches et la sécheresse :

— Mon problème d'herbe doit pas bien t'intéresser. Qu'est-ce que tu fous, toi, comme boulot ?

— Je suis archevêque de Paris.

— Oh ! Miladiou ! Tu dois en avoir, des emmerdes !

— J'en ai mon compte.

Mais la plupart des Cantalous ne se font pas archevêques. Ils restent dans leur village presque abandonné, à faire une besogne dont personne ailleurs ne voudrait, qui les nourrit à peine, simplement parce qu'ils sont nés sur ces pentes et n'ont aucune envie de s'en éloigner. Sans doute par amour. Peut-être par manque d'imagination.

La famille Lescudière, exceptionnellement, ne souffrait pas de pauvreté. Elle résidait au contraire dans une belle demeure à quelques kilomètres de Riom-ès-Montagnes. On doit savoir qu'il existe en Auvergne deux villes de Riom : Riom de la plaine (voir ma troisième expérience) et Riom parmi les montagnes. Le Riom de la magistrature assise, et le Riom des femmes accroupies. « Des femmes dont on ne voit que les dômes grattent la terre du lever au coucher du soleil, dans la position des chercheurs d'or. Elles grattent pour le plaisir de gratter et, une fois rentrées à la maison, elles frottent pour le pur plaisir de frotter.

Parce qu'une femme, à Riom, cela doit être dans cette position pour adorer la terre, implorer Jésus et montrer à tout un chacun que l'on a du bien, de l'hospitalité, du quant-à-soi. Riom est la ville où les planchers cirés sont les plus purs et les mieux lustrés en Auvergne [1]. »

La famille Lescudière habitait près de Riom une de ces demeures aux planchers lustrés, aux murs de basalte, couvertes de lauzes phonolitiques. Les meubles sont en chêne massif, la vaisselle en faïence de Gien, les girouettes représentent un coq ou un cheval. Pour entrer, on tire une chaîne qui secoue une cloche intérieure. Dans une nichette, une Vierge protège la maison et ses occupants. La maîtresse vint m'ouvrir. Belle, élégante, la cinquantaine fleurie, elle se tenait droite, je n'en vis pas le dôme.

La première surprise, lorsqu'elle se présenta, me vint du prénom :

— Rosalba Lescudière.

— Pardon ?

— Rosalba. Rose blanche. Cela me convient bien.

Elle désigna sa tête chenue. Seconde surprise : la famille possédait déjà une grand-mère et un grand-père.

— En avez-vous vraiment besoin d'un deuxième ?

— Si vous restez, vous ne serez pas le deuxième grand-père, mais le premier arrière-grand-père.

— Sapristi ! Voilà un titre que je n'espérais pas atteindre !

— L'ambition de mon mari, monsieur Lescudière, est de restaurer une ancienne tradition auvergnate,

---

[1]. Roger Géraud, *Ce Cantal qui nous gouverne* (La Palatine, 1978).

aujourd'hui perdue : avoir sous notre toit cinq générations. La plus ancienne apporte aux suivantes les fruits de son expérience, la mémoire du passé, la richesse de ses souvenirs. Que de choses, monsieur, vous devez avoir à nous raconter !

— Quelle belle idée ! Et quelles seraient ces cinq générations ?

— Vous d'abord, l'arrière-grand-père, âgé de... de... ?

— De quatre-vingt-huit printemps.

— Au-dessous, monsieur Lescudière et moi-même, grands-parents, soixante et un et cinquante-neuf. Au-dessous, notre fils aîné, Léon, quarante et un. Au-dessous, sa fille Héloïse, dix-neuf ans. Elle vient d'avoir un petit garçon, Olivier, âgé de six mois. Les femmes, dans notre famille, ont toujours été d'une précoce fécondité.

— En tout, combien de personnes ?

— Une douzaine. Treize avec vous.

— Je vous porterai bonheur.

Les Lescudière possédaient trois fermes et deux cents vaches. Vaches salers, exclusivement, dont la robe acajou s'accorde à merveille avec le vert des pâturages. Les voyageurs assez audacieux pour s'aventurer en haute Auvergne, « hors des lieux civilisés » comme prétendent certains Parisiens avec un frisson dans le dos, remarquent tout de suite ces étranges animaux rouges. Adaptés à la rudesse du climat : une toison hirsute les protège sur les montagnes des premières et des dernières neiges de l'estive, des bourrasques de l'été, des sautes d'humeur des saisons. Race bonne à tout faire, à tout donner : ses veaux, son lait, son travail, son cuir, sa chair. Elle nourrit non seulement les hommes, mais chaque bête nourrit un millier de mouches occupées à lui butiner l'échine, et dix bergeronnettes occupées à manger les mouches. La Barrade a ses habituées, et de même la Superbe, la Clermonte, la Parise, la Colombe.

La salers n'est pas un cadeau pur et simple de la nature comme le loup, le renard, le hérisson. Elle a été patiemment composée par les éleveurs avec des ingrédients disparates, où l'on reconnaît le poil de l'aurochs, les cornes du bœuf Apis, les yeux de la biche, la teinte des pouzzolanes éruptives. Son géniteur principal fut Tyssandier d'Escous dont le buste trône sur la grand-place de Salers, au sommet d'un tuyau d'orgue volcanique. Ce propriétaire aisé, fils du maire de la ville, inventa les formes et la couleur de la vache, obtint de Napoléon III une importante subvention pour organiser un concours départemental. Le 7 août 1853, il y vint six cents bêtes, sans compter le préfet d'Aurillac et le sous-préfet de Mauriac. Celui-ci, dans son discours, lança d'une voix forte cette recommandation :

— Auvergnats, Auvergnates, faites des veaux !

On rapporte que, quelques mois plus tard, même sœur Coisin, mère supérieure des hospices salersois, s'y employa, concourut et gagna un second prix pour ses velles rouges.

Le fromage dérivé du lait de ces vaches, fourme du Cantal ou de Salers, était jadis massivement expédié vers la Guyenne, la Saintonge, le Languedoc. « Nos bouviers voiturent les fromages vers ces régions et en rapportent du vin, du sel, du savon, de l'huile, du fer. Au commencement de l'hiver, on voit rouler sur nos routes abruptes des files de trente à quarante attelages de bœufs, dont la marche est excitée par les chants plus bruyants qu'harmonieux de leurs conducteurs. Chaque convoi cherche à devancer les autres, attendu que les premiers placements de nos fromages sont les plus avantageux [1]. »

Les Lescudière étaient liés aux vaches salers comme les serfs d'autrefois étaient liés à la glèbe. Suivant la volonté du sous-préfet impérial, ils faisaient des veaux. Et, d'une façon plus générale, de la viande. Ils transportaient en camion et de nuit jusqu'aux champs de foire les vaches sacrifiables. Des maquignons venaient aussi les prendre à domicile. Afin de perfectionner ses méthodes d'élevage, Léon Escudière avait visité des exploitations au Canada, en Hollande, en Suisse, en Allemagne. L'agriculture était naguère une façon de vivre, d'accepter les choses comme elles venaient, en communion avec les végétaux, les animaux, la terre, le ciel et les saisons. J'ai découvert que, de nos jours, elle n'est qu'une profession, préoccupée comme toute autre de rentabilité. L'agriculteur, à présent, sait ce que gagnent les ouvriers, les commerçants, les fonctionnaires et il entend que son revenu ne soit pas à la traîne. La comparaison avec un voisin plus fortuné lui enlève le goût du pain.

Heureusement, il y a la vache. Moi qui ne l'avais guère fréquentée en Bourbonnais, je me pris pour elle d'une affection inexplicable. Qu'elle fût rousse, ou blonde, ou blanche, ou bigarrée. J'en vins à préférer leur compagnie à celle des humains. A la saison herbue, elles paissaient les pâturages qui entourent les fermes. Je me promenais parmi elles, les caressant,

---

1. M. Grognier (chez Madame Huzard, Paris, 1831).

leur tenant l'oreille, les appelant par leurs noms. Elles me regardaient d'un air intéressé, j'avais l'impression que c'était à elles que je servais d'arrière-grand-père. Elles portaient sous le menton un organe électronique qui, à certaines heures bien définies, leur envoyait une décharge. Elles comprenaient ce signal et se dirigeaient spontanément, sans désordre, vers la salle de traite. Leurs pis étaient si volumineux qu'ils entravaient leur marche. Chacune se rendait à sa place personnelle. Des vachers leur fixaient aux tétines les goulots aspirateurs des trayeuses. Le lait remplissait les tanks réfrigérés.

Cela ne m'empêchait pas de m'occuper honnêtement des quatre générations lescudières qui songeaient à m'adopter. Je faisais sauter la plus légère sur mes genoux en lui chantonnant « A cheval sur mon bidet... ». Alors que cette demeure disposait de toutes les commodités modernes, y compris de brosses à dents électriques, sommet de la modernité, elle ne possédait pas de téléviseur. Monsieur Lescudière m'en donna la raison :

— La télévision est une invention diabolique. Elle dissout le sentiment de convivialité qui naguère rassemblait les familles. On n'a plus le temps de se parler, il faut regarder les films, les tournois sportifs, les débats politiques, les reportages qu'elle impose. Elle est la référence absolue. Tel livre est passé à la télé, donc il est bon. Tel autre n'y est point passé, donc il ne vaut rien.

Et moi de questionner :

— Vous ne vous intéressez pas aux événements qui se déroulent en France, en Europe, dans le monde ?

— Nous nous y intéressons parfaitement, grâce aux journaux auxquels nous sommes abonnés. Un régional et un national. Ce qu'ils en rapportent nous suffit.

— Et la météo ? Ses prévisions sont importantes pour l'agriculture.

— Nous écoutons tout de même quelques postes de radio qui nous les communiquent.

— Comment occupez-vous vos loisirs ?

— Nous avons une bibliothèque de trois ou quatre mille titres. Vous pourrez en disposer librement.

Dans ces conditions, nos repas ressemblaient à des conseils d'administration, sous la présidence du maître des lieux. Entre deux bouchées, les adultes évoquaient leurs problèmes personnels et les solutions qu'ils proposaient. Les mineurs n'avaient pas droit à la parole.

Restaient les soirées. La maison comportait un petit salon – ce qu'en Angleterre on appelle *quiet room* – où se retiraient ceux qui avaient besoin de silence pour lire ou pour écrire ; et un grand salon où chacun pouvait s'exprimer. Dès le premier soir, je dus entamer le récit de mon existence. Chapitre par chapitre. Soirée par soirée. Mon enfance à Ferrières-sur-Sichon. La guerre des briques à Glozel. Mes études à Cusset et à Moulins. La débredinoire de saint Menoux. Mes études d'enseignant à Gannat. Ma mobilisation, ma guerre, l'explosion du *Siroco* dont ils n'avaient jamais entendu parler. Cinq cents soldats bourbonnais ou auvergnats mitraillés, mutilés ou noyés ne comptent guère en face des millions de Juifs, de Russes, de femmes, d'enfants, de résistants massacrés par les nazis. J'eus un peu honte de notre petit nombre. Mon séjour en Angleterre. Mon retour en France. Mon mariage. Nos enfants dispersés. Mes vertiges auriculaires. Ma parenté avec Van Gogh. Le décès de ma femme.

Tout cela dura des semaines et des semaines. J'exhumais des strates de ma mémoire certains détails qui, jusque-là, m'avaient échappé. Je crois bien que, parfois, j'en rajoutais un peu. Si des voisins, d'autres éleveurs, des amis de passage rendaient visite aux Lescudière, on me faisait répéter tel ou tel épisode. Fouiller le cœur d'un homme, c'est comme fouiller la terre, on n'arrive jamais au fond. Que dire du cœur d'un enfant ? Je racontai Théo, mon petit voisin de Cournon. Il me fit un jour la démonstration, âgé de dix ans, de son étonnante délicatesse. Posté à ma fenêtre ouverte, j'écoutais la conversation des hirondelles. Soudain à leurs stridulations se mêlèrent des voix de gamins. Encadrés de leurs maîtres, ils se dirigeaient vers l'Allier pour sans doute étudier les poissons. Leurs piaillements me remplissaient de bonheur. Je ne rentrai chez moi que lorsqu'ils eurent disparu. Or ce même soir, je reçus la visite de Théo.

— Je t'ai vu à ta fenêtre, me révéla-t-il. Je voulais te faire un signe de la main, mais je n'ai pas osé.

— Pas osé ? Pourquoi donc ?

— Parce que mes copains ne te connaissaient pas. Etre seul à te saluer me rendait trop important. Mais ensuite j'ai regretté toute la nuit de n'avoir pas levé la main.

Afin de le tranquilliser, je l'ai entouré de mon bras unique, je l'ai serré contre mon cœur. Par la suite, c'est Théo qui m'a fourni les ressources de son Internet et m'a permis de vous rencontrer.

Léon Lescudière, qui de temps en temps va regarder la télévision chez les voisins, m'a fait un compliment prodigieux :

— Vous racontez toutes ces choses aussi bien que Pierre Bellemare !

Alors j'ai compris. J'ai compris pourquoi cette famille m'avait adopté : afin que je remplace le poste de télévision.

Peu importe. J'avais prévu une douzaine d'autres expériences. Je m'en tiens à celle-ci. Au sommet de ces cinq générations, je me sens comme statufié. Autour de moi, j'ai les planèzes et les montagnes du Cantal. Je les broute des yeux. Inutile d'aller en Egypte chercher des pyramides ; cet horizon m'offre les siennes : Griou, Griounou, Plomb, puy Mary. Je vis dans la familiarité des hommes, des vaches, des lapins, des tourterelles, des nuages, des sources, des cascades. Monsieur et madame Lescudière sont disposés à accueillir les deux enfants qui me restent, s'il prend envie à sœur Marie-Pauline et à Dominique de venir me voir. Ce qui arrive en effet de loin en loin. Ici tout le monde me traite affectueusement et me respecte en vertu de mon grand âge et de mon seul bras gauche. Eux aussi me prennent pour un héros.

Le soir, après la veillée, je m'endors aisément, sans avoir besoin de recourir à Marcel Proust. Et je rêve toutes les nuits d'Henriette, ma femme-violoncelle.

Ceyrat, ce jeudi 3 novembre 2005

Le rire est son métier

Une étrange entreprise
Jean Anglade

En 1920, l'arrivée à Thiers, en Auvergne, d'Ahmed, un jeune Kabyle, ne passe pas inaperçue. Employé dans une usine, il y rencontre Joséphie. Malgré les réticences de la famille de la jeune femme, l'amour va naître entre ces deux êtres aux cultures si différentes. Ce sera ensuite la naissance d'Henri, dit Crocus en raison de l'étonnante couleur de ses cheveux. Celui-ci choisira la profession de clown indépendant, inspiré peut-être par la sentence de Molière : « C'est une étrange entreprise que celle de faire rire les honnêtes gens. »

(Pocket n° 12992)

Heurs et malheurs d'un médecin de campagne

L'écureuil des vignes
Jean Anglade

Auvergne, XIXe siècle. Enfant, Sylvain est « écureuil » dans l'atelier de carrier de son père : il actionne la roue à soulever les pierres. Mais un tout autre destin l'attend : celui de médecin de campagne. Ses études achevées, il s'installe à Saint-Gervais, bourgade de paysans superstitieux, ignorant l'hygiène et le plus souvent misérables. Aussi démuni que ses patients, il devient, à force de persévérance et de générosité, aimé et respecté de tous. Mais cette vie va être bouleversée en profondeur : une belle Parisienne est de passage dans la région...

(Pocket n° 12682)

Il y a toujours un Pocket à découvrir

Le charme des veillées d'antan

Avec le temps...
Jean Anglade

Approchez-vous, formez un cercle et écoutez... D'abord, les aventures de cet enfant aveugle qui grandit en ignorant son infirmité, celles du soldat passant une merveilleuse journée, sans se douter qu'il est aux portes de la mort, ou encore le récit pittoresque du voleur qui sera finalement récompensé. Sans oublier cette histoire édifiante, l'affaire Calas, relatant les infortunes de ce protestant accusé d'avoir assassiné son fils qui désirait se convertir au catholicisme. Autant de contes, d'Auvergne et d'ailleurs, d'hier et d'aujourd'hui, que Jean Anglade nous rapporte avec humour et poésie.

(Pocket n° 12943)

Il y a toujours un Pocket à découvrir

Achevé d'imprimer sur les presses de

BUSSIÈRE
GROUPE CPI

*à Saint-Amand-Montrond (Cher)
en juillet 2008*

POCKET - 12, avenue d'Italie - 75627 Paris Cedex 13

— N° d'imp. : 81275. —
Dépôt légal : août 2008.

Imprimé en France